Khoury-Ghata: Die Geliebte des Notablen

Sonderausgabe für
Der ANDERE Literaturklub
Postfach 100116
D 60001 Frankfurt/M.
Postfach
CH 8031 Zürich

Vénus Khoury-Ghata

Die Geliebte des Notablen

Aus dem Französischen
von Sigrid Köppen

HORLEMANN

Die Deutsche Bibliothek – CIP-Einheitsaufnahme

Khoury-Ghata, Vénus:
Die Geliebte des Notablen / Vénus Khoury-Ghata. Aus dem Franz. von Sigrid Köppen. – Unkel/Rhein ; Bad Honnef : Horlemann, 1994
ISBN 3-927905-90-9

Die Übersetzung aus dem Französischen wurde mit Mitteln des Auswärtigen Amtes unterstützt durch die Gesellschaft zur Förderung der Literatur aus Afrika, Asien und Lateinamerika e.V.

Gedruckt in Deutschland

Umschlag unter Verwendung des Bildes von Degas »Après le bain, femme s'essuyant la nuque«, Musée d'Orsay, Paris.
© Photo R.M.N.

Die Geliebte des Notablen

Für Jeanette B. in dem verlassenen
Wohnblock auf der Demarkationslinie einer Stadt,
deren Namen ich nicht nenne

1

Flora hat das Haus verlassen, die Brüste schwer mit nutzloser Milch und den Bauch noch heiß vom schwarzen Blut der Niederkunft. Die Stadt hat sich seit ihrem Fortgang um die Kampflinie zusammengezogen, die sie in zwei Ruinenfelder teilt: das eine fällt zum Hafen hinab, zu seiner schwankenden Abschlußmole, das andere steigt zum Wolfshügel auf, den man von allen Dächern aus sehen kann. Die Bewohner der Hauptstadt sind vor drei Jahren vor den Bomben geflohen und haben sich zehn Kilometer weiter entfernt neu angesiedelt auf dem grünen Abhang, der die Bucht beherrscht. Ihre geduckten Häuser kehren der verwüsteten Stadt den Rücken. Blinde Häuser. Keine Fenster, und die Türen so eng wie Schießscharten. Auf ihrem friedlichen Hügel konnten sie hören, wie die Bomben in unserem Viertel einschlugen, Ziel aller Geschosse und aller Haßausbrüche. Die getroffenen Wohnungen haben sich nach und nach geleert. Unser Mietshaus steht einsam zwischen dem moslemischen, um die Moschee gedrängten Stadtteil und dem christlichen Sektor, der sich um seine Kirche schart.

»Man muß verrückt sein, in dieser Wüste zu leben«, hatte meine Mutter gesagt und die Tür hinter sich zugeschlagen.

Wir hörten, wie ihre Schritte im Treppenhaus langsam leiser wurden, in demselben Maße leiser, wie die Sonne sich von der Fassade unseres Hauses verzog.

Flora, meine Mutter, ist an der Seite eines moslemischen Notablen fortgegangen. Sorgfältig hatte sie vor ihrem Fortgang noch dem Kleinen zum letzten Mal die Brust gegeben und uns allen das Zeichen des Kreuzes auf die Stirn gemacht, sogar auf die Stirn meines Vaters, der rote Augen hatte vor Anstrengung, die Tränen zurückzuhalten.

»Ihr müßt dem Kleinen einen Namen geben«, hatte sie noch heraufgerufen, bevor sie im Auto verschwand, das am Bürgersteigrand völlig abgedunkelt auf sie gewartet hatte und das sie in das Haus des Notablen bringen sollte.

Das Haus des Notablen mit seinen Terrassen und den Arkaden seines Taubenschlags beherrscht die Unterstadt. Die Tauben werden jeden Abend freigelassen, und sie kommen und setzen sich auf die Elektrizitätsleitungen vor unseren Fenstern. Mein Vater mag ihre prüfenden Blicke nicht. Gestern sind seine Nerven durchgegangen. Er hat sie mit Beschimpfungen überhäuft, dann hat er seinen Karabiner angelegt und in den Haufen hineingeschossen.

»Dreckige Spione!« brüllte er mit Schaum vor dem Mund. »Flora schickt euch. Sie braucht nur zurückzukommen, wenn sie etwas über ihren Kleinen erfahren will.«

Blutbefleckte Federn zerteilten den Himmel, bevor sie auf unsere Fensterbank niederfielen. Der Stromausfall, der das ganze Viertel in Finsternis tauchte, hinderte Frau Evgenia nicht daran, ihre Tarotkarten zu befragen. Das machte sie beim Schein einer Kerze auf der Wachstuchdecke ihres Küchentisches.

Die Tarotkarten von Frau Evgenia, die man Vava nennt, treten bei Stromausfall für uns an die Stelle der Fernsehnachrichten. Sie prophezeien einen Waffenstillstand oder eine Wiederholung der Bombardierungen. Sie sagen vor allem den Tod voraus, der sich seit zehn Jahren in den Mauern dieser Stadt niedergelassen hat. Sie sagen ihn für diese Nacht voraus. Oder für morgen.

Wir fürchten das Pik-As und die Karo-Zehn, die wir den Deserteuren auf dem grünen Hügel über der Bucht an den Hals wünschen. Frau Vava wird daher gebeten, noch eine Befragung vorzunehmen. Ihre roten Fingernägel sammeln sie durcheinander auf: die Könige, Königinnen, Buben und Asse. Sie verteilt sie erneut auf dem Tisch, mit geübten Gesten, nicht ohne vorher darüberhingeblasen zu haben, um die unheilbringenden Ströme zu vertreiben.

Wie soll man es sich erklären, daß ihre Karten die Ankunft des Notablen und den Fortgang meiner Mutter in den moslemischen Sektor, den sie seit Jahren nicht betreten hatte, nicht vorhergesagt haben?

Der Fremde stand bewegungslos vor dem halbverlassenen Mietshaus in unserer Straße, wo die Stadt sich teilt, damit man sich gegenseitig besser töten kann. Seine Augen waren fest auf ein Fenster in der dritten Etage gerichtet, aus dem meine Mutter sich beugte, um dem Konvoi dieses Kriegsherrn nachzuschauen. Die Hand als Schutzschirm über den Augen, als fürchtete er, von ihrer außergewöhnlichen Blondheit geblendet zu werden, hatte der düstere Mann mit einem Blick die Frau und die Fassade umfangen, mit offenem Mund, aus dem die Zähne in der Sonne heraufblitzten. Goldzähne.

Er wäre wahrscheinlich fortgegangen, wie er gekommen war, ein wenig hinkend auf seinem linken Bein, das etwas kürzer war als das rechte, wenn er den Bauch meiner Mutter gesehen hätte, der von einer siebenmonatigen Schwangerschaft gerundet war. Doch war von unten nur ihr Gesicht zu sehen. Im Gedächtnis des Fremden blieb nur ihr Lächeln und ihr Blick, die Lippen und die Augen vergaß er, und es blieb ihre Art, die Haare plötzlich wie einen Theatervorhang fallen zu lassen.

Was hatte sie getan, daß er jeden Tag wiederkam, bei jedem Wetter, zu jeder beliebigen Tageszeit? Er setzte sich auf den Stuhl vor dem Schilderhaus, hob den Kopf zu den Wolken und zu der Frau, die er von nun an nicht mehr aus den Augen ließ, selbst dann nicht, wenn er aus seinem Tonkrug trank.

Er wippte auf dem Stuhl hin und her, wenn ihn die Müdigkeit überkam. Er schaukelte vor und zurück und murmelte dabei unverständliches Zeug zwischen den Zähnen. Er glaubte zu singen, doch er redete mit wütender Stimme, redete mit sich selbst, denn niemand wagte es, sich ihm zu nähern.

Die Mittagshitze lastete schwer auf ihm. Man hätte schwören können, daß er ein Teil des Stuhls geworden war und daß dessen Nägel sich bis in seine Knochen hinein verlängert hatten. Man mußte bis zum Abend warten, um zu sehen, wie er sich wieder bewegte. Er schüttelte sich wie ein großer Vogel, dann verschwand er aus unserem Blickfeld.

Meine Mutter sagte, daß sie ihn in einer anderen Stadt getroffen habe – es klang, als sagte sie »in einem anderen Leben«. Sie hätten sich in einem Gefühl des Unbehagens getrennt. Glaubte sie, ein Mißverständnis zu beseitigen, wenn sie ihre Schultern mit einer raschen Geste bis zur Grenze der Unanständigkeit entblößte? Der Mann auf der Straße zitterte vor Erregung. Die Brust meiner Mutter erschien von unten gesehen so zerbrechlich, so weiß, verglichen mit der verkohlten Fassade des Hauses. Sie sprachen wortlos miteinander und umarmten sich, ohne sich zu berühren. An seinem ablehnenden Gesichtsausdruck sah sie, daß er ihren Lippenstift nicht mochte, und sie wischte ihn mit dem Handrücken fort. Er wollte ihren Mund nackt und ebenso bleich wie alles andere. Sie entzog sich eine Woche vor ihrer Niederkunft seinen Blicken, die aufgedunsenen Gesichtszüge und die Schwellung, die das Kind unter ihrem Herzen verursachte, hätten sie verraten können.

Er blieb auf seinem Posten und befragte mit seinen Blicken die Fenster, nie die Bewohner des Hauses. Er begriff alles sofort, als er die Hebamme sah, die meinem Vater folgte, und als er den Schrei hörte, der die Fensterscheiben der dritten Etage erzittern ließ, ein Schrei wie der eines abgestochenen Tieres. Ein Schrei, der den mütterlichen Bauch vierteilte und den Mann vor der Bretterbude zerschnitt. Sie packte ihren Koffer am nächsten Tag, bevor noch ihre Knochen wieder wie früher zwischen ihren Hüften lagen. Ihre Umstandskleider nahm sie nicht mit, die drehten sich auf ihren Bügeln wie frierende Vogelscheuchen. Sie konnte sich kaum auf den Beinen halten. Mein Vater flehte sie an, sich wieder ins Bett zu legen, er wußte nicht, daß ein anderes Bett sie jenseits der Demarkationslinie erwartete, in dem weißen Haus, das den alten Hafen beherrscht.

Was hat sie ihrem Geliebten erzählt, um ihm den weißen Fluß aus ihren Brüsten und den roten aus ihrem Bauch zu erklären? Hatte sie den Tumult ihrer ersten Umarmung genutzt, um ihm die kaum zu verheimlichende Existenz ihres Letztgeborenen zu enthüllen und dabei gleichzeitig das Vorhandensein ihrer beiden anderen Kinder zu verbergen, die ihr begehrenswertes Bild beflecken würden?

Tausend Fragen drängen sich seit ihrem Fortgang in unseren Köpfen. Kannte sie den Zeitpunkt der Geburt so genau, um dem Fremden diese feste Verabredung für den Tag danach geben zu können? Die Hand, die sich aus der Autotür streckte, um meiner Mutter auf den Rücksitz zu helfen, war die des Notablen, denn sie war beringt. Beringt sind auch die Tauben, die jeden Abend kommen, um uns zu verhöhnen und sich am Unglück meines Vaters zu weiden.

Frederik, der den Spott seiner Freunde fürchtet, wirft ihm seine Schwäche vor. Er sollte die Kugeln lieber in den Kopf seines Rivalen pflanzen, als sich an diesen Tierchen zu vergreifen. Mein Vater glaubt, er macht es jetzt richtig: Er läuft die Treppen hinab, um die verbrannten Kadaver aufzusammeln. Er rutscht auf dem Körper der ersten Taube aus, springt über den zweiten, reißt dann den dritten vom glühenden Asphalt unter der heißen Augustsonne. Er legt den Vogel auf seine beiden Handflächen, geht zum Haus des Notablen, will ihm seinen Besitz zurückbringen. Sein Schritt hallt an den Fassaden der verödeten Häuser wider im selben Rhythmus wie sein Herz, das mit harten Schlägen in seiner Brust hämmert. Dieser Übergang in den anderen Stadtteil war während all der Kriegsjahre den Panzern vorbehalten. Niemand wagt, ihn zu benutzen, seitdem die Scharfschützen ihre Gewehre darauf richten.

Mein Vater zeigt den toten Vogel dem Posten, der ihn am Eingang zum moslemischen Stadtteil anhält.

»Das ist die Taube Ihres Chefs. Ich habe sie versehentlich getötet. Er muß mir Flora zurückgeben, oder ich nehme die Taube wieder mit.«

»Wer ist Flora?« fragt der Posten, der nichts verstanden hat.

»Meine Frau.«

Die Antwort kommt wie ein Schluckauf aus dem väterlichen Mund, in zwei Takten. Er macht kehrt, kommt in den christlichen Stadtteil zurück. Sein Sohn braucht sich seiner nicht mehr zu schämen. Er hat seine Frau zurückgefordert, hat seine Pflicht getan.

»Ich habe die Wache des Notablen herausgefordert«, lügt er ernsthaft. »Es sind mehr als hundert. Du kannst sie von diesem Fenster aus sehen. Eine richtige Armee.«

Mein Bruder Frederik schüttelt den Kopf. Es liegt ihm nichts daran, die Dienerinnen des Notablen zu betrachten. Es sind alles nur Beduinenmädchen, welche die in der Sonne kochenden Terrassen mit viel Wasser abscheuern.

Diese Mädchen lösen sich, im Gerede der Leute, gleich nach Einbruch der Nacht im Bett ihres Herrn ab. Die Stimme des Muezzin, der dem Meer seinen Rücken zukehrt, verteilt sie in den Küchen und Zimmern. Sie lassen das Brot ihres Herrn am Tag und seinen großen Körper in der Nacht aufgehen, ihre unermüdlichen Hände kneten mit derselben Geschicklichkeit seinen Weizen und sein Fleisch.

Wird sich die zerbrechliche Blondheit Floras gegenüber diesen Mädchen mit den kräftigen Hüften und den steinschweren Brüsten behaupten können?

Die Tarotkarten von Frau Evgenia sehen sie in drei Wochen oder in drei Monaten zurückkommen. Sie wird mit gesenktem Kopf zurückkehren, das Herz auf halbmast geflaggt. Wir würden sie schon von weitem an ihrem Koffer erkennen, in den sie, bevor sie uns verließ, ihr enges Kleid gepackt hat. Dieses Kleid trug sie früher als Lockvogel in den »Palmen«, einem Tanzpalast, der die Junggesellen und die Nachtfalter des Hafens anzog. Hier hatte mein Vater sie kennengelernt. Da sie weder singen noch tanzen und erst recht nicht trinken konnte, begnügte sie sich damit, die Bühne nach einer Tangomelodie zu überqueren, mit zögernden Schritten, als ob sie sich ständig in der Richtung irrte. Ihr Kleid war bis zur Taille geschlitzt und ließ die Oberschenkel eines zu schnell gewachsenen jungen Mädchens und einen malvenfarbenen Strumpfhalter sehen. Genauso malvenfarben wie die zarten Adern unter ihrer durchsichtigen Haut. Warum hat sie dieses unmoderne Kleid in das Haus ihres Geliebten mitgenommen?

»Um es sich wie einen Heiligenschein um den Kopf zu wickeln«, spottet Frl. Liliane boshaft.

Die aufgelöste Verlobung zwischen Frl. Liliane und meinem Vater geben ihr das Recht, meine Mutter schlechtzumachen. Zwanzig Jahre und ein Krieg haben nicht genügt, um die Verletzung zu heilen. Meine Polen-Mutter hatte ihr den Verlobten im Handumdrehen ausgespannt, bevor sie sich über ihrem Kopf mit ihm niederließ, um vor ihrer Nase Kinder zu machen: zwei zu Friedenszeiten, dann ein drittes, geboren nach den letzten Kämpfen, die schließlich abgebrochen wurden, denn es gab keinen Sieger. Es gab nur Besiegte.

Jahrelang hatte das frenetische Quietschen der Sprungfedern in der oberen Etage ihr Herz bluten lassen. Hundertmal hatte sie sich fast aus dem Fenster gestürzt. Hundertmal zog Frau Vava sie zurück und schloß das Fenster. Die anderen Hausbewohner bedeuteten keinerlei Hilfe für sie. Der Rollstuhl des gelähmten Herrn Nahum lud nicht zu Liebesergüssen ein. Der grüne Turban seines Dieners Mourad machte einen Fremden aus ihm. Sie wäre tot ohne Frau Evgenia. Die hielt ihren Lebenswillen aufrecht mit ihren Tarotkarten, die sie schlug und mischte in ihrer düsteren Behausung. So düster, daß ihre Beos die Augen weit aufreißen müssen, um ihre

Herrin zu erkennen. Habe ich schon gesagt, daß sie ihre Jalousien zugenagelt hat, weil einmal ein Scharfschütze auf sie geschossen hat? Dreimal wurde sie an derselben Stelle verletzt: an der linken Hinterbacke. Frau Vava tut es scherzhaft ab. »Das geschieht mir recht, ich Dussel. Es wird mir eine Lehre sein. Ich werde nie wieder mein Handtuch zum Trocknen in die Sonne hängen.«

Sie sieht ihre drei Löcher offensichtlich als Kriegsverletzungen an, denn sie zeigt sie jedem, der sie nur sehen will. Später wird sie eine Kriegsversehrtenrente beantragen. Es scheint, daß sie sogar ein Anrecht auf die Aufnahme in die Ehrenlegion hat.

2

Frau Evgenias Tarotkarten haben gelogen. Drei Monate sind verstrichen, und Flora ist immer noch nicht zurückgekommen. Der Herbst hat den Sommer abgelöst – in einer einzigen Nacht. Nach fünf Uhr nachmittags sind wir im Dunkeln. Herr Nahum, der sich vor der Dunkelheit fürchtet, klopft mit seinem Stock und ruft uns zu sich auf sein Parkett. Die Abende bei unserem Hausbesitzer ähneln Totenwachen bei einem redseligen Toten, der kraftlos in seinem Rollstuhl sitzt. Wenn man ihn reden hört, so wäre er beinahe Champion im Formel-Eins-Rennen geworden, wenn ihn sein Bugatti mit brennendem Motor nicht hundert Meter weit fortgeschleudert hätte.

»Keine Beine mehr!« Und nie versäumt er hinzuzufügen: »Zum Glück ist Mourad da.«

»Zum Glück ist Mourad da«, wiederholen seine Mieter im Chor.

Die Abende bei Herrn Nahum haben nur ein einziges Gesprächsthema: Flora. Hat sie den Notablen in den »Palmen« kennengelernt? Oder später, nachdem sie meinen Vater geheiratet hatte?

Man bedrängt mich mit Fragen. Man bedrängt mich, und man umwirbt mich, denn ich begleitete meine Mutter regelmäßig beim Einkaufen. Sie mußte ihren Geliebten doch irgendwo getroffen haben?

Ich war sechs Jahre alt. Ich hielt die Hand meiner Mutter fest umklammert. Ich hatte die ganze Zeit Angst, sie zu verlieren. Ein Mann tauchte aus einer kleinen Straße auf, folgte uns auf dem Fuße, ohne irgendetwas zu sagen. Einmal versuchte er, Floras Arm zu nehmen, aber sie schüttelte ihn ab und rannte, so schnell sie konnte, davon. Ich habe sie am Eingang des Bazars eingeholt. Sie lehnte an einer Wand, ihr Gesicht war weiß wie ein Tuch.

»Wer ist der Mann?« fragte ich, den Tränen nahe.

»Das erzähle ich dir später, wenn du größer bist«, stieß sie atemlos hervor.

Der Mann hatte eine dunkle Hautfarbe. Er hinkte leicht. Seine Zähne blitzten in der Sonne. Goldzähne.

Was hatte meine Mutter gesagt, um meinen Schrecken zu mildern?

Ich habe eine Gedächtnislücke. Die Stricknadeln von Frl. Liliane halten bei dieser Momentaufnahme inne. Unsere Nachbarin strickt meine Erinnerungen. Ich brauche jetzt nur die Szene am Bazar vom Anfang an wieder aufzunehmen, denn sie beginnt, eine neue Reihe zu stricken.

Ich war sechs Jahre alt. Der Krieg hatte den Bazar noch nicht dem Erdboden gleichgemacht. Fest drückte ich die Hand meiner Mutter. Sie war, so schnell sie konnte, weggelaufen, als sie den düsteren Mann hinter sich sah. Er hatte sie mit zwei Schritten eingeholt und gegen eine Mauer gedrückt. Er sprach leise in ihre Haare hinein, in autoritärem Ton, und sie hörte ihm mit schuldbewußter Miene zu. Er wollte sie in eine

Nebenstraße ziehen, aber sie widersetzte sich. Sie zeigte mit dem Finger auf mich. Er machte eine gereizte Handbewegung und verschwand dann hinkend in der Menge.

»Wer ist der Mann?« fragte ich und brach in Tränen aus.

»Das erzähle ich dir später, wenn du größer bist.« Sie hatte sich mitten auf der Straße zu mir herabgebeugt, um meine Tränen zu trocknen.

Jahre später sprach sie mit mir über menschliche Wesen, die so fest und unbeweglich wie Berge vor einem stehen. »Sie erdrücken uns mit ihrem Schatten und dem Gewicht der Erinnerungen. Sie hindern uns, die Sonne zu sehen.«

»Welche Sonne?«

Ich wollte alles wissen.

»Frederik und du«, sagte sie fest und bestimmt. »Ihr erhellt mein Leben.«

Die Welt hat sich in siebzehn Jahren verändert. Der Mann vom Bazar scheint das nicht bemerkt zu haben. Wer weiß, ob seine Mutter noch lebt? Wer weiß, ob der moslemische Friedhof noch an seinem alten Platz ist?

Als wir nach Hause zurückgekehrt waren, holte meine Mutter ihr schwarzes Kleid, das sie jahrelang in einer Hülle zusammengefaltet aufbewahrt hatte, und probierte es wie im Fieber an. Frederik, der an diesem Schauspiel teilnahm, fiel ihr wie ein Block zu Füßen und löste den Saum, ohne sie zu fragen.

»Jetzt, wo du größer geworden bist, mußt du längere Röcke tragen«, sagte er mehrmals und lachte dabei. Er redete mit seiner Mutter, als wäre sie ein kleines Mädchen, dann drückte er sein Gesicht an ihren Bauch und atmete laut ein und aus. Vielleicht weinte er. Niemandem gelang es, Frederiks seelische

Zustände zu begreifen. Ohne Übergang verfiel er nach einer Begeisterung in eine tiefe Depression. Seine Mutter blieb unbeweglich wie eine Statue. Frederiks extreme Seelenverfassung lähmte sie. Nur ihre Augen bewegten sich. Sie streiften zum Bazar hinüber und zum moslemischen Stadtteil, den wir soeben verlassen hatten.

3

Frau Evgenia redet mir zu, ein Tagebuch zu führen, alle zwölfjährigen Mädchen schreiben ihre Memoiren. Es würde Zeugnis von unserer Existenz ablegen, falls das Land einmal zufällig verschwände. Ich werde von all denen erzählen, die nicht geflohen waren: von Herrn Nahum und seinem Diener Mourad, von ihr und ihren beiden Beos, diesen beiden ehemals sehr geschwätzigen Vögeln, die durch die Bombardierungen stumm wurden und nicht mehr sprachen. Ich werde auch von Frl. Liliane und ihrer Katze Roxane schreiben, von uns und Flora, die mit einem Moslem durchgebrannt ist, und schließlich von den beiden Spanierinnen in der fünften Etage, zwei seltsamen Heiligen, die sich das unruhigste Land der Erde ausgesucht haben, um in Frieden zu leben.

Aber nicht mehr als eine Seite für Lucia und Anunciad, die aus einem Kloster im Süden Malagas geflüchtet sind und unter unserem Dach ihre beschämende Leidenschaft verbergen. Besser ist, sich an die anderen zu halten, die ein Produkt dieses Ortes sind und keine eingeführte Ware. Sie sind Teil der Geschichte und der Landschaft. Sie hatten Angst, sie haben gefroren. Vor allem schämen sie sich, seitdem Flora das Bett des Notablen besetzt. Floras Entartung zieht unsere nach sich. Wir sind mit dem Schmutz befleckt, der unter ihrem Absatz hervorspritzte, als sie sich in das Auto ihres Geliebten warf.

Frau Vava hat alle ihre Hoffnungen auf dieses Tagebuch gesetzt. Denn dadurch werde ich nun wieder das Schreiben lernen und nicht als Analphabetin enden wie ihre beiden Beos oder Roxane.

Da unser Haus an der Demarkationslinie steht, bin ich schon seit Jahren nicht mehr zur Schule gegangen. Niemand kennt die Anzahl dieser Jahre. Hier kann niemand mehr zählen.

»Und dabei wollte deine arme Mutter, daß du Lehrerin wirst.«

Warum spricht sie von Flora in der Vergangenheit?

»Ist Mama tot?« frage ich sie mit trockenen Augen.

Sie glaubt, mich zu beruhigen, indem sie sagt, daß das nicht mehr lange dauern werde. Eine Messalina wird selten alt.

Frau Evgenia, die über meine Schulter mitliest, mag den Anfang nicht. Man beginnt ein Tagebuch nicht mit den Worten: »Meine Mutter ist tot, und ich bin nicht traurig.« Sie erwartet von mir ein ehrliches Bekenntnis, keine Provokation. Und vor allem keinen Zynismus.

»Vergiß, daß du Floras Tochter bist. Eine Frau ohne Herz. Sie ist dem Notablen aus Langeweile gefolgt, so, wie man ins Kino geht, und nicht aus Liebe. Sie hat gesagt, unser Viertel sei tot und unser Haus ein zum Himmel hin geöffnetes Grab. Und weil wir in Ruinen leben, seien wir alle zu Gespenstern geworden. Sie wäre mit jedem beliebigen abgehauen, deine Mutter. Schreib das schwarz auf weiß.«

»Nach einem Besuch des Bazars habe ich aufgehört, meine Mutter zu lieben«, schreibe ich auf eine neue Seite. »Der düstere Mann ist aus demselben Gäßchen getreten wie die anderen Male. Er hat sich hinter meiner Mutter aufgestellt. Meine Mutter feilschte gerade um ein Umschlagtuch. Ich habe gesehen, wie er Geldscheine aus seiner Brieftasche zog und sie dem Händler zuwarf. Flora würdigte ihn keines Blickes. Sie beeilte sich, den Ort mit ihrem Tuch zu verlassen und den mißbilligenden Blicken des Händlers zu entkommen. Sie hatte mich hinter sich hergezogen wie ein totes Gewicht, ohne Mitleid mit meinen Knien, die über den Boden schleiften. Die Passanten drehten sich bedauernd nach uns um. Sobald der Fremde außer Sicht war, blieb sie stehen und befahl mir, mich auf den Rand eines Wasserbeckens zu setzen. Sie wusch meine Verletzung mit viel Wasser und verband sie dann mit einem Batisttuch, einem Taschentuch für Herren. Die Initialen, die darauf in arabischer Schrift gestickt waren, waren nicht die meines Vaters.«

Zu Hause angekommen, hatte Flora das Paket mit fieberhaften Bewegungen geöffnet und das Umschlagtuch herausgenommen. Lange Fansen verzierten es an den Seiten. Sie hatte es sich um die Hüften geschlungen, anstatt damit ihre Schultern zu bedecken. In dieser Aufmachung ähnelte meine Mutter einem verletzten Schmetterling. Sie behielt es beim Abendessen um, später schlief sie damit. Allein. Von diesem Tage an teilte sie nie mehr das Schlafzimmer mit meinem Vater. Ein Umschlagtuch entfernte sie von uns. Sie interessierte sich von Tag zu Tag weniger für das, was um sie herum geschah. Ihr Blick streifte unablässig zum Bazar mit dem Wasserbecken in der Mitte. Der Haushalt wurde nicht mehr gemacht. Das

Gemüse verfaulte im Kühlschrank. Die Butter wurde ranzig auf dem Tisch, den sie nie mehr abräumte. Flora schlief am Tag. Ganze Nächte lang hielt ihre Schlaflosigkeit sie wach. Sie ging bis zum Morgengrauen mit großen Schritten im Wohnzimmer auf und ab, und niemand wagte es, sie nach dem Grund zu fragen. Manchmal beugte sie sich über das Balkongeländer; ihre Augen durchforschten die Dunkelheit, die den moslemischen Stadtteil verhüllte. Sie wartete darauf, daß dort der Tag beginnen möge.

Frederik glaubte, ihre Aufmerksamkeit auf sich ziehen zu können, indem er ein Mädchen nach Hause brachte. Er hatte das unbedeutendste ausgesucht, um seine Mutter herauszufordern. Die Eroberung meines Bruders ähnelte wegen ihrer grauen Gesichtshaut und ihrem spitzen Schnäuzchen einer Maus. Er schloß sich ganze Nachmittage lang mit ihr in seinem Zimmer ein.

»Mach auf, Frederik«, flehte mein Vater. »Du gibst deiner kleinen Schwester ein schlechtes Beispiel.«

Frederik war damals vierzehn Jahre alt. Er wartete nur auf ein Zeichen Floras, um Graumaus abzuschütteln.

Der Herbst und der Krieg rissen Flora aus ihrer Gleichgültigkeit. Sie holte ihren Sohn, der sich von ihr entfernt hatte, zu sich zurück.

Er hörte auf, sich mit Maus zu treffen, die danach wochenlang um unser Haus strich, bevor sie es wagte, bei uns anzuklopfen. Die Verzweiflung hatte sie auf unseren Treppenabsatz getrieben, dann vor das Sofa, wo Frederik seinen Kopf auf die Knie seiner Mutter gelegt hatte. Sie hatte sich vor ihnen aufgestellt. Sie taten, als sähen sie sie nicht.

»Freddy?« fragte sie mit zitternder Stimme.

Er sprang auf, als hätte ihn eine Wespe gestochen.

»Wo kommt das Mädchen her? Ich kenne sie nicht, und warum nennt sie mich bei meinem Vornamen?«

Er schien ehrlich erstaunt. Und wir hätten ihm geglaubt, wenn das Mädchen nicht Stammkunde bei uns gewesen wäre. Sie war jeden Nachmittag zu uns gekommen, hatte den Flur auf Zehenspitzen durchquert bis zu Frederiks Tür, die sich öffnete, um sie zu verschlingen.

Ihr Gesicht war außergewöhnlich bleich. Sie hatte sich zu Flora gewendet, von der sie Hilfe erwartete, doch diese begnügte sich mit einem einzigen Satz, den sie schnell hervorstieß, während ihre Finger die Haare ihres Sohnes zu Locken drehten.

»Er kennt Sie nicht.«

Maus rannte in größter Eile die Treppen hinab. Ihr Foto war am nächsten Tag auf der ersten Seite der Zeitung. Sie hatte sich vom Taubenfelsen gestürzt. Die Selbstmorde finden immer in dieser Bucht statt, wo das Meer schmerzlos tötet.

Ihr Gesicht war zwar vom Kies zerfetzt, doch zeigte es noch den Ausdruck größter Wut, den es bei uns angenommen hatte.

Sie hieß Marie und kam aus einem Dorf im Süden.

Wir nannten sie Maus, und für uns kam sie nirgendwoher. Wir hatten sie nie akzeptiert.

Die Selbstmörderin vom Taubenfelsen war die einzige Verbindung meines Bruders mit einer Frau. Der Krieg trieb ihn zu Georges. Er brauchte diesen Eisschrank, um sein Kristallherz vor dem Zerbrechen zu bewahren.

Meine Mutter bemerkte die Verwandlung ihres Sohnes in ein Mädchen nicht. Sie ermunterte ihn, sich die Haare wachsen zu lassen und sie eine Spur aufzuhellen. Seine Locken streiften um sein Erzengelgesicht auf den Straßen, in denen die Geschütze bellten. Er ging im Schatten von Georges, versteckte sich hinter dessen Athletenrücken.

Seine Belohnung: ein Päckchen Koks, das er mit einem Zug aufsog und das ihm die Beine wegriß. Frederik blieb an jedem beliebigen Ort stehen, taub für die Geschosse, die um seinen Kopf pfiffen, mitten auf der Straße, oder er hockte sich an den Fuß einer Mauer, einer beliebigen Mauer.

Flora verschloß die Augen vor seiner häufigen Geistesabwesenheit. Ihr Blick wanderte unablässig zum Bazar hinüber, dessen leuchtend bunte Glasfenster zersplittert waren.

»Sie hat ihren Sohn zerstört«, sagt Liliane.

»Und ihren Säugling zum Waisenkind gemacht«, überbietet Vava.

Herr Nahum hätte ihr gerne verziehen, wenn nicht der Ruf seines Hauses auf dem Spiel gestanden hätte. Der christliche Sektor zeigt mit dem Finger auf uns, seitdem meine Mutter mit dem Moslem geflohen ist. Alle Blicke konzentrieren sich auf meinen Vater. Das Tribunal erwartet seine Aussage. Er räuspert sich, um die Worte leichter herauszubringen.

»Flora«, sagt er, »ist ein Zugvogel, der einen Himmelsstrich verläßt, um zu einem anderen zu fliegen, wo er sich ein neues Nest baut und andere Junge hat.«

Warum spricht er wie ein Ornithologe? Die einen beherrschen sich, um ihn nicht auszulachen, die anderen, um ihn nicht zu ohrfeigen. Die dicken Brillengläser von Frl. Liliane haben die ärgerliche Eigenschaft, Tränen zu vergrößern.

4

Der junge Herr Nahum hatte seinen Tisch in den »Palmen«, bevor meine Mutter dort die Szene betrat in ihrem engen schwarzen Kleid mit dem langen Schlitz bis zu einem malvenfarbenen Strumpfhalter, malvenfarben wie die Äderchen, die unter ihrer Haut entlangliefen. Da der Notable möglicherweise in diesem Etablissement verkehrt hatte, hielt unser Hausbesitzer es für dienlich, dort über ihn beim Geschäftsführer Erkundigungen einzuholen.

Dieser bestreitet, jemals einen Notablen bei sich gesehen zu haben – die reichen Kunden vergißt man nicht. Aber er erinnert sich genau an einen jungen, düsteren Mann, der leicht hinkte. Der kam jeden Abend und setzte sich in eine Ecke des Saales. Er vergaß das Atmen, wenn die junge Polin die Bühne auf ihren für den damaligen Geschmack viel zu dünnen Beinen überquerte. Er folgte ihr einmal bis zur Familienpension, in der sie wohnte. Er wartete dort die ganze Nacht, angelehnt an der gegenüberliegenden Mauer. Er wünschte ihr einen guten Abend, als sie morgens herauskam und die Sonne schon hinter der Mole hervorbrach.

»Guten Tag«, erwiderte sie trocken und zufrieden, daß sie ihn bei einem Fehler ertappt hatte.

Er ging ihr auf die Nerven mit seiner zu engen Jacke, seinen beiden Goldzähnen und dem Siegelring am kleinen Finger. Sie hatte ihn für einen Neureichen gehalten, wo er doch in Wahrheit nichts anderes war als ein Armer, der seit je arm war.

Noch am selben Nachmittag traf sie ihn vor einem Geschäft im Stadtzentrum wieder, wo sie stehengeblieben war, um sich ein gelbes Kleid anzuschauen. Eine hinter Glas eingesperrte Sonne.

»Gefällt es Ihnen?« fragte eine Stimme hinter ihr. Sie hatte das bejaht, ohne sich die Mühe zu machen, sich umzudrehen.

Sofort wurde das Kleid aus dem Schaufenster genommen, eingepackt und in ihre Arme gelegt, die doch gar nichts verlangt hatten.

Zweimal hintereinander hatte sie »warum? warum?« gestammelt. Die Verkäuferin hatte eilfertig auf den Mann mit dem Siegelring gezeigt. Er wagte nicht zu lächeln, aus Angst, seine Goldzähne zu entblößen, und er wagte nicht, sich ihr zu nähern, aus Furcht zu hinken.

»Ich habe nichts von Ihnen verlangt«, sagte sie voller Überdruß.

Sie wartete seine Antwort nicht ab, sondern entfernte sich mit schnellen Schritten, wobei sie mit besitzerischem Stolz das Paket unter ihrem Arm an sich drückte.

Unwichtig, was sie ihm gesagt hatte. Er war im siebten Himmel, seitdem er den Tonfall ihrer Stimme vernommen hatte.

Warum hatte sie aber am nächsten Tag darin eingewilligt, mit ihm zu diesem Vorort zu fahren, wo sich Gräber und armselige Hütten in tadelloser Ordnung hintereinander aufreihen? Das Taxi hatte sie auf einem Stück Niemandsland abgesetzt. Kinder aller Altersstufen spielten dort im größten Schmutz. Hinter den Mauern stiegen hin und wieder zahlreiche Rauchsäulen auf. Dünnes Reisig brannte unter rußbedeckten Töpfen. Der Mann mit dem Siegelring ging auf eine Gruppe Frauen zu, die dort auf der Erde hockten. Er nahm die gebeugteste, die zerbrechlichste von ihnen in seine Arme, dann verschloß er ihre Augen mit seinen Händen. Sie sollte aufstehen und die Augen wieder öffnen vor dem Wunder, das er in ihr Witwenhaus mitgebracht hatte wie einen kostbaren Gegenstand. Die Mutter sprach dreimal den Namen Allahs und den seines Propheten aus. Das Geschöpf vor ihr war keine wirkliche Frau, sondern eine Huri aus dem Paradies. Ihre schwielige Hand berührte leicht Floras Unterarm. Sie wollte sich vergewissern, daß das schimmernde Weiß kein Schwindel war. Sie öffnete ihr feierlich die Tür, aber ihren Nachbarinnen, die ihr folgen wollten, versperrte sie den Eintritt.

Der Raum erschien Flora düster, verglichen mit der großen Helligkeit draußen. Kupfergeschirr glänzte im Zwielicht, und die Sofas, die mit scharlachroten Kelims behängt waren, sahen aus wie große Blutflecken. Fotos des Jungen, aus dem der Mann mit dem Siegelring geworden war, bedeckten ein ganzes Mauerstück. Ihre Gastgeber sprachen, aber ihre Stimmen erreichten sie nicht. Auch die Nachtigallen in ihren Käfigen sangen – man sah es an den Schnäbeln, die sich öffneten und schlossen – ohne einen einzigen Ton hervorzubringen. Flora bekam plötzlich Angst vor der Dunkelheit, vor dem Jungen, der auf keinem einzigen Foto lachte, vor dem Bett, das nur wenige Meter von den Gräbern entfernt aufgestellt worden war, denn hier teilten sich Häuser und Friedhof ein und dieselbe Mauer. Die Feuchtigkeitsflecken, da war sie sich sicher, waren nichts anderes als die Umrisse der Leichen, die hinter der Mauer in verschiedenen Körperhaltungen zusammengekrümmt lagen. Sie wurde von Entsetzen gepackt, als die Alte ihr eine Tiara aus Straß aufsetzte. Die rechte Hand vererbte ihr die Hochzeitskrone, die linke zeigte auf das Hochzeitsbett, auf dem sie nun ihrerseits gebären und sterben sollte.

Flora fühlte sich in einer Falle. Sie mußte fliehen, sonst würde sie gefangengehalten von einem Bett, von einem Schleier, von einer Tiara aus Glasstückchen und von einem hinkenden Mann.

Sie wich langsam zurück bis zur Tür, die sich durch ihr Gewicht öffnete. Die Nachbarinnen traten zur Seite, um sie durchzulassen. Dreimal durchquerte sie den Friedhof, bis sie den Rückweg wiederfand, den Weg zu den »Palmen«.

Am nächsten Tag wurde sie von Gewissensbissen geplagt, und sie ging fort, um den Mann und seine Mutter aufzusuchen. Sie mußte sich bei ihnen entschuldigen. Sie fand den Stadtteil dank der Grabmäler, die man schon von weitem sah. Als sie in diesem Niemandsland stand, fragte sie sich, an welche Tür sie klopfen sollte, alle Hütten sahen gleich aus. Sie wäre umgekehrt, hätte sie nicht die Gruppe am Feuer hockender Frauen bemerkt. Dieselben Frauen und dasselbe Feuer wie am Vorabend. Sie rief, aber keine antwortete auf ihr Rufen. Sie waren so damit beschäftigt, in die Glut zu blasen. In die erloschene Glut.

5

Sie wollen unbedingt in meinem Tagebuch aufgenommen werden. Wie aus Wollflocken spinnen sie ihren Lebensfaden für mich noch einmal, brauchbar für mein Gewebe. Unser Hausbesitzer hatte den allerschönsten Tisch in den »Palmen«. Auf der Piste. Und auf jedem Knie ein Mädchen. Keine Beine mehr von einem Tag zum anderen wegen dieses Miststücks von Bugatti, der ihm unter den Händen zerknallt war. Zum Glück ist Mourad da.

»Widme ihm eine Zeile, und vergiß nicht zu erklären, daß ich nicht von Geburt an behindert bin.«

»Ein Satz genügt, um Mourad als ›gehorsam, treu und niemals böse‹ zu beschreiben«, sagt Frl. Liliane schnell. »Erwähne lieber meine Karriere als Konzertpianistin, die gleichzeitig mit meiner Verlobung beendet wurde. Dein Vater hat mich zerbrochen. Er hat mir eine Mata Hari vorgezogen. Schluß mit den Tonleitern. Statt dessen von einem Tag zum anderen die Stricknadeln. Mußte meine Hände beschäftigen. Sonst hätte ich gekratzt, zerrissen, erwürgt.«

Mein Vater will im dunkeln bleiben. Er bittet mich inständig, seinen Namen nicht zu nennen. Er hat sein Leben und seine Karriere verpfuscht. Sein Herz und seine Dentistenpraxis sind nur noch Ruinen. Seine Frau und seine Patienten sind fortgeflogen. Seine Instrumente und seine Kinder irgendwo verstreut.

Frau Evgenia rät mir, auf niemanden zu hören. »Eine Zeile pro Kopf. Halte dich lieber bei mir auf, ich bin die einzige, die wirklich im eigenen Fleisch gelitten hat. Drei Löcher in ein und dieselbe Hinterbacke, die linke, von ein und demselben Scharfschützen, und kein Wort über Mourad. Der ist nämlich nicht nur schwarz, sondern außerdem noch Moslem.«

»Jedes Hochhaus hat seinen Scharfschützen wie jeder Kamin seinen Storch«, schreibe ich unter dem wachsamen Auge von Frau Vava. Von unserem Mann kennen wir das Geräusch der Schritte, den Zeitplan der Arbeit, den Geruch seines Tabaks und seines Schweißes, aber nicht das Gesicht, das er unter einer Mönchskapuze verbirgt, wenn er die Treppe in höchster Geschwindigkeit herunterrennt, um im Viertel seine Einkäufe zu machen. Frau Evgenia sammelt die leeren Schachteln seiner Marlboro-Zigaretten und das Papier, in dem seine belegten Brote eingewickelt sind, die er bei »Quick service« kauft, wo ihn niemand zu kennen scheint. Vava klagt, daß er nächtelang über ihrem Kopf herumgeht. Erst im Morgengrauen wird er ruhig, wenn die Bewohner des moslemischen Stadtviertels, das dem unseren gegenüberliegt, zu erwachen beginnen. Sie hört, wie er seinen Dreifuß aufstellt, sein Zielfernrohr richtet, schießt. Jede Detonation streckt einen Mann auf der feindlichen Straße nieder. Er läßt der Menge Zeit, den Kadaver fortzuschaffen, dann legt er wieder los. Es kommt vor, daß er auf dem Balkon der fünften Etage spazierengeht, nächtelang hinter den zugenagelten Rolläden unserer Kartenlegerin herumstreicht. Vava kennt seinen Blick aus Augen wie glühende Kohlen, seinen Bart mit dem bläulichem Schimmer, seine buschigen Augenbrauen und vor allem die Schwellung hinter dem Schlitz seiner abgetragenen Jeans. Sie kann ihn vom Kopf bis zu den Füßen sehen, aber nur in kleinen Einzelstücken wegen der Holzlamellen, die ihn wie ein Puzzle zerteilen. Ihre Vorstellungskraft fügt alles zusammen in ein und dieselbe Haut: die Schenkel, den genieteten Gürtel, den hochmütigen Mund, den Bart und dazu dieses Auge, das sie mittendurch zersägt.

Die Angst hindert sie nicht daran, ihre Nase zu pudern und ihr Hauskleid aus Pyrenäenwolle gegen ein durchsichtiges Néglige auszutauschen. Sogar als Tote würde Frau Vava noch versuchen zu verführen. Das ist ihre slawische Seite, die sich noch nach einem halben Jahrhundert im Orient deutlich zeigt. Zum Beispiel behält sie den Samowar, obwohl sie Tee verabscheut, und die Tarotkarten schlägt sie auf ukrainische Art, mit der linken Hand. Der Verführung gilt Frau Vavas größte Sorge. Sie stopft ihre Beos mit Liebesworten voll, die diese mit ihren Bauchrednerstimmen entstellt wiederholen. Merkwürdig, daß der Scharfschütze ein Auge auf eine alte Wahrsagerin geworfen hat, wo doch Anunciad und Lucia nebenan schlafen, nackt, bei weit geöffneten Fensterläden. Frau Vava, die auf alles eine Antwort weiß, antwortet scharf, daß die Tatsache, ein Mörder zu sein, kein Hindernis ist, Gefühle zu haben. Der Scharfschütze zieht eben die richtigen Frauen den Lesben vor.

»Was sind Lesben, Frau Vava?«

Ihre Antwort: eine ausweichende Handbewegung.

Anunciad und Lucia, das weiß die ganze Stadt, waren Priorin

und Novizin in einem Karmeliterinnenkloster, bevor ihre Wege den des Teufels kreuzten. In einer Woche sollte Lucia ihr Gelübde ablegen, das ihr Leben auf immer vereinen würde mit dem eines Christus', den sie von Fotos her kannte, oder besser, von Bildern. Sie war zu bleich, zu mager, zu klein. Alles an ihr flößte Mitleid ein, außer ihr Nacken, der weiß war wie Alabaster. Das Herz der ehrwürdigen Mutter Priorin hob ab beim Anblick dieses Wunders, das sich unter die Opferschere beugen mußte. Sie war davon so verwirrt, daß sie nachts wiederkam. Sie wollte sich vergewissern, daß sie nicht geträumt hatte. Sie fand »die Kleine« eingeschlafen.

Glaubte sie, Lucia über den Verlust der Haare zu trösten, indem sie ihren Nacken in Richtung der abgeschnittenen Locken streichelte? Ihre Hand wäre nicht zu den Hüften und zum Bauch geglitten, wenn Lucia sich nicht umgedreht hätte. Das Nachthemd, das sich um ihren Körper gerollt hatte, ließ die angewinkelten Knie und die Beine frei, die sich folgten, als ob die Schläferin im Traum liefe. Vor wem floh sie? Und warum Tränen in ihren Wimpern? Die Novizin stöhnte unter der Hand, die sie gestreichelt hatte, unschuldig, dann anders. Sie öffnete sich unter dieser autoritären Hand, die sicher die des göttlichen Verlobten war, der einzige, der den Schlüssel zu ihrem Körper und zu ihrer Zelle hatte. Der Gedanke, sich ihm zu widersetzen, streifte sie nicht einmal. Sie schrie zweimal hintereinander: das erste Mal aus Lust, das zweite Mal aus Überraschung. Sie dachte, eine Vision zu haben, als sie eine Person über sich gebeugt sah, und entschied nach kurzer Überlegung, daß es der Messias sei, der sich als Priorin verkleidet hatte, um ihre Liebe auf die Probe zu stellen.

Die ehrwürdige Mutter und die Novizin verließen das Kloster am nächsten Tag. Eine so strahlende Liebe konnte sich nicht mit einem Schattendasein begnügen. Die Ältere wußte um ihre Verdammnis, während die Jüngere glaubte, von der göttlichen Gnade berührt worden zu sein.

Sie sind in unserem Land und in unserem Haus gestrandet, wie Ertrunkene von der Strömung an einen Uferstreifen getrieben werden. Die unschuldige Lucia zwitschert von morgens bis abends, während die Sünderin Haushaltshilfe im Viertel ist. Das Scheuertuch und den Besen schwingen, schmälert in keiner Weise die Würde und das Ansehen Anunciads. Die Kleine fährt fort, sie »ehrwürdige Mutter« zu nennen, wann immer sich eine Gelegenheit dazu bietet. Sie könnte sie ebensogut »Mein Herr Jesus Christus« nennen, sei es auch nur wegen ihrer leichenblassen, knochigen Hände. Dieselben Hände wie die des Gekreuzigten.

6

Ich habe heute Nacht von dem Mann auf dem Bazar geträumt. Er suchte Flora auf beiden Seiten der Demarkationslinie. Die Tore beider Sektoren öffneten sich und spülten Männer heraus, die ihm ähnelten. Sie ergossen sich still in unser Viertel, stumm, aber tatkräftig, sprangen über die zusammengestürzten Mauern, hoben die Barrikaden weg wie Strohhalme, knickten die Baumstämme zusammen, die ihnen im Weg waren. Sie stellten sich vor unserem Haus in einer Reihe auf und riefen mit einer Stimme nach Flora. Ihre Zähne glitzerten in der Sonne. Frau Evgenia beugte sich über die Balkonbrüstung und lud sie ein, zu ihr heraufzukommen.

»Laßt diese Frau in Ruhe. Ihr Säugling hängt ihr am Herzen. Kommt lieber zu mir. Ich habe Weintrauben und frisches Wasser. Ich habe auch Beos und einen Samowar aus alten Zeiten.«

Ich habe ihr meinen Traum erzählt, überzeugt, daß sie daraus eine Botschaft lesen würde, aber sie begnügte sich mit dieser Antwort: »Dein Unterbewußtsein ist genauso belegt wie deine Zunge. Ich rate dir, mit Essigwasser zu gurgeln.«

Dennoch hat sie den Traum abends bei Herrn Nahum erzählt. Die Deutungen ließen nicht auf sich warten. Nach Frl. Liliane sind die düsteren Männer nichts anderes als der Islam, denn schwarz ist die Farbe der Kaaba. Er wird sich über uns ergießen und uns in seinen Fluten ertränken. Unser Hausbesitzer hatte eine andere Auslegung. Seiner Meinung nach wird Flora dem Notablen so viele Kinder schenken, daß diese die Straßen der Hauptstadt überschwemmen.

Eine Interpretation, die gänzlich abgelehnt wurde. Alle haben sie verworfen, aber in den verschiedensten Sprachen. Das Wohnzinmmer von Herrn Nahum ist der Turm zu Babel mit einem Juden, einem Sudanesen, einer Slawin, einer alten Jungfer, einem Säugling und einer Katze. Alle reden zur gleichen Zeit, wenn die Argumente gehässig werden. Die gegensätzlichen Meinungen erhitzen die Luft wie früher die Geschützfeuer. Der Streit hindert sie nicht daran, sich am nächsten Tag zur selben Stunde und am selben Ort wiederzutreffen. Dieselbe Angst vor dem Alleinsein und dieselbe Sehnsucht nach den vergangenen Zeiten fesselt sie aneinander. Die Jahre des Krieges waren ihre Prachtepoche. Der reiche Herr Nahum gab Freigelage. Sein Diener hatte Seidenturbane. Die Milizionäre aller Seiten fragten Frau Evgenia um Rat, und Liliane strickte die gleiche Jacke für alle Kämpfenden. Und es gab vor allem meine Mutter. Die toten Beine von Herrn Nahum lebten wieder, wenn sie vor seinem Rollstuhl entlangging. Das Mietshaus schien auf einem Glücksrad erbaut worden zu sein. Jeder Morgen brachte einen neuen Volltreffer: die Hinrichtungen fanden unter unseren Balkonen statt. Von unserem Dach aus konnten wir die Massenbegräbnisse sehen. Unsere Fenster reihten sich aneinander wie die Logen in einem Theater. Wir nahmen am Krieg teil und waren fein raus in unseren Sitzen.

Manche hatten ein Opernglas. Das von Herrn Nahum war aus massivem Silber. Wir waren die Zuschauer der Geschichte, die Massaker, Explosionen und Schlachten in Szene setzte, um uns zu unterhalten.

Frau Evgenia rät mir, bei dieser Epoche anzufangen. Ein Kriegstagebuch schreibt sich von ganz allein. Es genügt, das Datum des ersten Schlacht, den Namen des ersten Märtyrers und die Adresse des ersten eingestürzten Hauses herauszufinden. Der Rest kommt von selbst.

»Welcher Rest?«

Ich will es nur genau wissen.

»Das ganze Mietshaus eben! Unser Hausbesitzer zuerst. Ihm verdanken wir alle unsere Wohnungen. Ich weniger als die anderen. Ich habe meine Wohnung teilweise erkauft. Meine drei Löcher. Dieselbe Hinterbacke und ausgerechnet die linke.«

»Warum ausgerechnet?« frage ich neugierig.

»Dieselbe Seite wie das Herz.«

»Also die wichtigste?«

»Hör auf mit deinen idiotischen Fragen und mach mit deinem Tagebuch weiter. Vergiß nicht zu erwähnen, daß Herr Nahum Jude ist und impotent, daß sein Diener schwarz ist und Moslem und daß diese vier Behinderungen die beiden nicht davon abgehalten haben, den Krieg auf Seiten der Christen mitzumachen.«

7

Der Kleine hat heute Nacht den ersten Zahn bekommen. Ein winziger Schneidezahn stieß an den Rand eines Glases, als Frau Vava ihm zu trinken gab. Sie war verrückt vor Freude. Diese Neuigkeit mußte man seiner Mutter mitteilen.

Mein Vater ließ sich das nicht zweimal sagen. Er hat den Kleinen in eine Decke gewickelt, und auf ging's in den moslemischen Sektor.

»Flora soll den ersten Zahn ihres Sohnes sehen«, schrie er im Treppenhaus.

»Erst die Tauben, jetzt der Kleine«, höhnte Frederik in seiner Ecke.

Er ging spornstreichs hinüber, den Kleinen fest gegen seine Schulter geklemmt wie ein Gewehr. Die Straßenlaternen lösten sich gegenseitig ab, um sie zu beleuchten. Sie schwanden zwischen zwei Pfosten aus unserem Blickfeld, um dann einige Meter weiter wieder aufzutauchen, der kleine blonde Kopf schaukelte gegen den braunen Nacken. Man hielt sie am Eingang zum anderen Sektor an. Man richtete einen Scheinwerfer auf ihre beiden Gesichter. Man forderte sie auf, Namen und Vornamen anzugeben sowie den Anlaß des Besuchs. Drohungen wurden in die Nacht hinausgeschleudert. Auch Vorwürfe. Mein Vater hätte den Morgen abwarten sollen, um die Neuigkeit seiner Frau mitzuteilen, die nun die Frau eines anderen geworden war und die sicher alles vergessen hatte, sogar die Existenz dieses Kindes, das da von seinem Vater als Paket herumgetragen wurde.

»Unmöglich zu warten. Der Zahn könnte verschwunden sein. Das Zahnfleisch könnte ihn verschluckt haben.«

Keine besonders geistreiche Antwort. Man spottete ihm ins Gesicht. Das Licht der elektrischen Scheinwerfer blendete ihn. Warum erzählte er ihnen denn nicht seinen Lebenslauf, wo er schon mal da war? Er hatte doch sicher einiges zu sagen über seine Frau, die ihn verlassen hat wegen ihres Chefs. War sie schlecht gefickt worden? Oder war sie einfach nur mannstoll?

»Sie langweilte sich«, sagte er kurz angebunden. »Ein ausgestorbener Stadtteil, neidische Nachbarinnen, ein einseitig gelähmter Hausbesitzer, die letzte Schwangerschaft besonders schwierig. Ihre Nerven sind ihr durchgegangen. Sie brauchte einen Klimawechsel.«

Er fühlte sich verpflichtet, sie davon in Kenntnis zu setzen, daß er vor dem Krieg Dentist war. Er rechne mit einer Wiedergutmachung, die der Staat versprochen habe, um seine Praxis erneut einzurichten und die gestohlenen Instrumente zu ersetzen. Eine riesige Lachsalve setzte seinen vertraulichen Mitteilungen ein Ende. Die beiden Wachen kugelten sich. Die Nacht war besonders klar und still, wir hörten alles, sahen alles. Herr Nahum schämte sich für uns alle. Er hätte in seinem Rollstuhl Gas gegeben und den beiden Flegeln ins Gesicht gespuckt, wenn wir ihn gelassen hätten.

Der nächtliche Ausflug hat den Kleinen nicht aufgeweckt. Er schlief weiter, sogar noch zu Hause, den Kopf in den Nacken des Vaters geschmiegt. Mein Vater sah sich gezwungen, etwas zu erfinden, um diesen abgekürzten Besuch zu erklären.

»Der Kleine weinte. Sein Geschrei hätte den ganzen moslemischen Sektor wecken können.«

Das Auto des Notablen hat heute morgen vor unserem Haus angehalten. Sein Koch ist herausgestiegen. Er hat einen Teller »Sinniya« in unseren Treppenflur gestellt, eine Art Honigkuchen, den die Kleinen für ihren ersten Zahn bekommen.

»Schickt diese Schweinereien zurück zu ihrem Besitzer«, schrie Herr Nahum aus seinem Rollstuhl. »Der Kleine braucht kein ›Sinniya‹, sondern seine Mama.«

Alle waren seiner Meinung, aber niemand machte eine Bewegung, um das Tablett zurückzubringen. Der heiße Wohlgeruch aus Butter und Zucker hatte die Willenskräfte geschwächt. Unser Schuldgefühl hinderte uns nicht am Genuß.

8

Frau Evgenia schließt sich nachts in ihrer Wohnung ein, um ungestört zuzuhören, wie der Scharfschütze über ihrem Kopf herumgeht. Sie zählt sieben Schritte, die Länge des Dachs, acht, wenn er müde ist. Es kommt vor, daß unser Mann einen oder zwei Tage ausbleibt und sie mit ihren Fragen alleinläßt: Ist er verheiratet? Hat er Kinder? Welchen Beruf übte er vor dem Krieg aus? Wie macht er Liebe? Und kennt er den anderen Scharfschützen, den, der sie dreimal hintereinander verwundet hat? Sie fragt sich und zittert in ihrem für die Jahreszeit zu leichten, frivolen Nachthemd, das sie seit dem Fortgang ihres Mannes kaum getragen hat. Er hat sich nach zwei Ehejahren verflüchtigt, gerade Zeit genug, um ihr zwei Söhne zu machen, die ihr ihrerseits Enkelkinder gemacht haben, die fern von ihr auf dem grünen Abhang oberhalb der Bucht aufwachsen. Sie wäre ihnen dorthin gefolgt, statt hier in unserer Gemeinschaft zu verschimmeln, wenn ihre Schwiegertöchter sie nur ein wenig mehr geliebt hätten. Glaubt ihr, daß sie denen böse ist? Nicht im geringsten. Der Groll hat keinen Platz in ihrem Herzen. Die Könige, Königinnen, Asse und Buben füllen ihr Leben aus. Sechzehn, um genau zu sein, ohne die anderen Karten zu zählen, und dazu die beiden Beos, denen sie Unterricht in der Liebessprache gibt.

Es kommt vor, daß Frau Vava in ihren schwarzen Erinnerungen versinkt. Ihre Söhne erfahren vom Hörensagen davon oder auch zu Neujahr, wenn sie sie besuchen und sie in ihrem schwarzen Kleid vor ihnen herumflattert. Es ist seit Jahren dasselbe schwarze Kleid. Sie hat sich entschieden, ihr Leben lang um ihren noch lebenden Mann Trauer zu tragen.

Er hatte ihr ein Gebetbuch hinterlassen. Darin fand sie zwischen den Seiten unbezahlte Rechnungen und Dutzende von getrockneten Blumen. Sie arbeitete hart, um erstere loszuwerden, letztere bewahrte sie sorgfältig auf. Dreißig Jahre sind verstrichen, es kommt vor, daß sie weinerlich wird beim Anblick eines Gänseblümchens, das nur noch zwei starre Blütenblätter hat. »Er liebt mich, ein wenig«, rezitiert sie und schaut ins Leere. Er liebte sie sehr, gäbe es ein drittes Blütenblatt, aber weil nur zwei da sind ... Frau Vava ist unverbesserlich sentimental, und sie gehört zu denjenigen, die ihr Leben für eine winzige Beachtung ihrer Person hergeben würden. Sie ist streng und sparsam, und sie hat ihr Leben lang Kerzenstummel aufbewahrt, jetzt noch mehr als früher, denn die Kerzen selbst braucht sie für die Besuche des Scharfschützen. Der Regen treibt ihn auf ihren Balkon, die Kälte unter ihre Fenster, dort ist es wärmer als anderswo, und die elektrische Straßenlaterne wirft seinen Schatten auf ihre Jalousien. Sein Körper weitet sich aus oder zieht sich zusammen, je nachdem, ob er sich nähert oder entfernt. Er wird riesig, beherrscht ihre Wände und ihre Zimmerdecke, wenn er sich gegen ihre Fensterläden lehnt. Er bringt es fertig, in dieser Haltung stundenlang auszuharren. Sie hört ihn geräuschvoll atmen, als ob er schliefe. Sein Atem bedeckt ihre Fensterscheiben mit Hauch und läßt das Kerzenlicht flackern.

Sie kennt von ihm seine braun-schwarze Haut, seinen schlechtrasierten Bart, sein zorniges Christusgesicht und die Handflächen. Rot vom vergossenen Blut.

Er fasziniert sie und macht ihr zugleich Angst. Sie würde vor Langeweile sterben, wenn er jemals aus ihrem Leben verschwände. Er ist das einzige Abenteuer ihrer Tage, der einzige, der an sie denkt, denn er kommt regelmäßig. Eines Tages wird sie das Schweigen brechen und ihn fragen, ob er den anderen Scharfschützen kennt, den, der sie für ihr Leben gezeichnet hat. Wer weiß, ob sie nicht in demselben Viertel geboren sind, in demselben Haus, von derselben Mutter. Er könnte Informationen einholen und würde dann verstehen, warum er sie erwählt hat, sie und nicht Frl. Liliane, die viel mehr Zeit auf ihrem Balkon verbringt. Muß man daraus folgern, daß er die Armen den Reichen vorzieht? Die verlassenen Mütter den sterilen alten Jungfern? Dreimal hintereinander war sie im Krankenhaus und zitterte vor Fieber, delirierte ganze Nächte hindurch. Sie sah ihren Mörder an ihrem Fußende knien. Der bat sie um Vergebung. Er bedeckte ihre Hände mit Küssen, ihren ganzen Körper mit Küssen.

Frau Vava hat hart gearbeitet, um ihre Söhne und ihre Beos aufzuziehen – als Kartenlegerin, Astrologin und, je nach Angebot und Nachfrage, auch als Herstellerin von Glücksbringern – die niemals Unglück brachten, beim Kopf des Klienten! Sie übte ihre schwarze Kunst aus, während Liliane Tonleitern übte und unser Hausbesitzer im Bugatti herumfuhr, ein Mädchen an jedem Arm, um nicht zu sagen auf jedem Knie. Mein Vater ließ sich als junger Dentist in einer brandneuen Praxis nieder, mit dem Plan, sein Leben mit dem der Pianistin zu verbinden, einer reichen Erbin. Sie wäre meine Mutter geworden, wenn sie sich vor den »Palmen« in Acht genommen hätte. Sie glaubte, es handele sich um Bäume, in deren Schatten sich die Freunde treffen würden, um bis zum Morgen zu diskutieren. Erst als sie Flora sah, die im dritten Monat schwanger war, begriff sie. Zu spät! Sie war genauso einsam wie Frau Vava.

Sie nahm Roxane, um ein Gegengewicht zu den Beos zu haben. Eine weiße Katze gegen zwei schwarze Vögel, denn auf dem Klavier ist eine weiße Taste zwei schwarze wert. Sie spielt »Für Elise«, während die andere das Papierherz ihrer Tarotkarten erforscht. Die Herzdame spricht von Floras Einsamkeit im Haus ihres Geliebten. Sie sieht zerwühlte Laken, schwitzende Körper, Reste einer Mahlzeit auf einem Tablett, Schreie, die unter der abgeschlossenen Tür hervordringen. Nur er besitzt den Schlüssel zu ihrem Zimmer. Er will sie für sich immer bereit, geöffnet, dargeboten. Der Mann wird von demselben Schwindel erfaßt wie der Kristalleuchter, er durchquert allein die Brandung. Sie ist Zuschauerin seiner Lust. Er ist wütend. Sie mag seine Hände nicht, nicht seinen Bauch. Sie erniedrigt ihn durch ihre Kälte. Die Stimme wird lauter. Er kann aggressiv werden und sie grob anschnauzen.

Frau Evgenia spart nicht mit Einzelheiten. Mein Vater glaubt ihrem Bericht aufs Wort. Die Tarotkarten seiner Nachbarin haben einen guten Ruf. Das Blut kocht ihm in den Adern. Der Zusammenbruch der Telefonleitungen hält ihn nicht davon ab, Flora anzurufen.

»Flora, komm zurück, dein Platz ist bei uns. Der Kleine ist nicht gewachsen, seitdem du fortgegangen bist. Er erbricht alle Fläschchen. Er kann nur Muttermilch vertragen. Frederik bringt sich mit seinen Drogen um, und deine Tochter hat schon eine verbogene Hüfte, weil sie immer ihren kleinen Bruder tragen muß.«

Er weiß, daß er lügt. Der Kleine hat eine Bärennatur, er ißt alles, sogar die Körner der Beos, wenn man nicht aufpaßt, und meine Hüfte hat nichts, Frau Vava trägt meinen kleinen Bruder. Was Frederik betrifft, so nimmt er wie gewöhnlich seine Drogen, nicht mehr und nicht weniger als vorher.

Die Stimme meines Vaters hallt in seinen Ohren nach. Er liebt diese Stille, die durch nichts am anderen Ende der Leitung unterbrochen wird. Sein Flehen verdoppelt sich, weil es als Echo zu ihm zurückkommt, ebenso wie sein Schluchzen. Erfundene Dialoge, aber wie tröstlich. Er gibt ihnen die Richtung, die er haben will, dreht sie sogar zu seinem Vorteil, indem er Flora in ein reumütiges Wesen verwandelt.

Mein Vater kann dem Anblick eines Telefons nicht widerstehen. Er klingelt an den Türen sämtlicher Etagen, dringt grußlos in die Wohnungen ein, geht zielstrebig zu dem Apparat, dessen Platz er kennt, wählt die verdammte Nummer, stellt Fragen und beantwortet sie selbst gleichzeitig, spricht laut, damit das ganze Haus ihn hört.

»Deine Geschäfte halten dich für einige Zeit von uns fern? Wir können warten. Vergessen Sie nicht, daß Sie uns fehlen.«

Warum siezt er sie zum Schluß, wo er sie doch seit jeher geduzt hat?

»Armer Irrer«, schreit Liliane an ihrem Fenster.

»Alte Fotze«, gibt mein Vater aus seiner Ecke zurück.

Die alte Fotze und der arme Irre hätten fast geheiratet, wenn der Vulkan Flora nicht zwischen ihren beiden Etagen explodiert wäre. Liliane wäre dem Alkohol oder dem Wahnsinn verfallen ohne ihre Strickerei. Die hat die Tonleitern ersetzt, welche sie von dem Augenblick an verabscheute. Die Nadeln, die sich zwischen ihren Händen begegnen und wieder trennen, geben ihrem Leben einen Sinn. Sie ist für das Leben der Maschen verantwortlich. Die würden auf immer verschwinden, wenn sie sie je fallenließe. Sie ging niemals in den Luftschutzkeller, ohne die begonnene Reihe fertiggemacht zu haben. Sie strickte, und dabei fiel ihr die Brille auf die Nasenflügel und klemmte sie zusammen. Der Mund war ein horizontaler Strich. Sie mochte besonders gern kraus, wie ihr Leben, schlicht wählte sie nur, wenn es absolut nicht anders ging. Sie strickte weiche Sachen ohne Halsöffnung, die Klienten sollten selbst sehen, wie sie da mit dem Kopf rauskämen. Frl. Liliane schuf, ohne es zu wissen, eine Art Uniform, die sich in beiden Sektoren ausbreitete. Um der Nachfrage zu entsprechen, strickte sie sehr schnell. Ihre Sprache gewann dabei an Schnelligkeit. Die Silbenfolge kam durcheinander, sobald sie sich an das Perlmuster machte mit seinem dauernden Wechsel von rechts nach links.

Eines Tages beglückwünschte sie unseren Hausbesitzer zu seinem fluoreszierenden Aussehen und verlangte in der Apotheke eine florierende Zahnpasta. Sie erzählte uns ein anderes Mal, daß sie gerne in die Tschechoslowakei fahren würde, um dort eine Kammschlur zu machen. Herr Nahum fing sie heimlich ab, um mehr über diese wohltätigen Schlammkuren in der Tschechoslowakei zu erfahren. Ein Hundecharakter. Sie schrie ihn an, anstatt ihm für die Verbesserung dankbar zu sein. Sie brüllte laut, daß sie frei sei und ihre Kammschluren da machen könne, wo sie wolle. Gestern noch hat sie das Fernsehen abgestellt, um uns zu fragen, ob am Ende des Wortes Esel ein oder zwei Ellen stehen.

»Natürlich zwei«, sagte mein Vater, der immer zerstreuter wird.

Sein Gedächtnis ist verklebt wie die Seiten eines alten Buches. Er hat seit dem Fortgang seiner Frau alles vergessen, sogar, daß er einmal Dentist war. Wozu ihn daran erinnern? Zahnarztstühle, sagt man, werden in Folterkellern benutzt, mit Fräsen aller Größen, mit Zangen, Brecheisen und dem ganzen Rest. Der Zahn bricht mit dem gesamten Kieferknochen heraus, wenn es sich um ein scharfes Verhör handelt.

9

Eine alte Frau hat heute morgen an unserer Tür geschellt. Sie kam aus dem moslemischen Sektor, aus dem Haus des Notablen. Wir sahen sie schon von fern in ihrem schwarzen Umhang, der sie vom Kopf bis zu den Füßen verhüllte. Sie hat sich auf den Fußboden gesetzt, den großen Überrock um ihren fülligen Körper ausgebreitet. Sie sprach hinter ihrem Schleier, bewegte dabei ihre runzligen Hände und Arme, die bis zum Ellbogen tätowiert sind. Mit denselben Blumengirlanden wie auf den moslemischen Grabmälern. Sie kennt den Notablen seit jeher. Sie hat ihn in ihrer Hütte, die an die Friedhofsmauer geklebt ist, auf die Welt kommen sehen und ist ihm dann in sein weißes Haus gefolgt, nachdem er Geld gemacht hatte. Sie regiert dieses Haus, überwacht seine Dienerinnen und den Inhalt seiner Vorratskammern. Sie trägt seine Schlüssel um den Hals und führt alle seine Rechnungsbücher. Sie notiert in ihren Heften das Gewicht der Vorräte und die Periode der Mädchen. Die geringste Verspätung wird hart bestraft. Die Schuldige wird so lange geschlagen, bis das unerwünschte Kind abgeht.

»Schickt Sie Ihre Herrin?« fragt mein Vater hoffnungstrunken.

»Ich habe keine Herrin«, gibt sie giftig zurück. »Mein Herr hat ein Weibchen in seinem Bett. Er wird es niemals heiraten.

Der Imam hat eine vertragliche Bindung, wie sie mit Konkubinen gemacht werden, vorgeschlagen. Der Notable hat versprochen, darüber nachzudenken. Sie ist Christin. Sie könnte seine Nachkommen vom rechten Kurs abbringen. Ihre Hände machen ein Kreuz beim Beten. Der Islam liebt die Kreuze nicht und noch weniger die Märtyrer. Unsere Mauern mißtrauen dieser Fremden. So blaue Augen sind eine Erfindung des Satans. Sie ähneln Fensterscheiben, durch ihre Pupillen sieht man den Himmel. Ich rate Ihnen, sie wieder zu sich zu holen. Sie blutet seit Monaten, ein unreines Blut, christliches Blut. Diese Frau hat ein Dornenfeld in ihrem Bauch. Der Herr schließt sich mit ihr ein, sobald der Abend anbricht, und setzt alles daran, sie zur Lust zu bringen. Das breite Bett knarrt bis zum Morgen. Sie lieben sich, wie andere sich prügeln. Das Stöhnen dringt durch die Mauern und Etagen. Er liebkost sie bis zur Erschöpfung seiner Kräfte.

›Laß deine Kraft, laß deinen Saft in meine Hand‹, fleht er sie an, befiehlt er ihr. Sie widersetzt sich der Lust, und er versucht dickköpfig, aus dieser Spalte, die trocken ist wie eine in der Sonne vergessene Feige, den Saft herauszuquetschen.

Sie diskutieren und streiten sich, ohne mit dem Liebemachen aufzuhören. Warum verlangt er, daß sie sich für einen Fehler entschuldigt, den sie vor zwanzig Jahren begangen und wahrscheinlich vergessen hat? Sie behauptet, ihr Gedächtnis sei genauso krank wie ihr Bauch. Sie hat sich das Gesicht des Mannes mit dem Siegelring nicht gemerkt, auch nicht das seiner Mutter, sondern nur die Farbe des Kleides, ein unerträgliches Gelb. Eine hinter Glas eingesperrte Sonne, dann eine gesunkene Sonne, als sie es in dem Hotelzimmer auszog, in das sie ihn gezogen hatte.

›Ich hatte mich für dich ausgezogen‹, erklärt sie ihm so viele Jahre später.

›Du hattest dich einer Schuld entledigt, du wolltest, daß ich dir verzeihe. Du hattest meine Mutter vor ihren Nachbarinnen gedemütigt. Erinnere dich an deine Flucht, nachdem du die Hochzeitskrone wie einen unsauberen Gegenstand fortgestossen hattest, erinnere dich vor allem an das Hotelzimmer. Du hast mir vorgemacht, mich zu lieben. Du wolltest dich von meinem Verlangen nach dir befreien, von meinem dreckigen Verlangen nach dir. Deine Zähne bissen deine Hand blutig. Du hieltest die Augen geschlossen, um mich nicht sehen zu müssen.‹«

Oft weint sie, aber er läßt sich von ihren Tränen nicht zum Narren halten. Auch er hatte in dem abgeschlossenen Zimmer geweint, weil er nicht seinem Traumbild entsprach und weil ihm der Spiegel in der Halle sein düsteres und hinkendes Ebenbild gezeigt hatte neben dem ihren, lichtgleich und schwebend. Er hätte auf dem Absatz kehrtmachen müssen, statt die Treppen hinter dieser leichtfüßigen Elfe hinaufzuklettern, hätte die Frau aus seinem Gedächtnis löschen sollen, nachdem sich die Tür vor dem vom Fußboden fortgerafften gelben Flecken geschlossen hatte. Manchmal vergaß er die Gesichtszüge der Frau, niemals aber den Faltenwurf des Kleides. Es hatte da ausgebreitet unter seinen Füßen gelegen, als er aufstand, ohne sie besessen, genommen, geliebt zu haben. Sie hatte vom Fenster aus gesehen, wie er sich entfernte. Er ging schnell, schneller als sein Schatten, der sich auf der Straße hinter ihm herschleppte und den sie auf der Straße suchte, als der Mann aus ihrem Blickfeld verschwunden war. Nicht die geringste Spur konnte sie von ihm entdecken und nicht das geringste Vorzeichen von dem Krieg, der kurze Zeit später an demselben Ort ausbrechen und die Stadt in Blut tauchen sollte.

»Die Hausangestellten kennen Rede und Gegenrede, die immer mit denselben Worten vorgebracht werden«, sagt die Alte. »Dieselben Vorwürfe auf der einen Seite, dieselben Rechtfertigungen auf der anderen. Verloren hat, wer zuerst schweigt. Sie macht einen Fehler, wenn sie ihn von ihrer Unschuld überzeugen will. Er liebt sie nur, wenn sie schuldig, verächtlich, hochmütig ist.«

»Warum hat er so viele Jahre gewartet? Man stöbert nicht eine verheiratete Frau auf, eine Mutter von drei Kindern. In der Zwischenzeit habe ich sie geheiratet. Flora war nicht mehr Flora. Von diesem früheren Leben hatte sie nur noch den Namen behalten.«

»Am nächsten Tag verließ er das Land, um zu der Halbinsel zu fahren, wo damals jeder sein Glück machte. Er bereitete den Boden vor, um sie zurückzugewinnen, um sie zu bestrafen. Er mußte diese Frau in seinem Leben und in seinem Bett haben, um seinen Samen in ihren Bauch zu spucken und seinem gedemütigten Geschlecht Genugtuung zu verschaffen. Mein Herr hatte einen Palmenwald gepachtet. Die Ernte war hervorragend ausgefallen, er hatte das Nachbargrundstück gekauft, um hier eine Lagerhalle zu errichten. Das Erdöl war hervorgeschossen, als er schlief. Alles hatte mit diesem Grollen begonnen. Er hielt es für ein Erdbeben. Eine Sekunde, um ein Streichholz anzuzünden, und alles um ihn herum stand in

Flammen. Er hatte seine Baracke in Brand gesteckt. Nomaden sahen ihn nackt um seinen Palmenwald herumirren. Er schrie unzusammenhängendes Zeug. Der Brand war gigantisch wie die Fontäne, die den Himmel mit der Erde verband. Jeder kennt diese Geschichte, aber nur wenige wissen, daß er Flora in dieser Feuersäule gesehen hat, in ihrem engen, bis zur Taille geschlitzten schwarzen Kleid. Noch heute kommt es vor, daß er ihr vorwirft, in das Feuer getreten zu sein. Seine Mutter weigert sich, mit seiner Konkubine unter demselben Dach zu wohnen. Sie ist vor einer Woche in das Schlafzimmer eingedrungen und hat die Fenster weit geöffnet.

›Kommt und seht euch die Braut an‹, hat sie mit ihrer Eulenstimme geschrien. ›Ich verspreche euch ein schönes Schauspiel. Der schwarze Schwanz meines Sohnes in ihrer weißen Spalte und die Bettlaken voll Blut. Das Blut der Hurerei und nicht das Blut der Entjungferung.‹

Eine Verrückte! Sie tanzte wie ein stranguliertes Huhn. Ihre You-Yous drangen bis zum Himmel. Was für ein Skandal. Das ganze Viertel hing in den Fenstern. Ein unerträgliches Schauspiel. Man brachte die Alte nach Hause. Zwei Männer schleppten sie zu ihrer Bruchbude. Sie sträubte sich wie eine Furie. Ihre verdrehten Füße berührten nicht den Boden. Wie eine Spinne, die im Leeren hing. Die Mutter und der Sohn haben aufgehört, sich zu besuchen. Sie wirft alle Pakete, die er ihr schicken läßt, fort, auf das Niemandsland vor ihrem Haus. Es ist eine Schande, alle diese zerquetschten Früchte und das in den Staub geworfene Fleisch. Die Kinder warten ab, bis sie in ihr Haus zurückgekehrt ist, um dann alles mitzunehmen. Niemand wagt es, den Notablen über diese ganze Verschwendung zu informieren, er ist so damit beschäftigt, die Frau zur Lust zu bringen.

›Laß deine Kraft, laß deinen Saft in meine Hand‹, fleht er nächtelang.

Wenn sie nur ein einziges Mal zum Höhepunkt käme – er wäre überglücklich. Vielleicht würde er sie Ihnen zurückgeben. Nicht einmal eine Hündin verläßt am Tag nach der Geburt ihr Junges.«

Sie spuckt auf die Erde. Speichel fällt auf ihr Gesicht und verkrustet in den Furchen. Tausendjährige Furchen.

10

Eine alte Hexe, eine unglückbringende Zauberin, eine »Sahira« ist die Dienerin des Notablen. Kaum ist sie fort, beginnt der Kleine vor Fieber zu zittern. Der Arzt, den wir mitten in der Nacht herbeigeholt haben, spricht von Hirnhautentzündung. Frau Evgenia hat den bösen Blick gebannt. Sie hat ein Bleistück geschmolzen und dann den kleinen Kranken sieben Mal hintereinander in beiden Richtungen über die glühende Flüssigkeit getragen. Das Gesicht, das sich im glänzenden Metall abzeichnete, war genau das der Besucherin, erkennbar an der tätowierten Stirn. Das Blei thront seitdem auf dem Buffet.

»Wir werden es Flora schicken, dann wird sie begreifen, daß ihr Kleiner ihretwegen fast gestorben wäre.«

Frl. Liliane nennt sie die schwerste Heimsuchung. Frau Vava spart diese Bezeichnung für ihre Schwiegertöchter auf, denn die sind verantwortlich für ihre Einsamkeit und den Umzug ihrer Söhne in den neuen Stadtteil, den man oberhalb der Bucht erbaut hat.

»Feige Gänse, sie rollten sich bei der kleinsten Schießerei auf die Erde«.

»Meine Mutter auch?« frage ich anstandshalber.

»Flora«, antwortet sie, »hatte Erfahrungen. Schon mit sechzehn hatte sie die in einem anderen Krieg gesammelt, während anderer Bombardierungen. Warschau hatte sie abgehärtet. Sie war immer die letzte, die in unseren Schutzraum ging. Sie zog es vor, vor dem Spiegel in ihrer Wohnung zu bleiben, wo sie sich in ihren roten Schal einwickelte. Ein sehr teurer Schal, bezahlt von ich weiß nicht wem. Alle Blicke zog sie auf sich, wenn sie in das Halbdunkel herabkam. Die Augen von Herrn Nahum traten aus ihren Höhlen. Sein toter Körper verlangte nach dieser Frau, und sie spielte damit. Die Promiskuität, die Angst, die Schüsse hinter allen Türen und dazu noch dieser rote Schal, das hat den Kranken wieder auf die Beine gebracht.«

Frau Vava nimmt kein Blatt vor den Mund, sie beschuldigt meine Mutter, den reichen Greis verführt zu haben. Nach ihren Berechnungen hat er ein einziges Mal funktioniert. Gerade genug, um den Kleinen zu zeugen. Sie teilten sich zu zehnt dieselbe Matte und dieselbe Dunkelheit. Waren in demselben Kriegslärm.

»Unmöglich.«

Mehr kann ich nicht sagen. Man sagt nicht »unmöglich« zu einer Frau ihres Alters. Man könnte sie gleich »Lügnerin« nennen. Sie scheint sehr böse zu sein, da sie mir droht, sich in ihre Wohnung zu ihren Beos zurückzuziehen, die sie wegen des Kleinen vernachlässigt.

Der Rückzug von Frau Vava wäre für uns wie ein Todesurteil. Ich bitte sie um Verzeihung, bevor ich mit fester Stimme meine Einwände vorbringe.

»Der Kleine hat Haare, Herr Nahum ist kahl. Der Kleine hat einen Zahn, Herr Nahum ein Gebiß, der Kleine ist Christ, Nahum Jude. Der Kleine ist mein Bruder, Nahum nicht.«

»Zunächst einmal heißt es Herr Nahum«, gibt sie eisig zurück. »Und außerdem, wer sagt dir, daß dein Kleiner nicht in fünfzig Jahren kahl, Jude und zahnlos ist?«

»Aber er ist dann immer noch mein Bruder . . . «

Wißt ihr, was sie mir geantwortet hat?

»Das ist kein Grund, sich vor Freude in die Hose zu machen. Schwestern wie dich findet man an jeder Straßenecke.«

Das hätte ich nie von ihr gedacht. Sie ist sonst so höflich. Sie ist sich offenbar selbst böse, denn sie wird jetzt ganz liebenswürdig. Sie zählt mir die Reichtümer unseres Hausbesitzers auf. Der Kleine könnte sie erben, falls das Gedächtnis des Alten nicht genauso kurz ist wie der Rest seines Körpers. Er kann die Nacht der großen Bombardierung nicht vergessen haben. Kein Licht, keine Kerzen, und Mourad breitete die Matte seines Herrn neben der seiner schönen Nachbarin aus. Man konnte alles Mögliche mit jedem beliebigen machen, ohne es selbst zu merken. Alles war durcheinander, die Schreie, die Wollknäuel von Frl. Liliane, warum nicht auch die Körper? Der Kleine wurde neun Monate später geboren.

Sie verteidigt ihr Szenario. Der Grund ist sehr einfach. Sie will, daß mein kleiner Bruder eines Tages unseren Hausbesitzer beerbt.

Ich bilde mir ein, meine Mutter zu rächen, indem ich wie eine Furie loslege:

»Wer sagt Ihnen, daß der Kleine überhaupt seinen Besitz erben will? Nichts als zu Staub zerfallene Lagerhallen, ein vollkommen durchlöchertes Mietshaus und dazu ein Rollstuhl, der so häßlich ist. Nicht einmal die Moslems wollen ihn haben.«

Ich breche in Tränen aus wie jedes Mal, wenn ich von Politik spreche. Und sie tut nichts, um mich zu trösten. Sie wartet, bis ich mir die Nase geputzt habe, dann redet sie von den Goldbarren unseres Hausbesitzers. Hundert Stück, nicht einer weniger, vergraben unter einer Pappel. Unser Hausbesitzer hat sie dort eigenhändig verscharrt. Vor drei Jahren. Er wird sie ausgraben, wenn das Gelände wieder ein Land geworden ist.

11

Die Tarotkarten von Frau Evgenia bleiben stumm, wenn man sie über die Goldbarren von Herrn Nahum befragt. Was ist aus dem Schatz unseres Hausbesitzers geworden? In drei Jahren hat die Erde sich bewegt. Mourad hätte besser das Gebiet genau ausgemessen, anstatt nur die Bäume zu zählen. Aus den drei Pappeln sind dreißig geworden. Das war dieser verdammte Regen. Er hat die Natur entfesselt, die Flüsse anschwellen lassen und den Wald eingeladen, sich mitten in der Stadt niederzulassen. Die bombardierten Viertel gleichen einem Dschungel. Die Vegetation hat sich im Innern der Ruinen breitgemacht, zwischen den eingestürzten Mauern. Aber die Goldbarren wären noch unter einer Fliese im Keller, wenn Herr Nahum nicht den Ratten mißtraut hätte. Es waren drei, die an seinem Schatz schnüffelten. Drei mit dichtem Fell und fadendünnen Schwänzen. Mourad erhielt den Befehl, alles vor Tagesanbruch fortzubringen. Er grub sie aus und dann drei Kilometer weiter entfernt wieder ein, neben dem Aquädukt, unter einer Pappel, in einer apokalyptischen Nacht. Die Granaten regneten von allen Seiten herab. Man mußte sich beeilen.

Der Diener und sein Herr durchquerten eine leergefegte Stadt, ersterer schob einen Rollstuhl, letzterer drückte einen prallgefüllten Goldsack an sein Herz. Mourad wurde angeschnauzt, wenn er bergan langsamer wurde. Sein Gesicht war angstverzerrt, während sein Gebieter eine große Gelassenheit an den Tag legte, die er dem Ohropax verdankte, das seine Ohren garnierte.

Sie brachen im Feuer auf und kehrten im Rauch zurück. Die Sanitätsfahrzeuge und die Feuerwehren fuhren langsamer, als sie den Schwarzen sahen, der einen Gelähmten durch die von Bränden verwüsteten Straßen schob. »Nein danke. Sie brauchten nichts. Sie gingen hier spazieren wie jeden Abend, bei jedem Wetter und unter jeden Bedingungen.« Der Ruß hatte ihre Gesichter gleichgemacht. Man hätte sagen können: Zwillingsbrüder. Da sieht man, wie klein der Unterschied zwischen den Rassen ist. Er hängt von einem einzigen Faden ab, von einem Rauchfaden natürlich.

Im sicheren Hafen eingelaufen, ließ der Schwarze ein durchdringendes You-You hören, das seine Zunge springen ließ in seinem Mund, der innen genauso schwarz ist wie außen. Sein Herr konnte nun ruhig schlafen, da sein Schatz in Sicherheit war.

Das Fernrohr von Herrn Nahum bestrich abends und morgens den Aquädukt und seine Umgebung, ohne etwas Verdächtiges zu bemerken. Aber im Winter nahm alles eine schlimme Wendung. Die Regenzeit war außergewöhnlich lang. Wasserfälle ergossen sich in die Straßen, Abwässerkanäle wurden zu Sturzbächen. Frau Vava sprach von einer Sintflut und wir mitten darin als die einzigen Überlebenden wegen unserer Leiden und unserer geografischen Lage. Sie sah das Haus wie die Arche Noah über dem Land schwimmen. Die Menschheit würde überleben in einem Schwerbehinderten, einem Hahnrei, einem Drogenabhängigen, einem Neger, zwei Lesben, einem Kleinkind und zwei Frauen im Klimakterium. Auf mich könnte man nicht rechnen. Ich hatte ja meine Regel noch nicht. Ich habe sie noch immer nicht, angeblich aber bald, nach den Berechnungen von Frl. Liliane.

Und dann eines Morgens der Regenbogen, auf den niemand mehr zu hoffen gewagt hatte. Der Regenbogen persönlich mit seinen sieben normalen Farben, dazu noch eine zusätzliche, deren Namen niemand kannte. Herr Nahum und sein Fernrohr saßen in der ersten Reihe. Sein Gesicht wurde blaß. Ein richtiger Dschungel war um seinen Aquädukt gewachsen. Die drei Pappeln hatten Kinder bekommen, die alle genauso groß und so dick waren wie ihre Eltern. Unter welchem Stamm hatte Mourad die Goldbarren seines Herrn vergraben? Man fordert ihn auf, sie wiederzufinden, sonst . . .

»Was sonst?«

Wenn er auch ein Sklave ist, so ist er doch nicht verantwortlich für die Natur und schon gar nicht für die Elemente. Der Unglückselige startete mehrere Versuche, sich dem Ort zu nähern, es gelang ihm nicht, den ersten Fuß des Betonungeheuers zu überqueren. Der Aquädukt war ein Freiluftfriedhof geworden für die Milizen aller Richtungen, die dort die Leichen, die ihnen im Wege lagen, hinwarfen. Mourad suchte das Weite beim Anblick der vom Wasser aufgeblähten Kadaver, um die sich fette blaue Fliegen stritten.

Die Tarotkarten von Frau Vava sind geradeheraus. Die Erde, sagen sie, hat das Gold verspeist, und das Gold hat sich mit Erde vollgestopft. Genauso gut könnte man den Funken eines Diamanten in einer Kohlenmine suchen. Man muß alles bis zu Flora hin zurückverfolgen, um den Schuldigen zu finden. Sie hat die Erde aus dem Gleichgewicht gebracht, weil sie den Wohnort wechselte. Die Stadt hinkt wie der Notable, und daher kommt das Abrutschen der Erde und alles andere.

12

Frederik schließt sich in seinem Zimmer ein, seitdem Flora fort ist. Glaubt er, sie in den Schoß der Familie zurückzuholen mit Hilfe seiner Gedichte, die er unter Drogeneinfluß schreibt und die ihm ungeöffnet mit dem Vermerk »Empfänger unbekannt« zurückgeschickt werden?

Hat unsere Mutter ihren Namen geändert, nachdem sie ihren Mann und ihr Stadtviertel ausgetauscht hat? Oder ist sie ganz einfach tot? Seit Monaten tot, und wir wissen es nicht. Vielleicht ruht sie auf dem moslemischen Friedhof unter einem Grabstein mit den gleichen Blumengirlanden, wie sie auch auf den Unterarmen der Dienerin des Notablen entlangliefen?

Gestern hat man Frederik ein ganzes Päckchen zurückgeschickt. Er hat mit beiden Füßen darauf herumgetrampelt, dann die Blätter auf allen Vieren wieder eingesammelt, sie geglättet und erneut an Flora geschickt, die im Haus ihres Geliebten unbekannt ist.

Georges liefert ihm den Stoff und die Papierblöcke, die er mit seiner gequälten Schrift bedeckt, ins Haus. Warum muß er mir unbedingt seine Visionen mitteilen, die immer so schwarz sind, wenn ihm seine Mutter fehlt? Die Welt hat uns seiner Meinung nach vergessen, nachdem sie uns am Rand einer ins Bedeutungslose gesunkenen Straße abgesetzt hat. Wir existieren für niemanden mehr. Unser Viertel ist ein No Man's Land und unser Wohnhaus ein herumtreibendes Floß. »Das Floß der Medusa«, das er mir im Geschichtsteil des Lexikons zeigt, macht mir eine Gänsehaut. Als er sicher ist, daß er mir Angst gemacht hat, bemüht er sich, mich zu beruhigen. Er versichert mir, daß wir von der Dichtkunst gerettet würden: von seiner, die er mir offenbaren will, sobald ich eingeweiht sein werde wie er, das heißt, sobald auch ich angefangen haben werde zu koksen.

Mein Bruder spricht wie ein Prophet. Übrigens sieht er auch ganz so aus mit seiner wächsernen Gesichtshaut, dem scheuen Blick und den Haaren, die ihm in dünnen Strähnen auf die Schultern hängen. Ihm fehlt nur ein Bart, um ein wahrer Heiliger zu werden. Viele unter uns teilen seinen Pessimismus. Unsere Prachtzeiten haben sich mit dem Pulverdampf der letzten Kämpfe verflüchtigt. Die hatten sich unter unseren Balkonen abgespielt, unter unseren Fenstern. Das Mietshaus schwankte wie eine Schaukel.

Seit diesem verfluchten Waffenstillstand interessiert sich kein Mensch mehr für uns. Die Demarkationslinie hat uns vom Rest des Landes abgeschnitten. Wir sind Fremde in beiden Sektoren. Die Moslems beachten uns nicht, die Christen kehren uns den Rücken zu. Das Verschwinden Floras in den moslemischen Sektor hat uns verdächtig gemacht. Man hält uns für Schlepper, für Spione. Wir sind die Feinde aller, weil wir keine Freunde haben. Wir hätten uns Freunde machen können, als wir noch im Rampenlicht standen. Die Reporter der internationalen Presse drängten sich an unseren Türen, die nostalgische Frau Vava holt das Interview hervor, das sie damals dem Korrespondenten der Washington Post gegeben hat, durchschlagend trotz seiner Kürze: »Wir beten zum Heiligen Antonius, daß er das Leben der unschuldigen Kinder und Greise, die in diesem Schlupfloch hausen, beschützt«, hatte sie in aller Deutlichkeit gesagt.

Die Kinder und Greise lächelten auf der ersten Seite auf einem Foto, das im Keller gemacht worden war. Herr Nahum saß in seinem Rollstuhl und drückte Frederik mit seinem linken und mich mit seinem rechten Arm an sich. Mourad stand als Ebenholzstatue hinter seinem Herrn. Sein dunkles Gesicht war mit dem Halbschatten verschmolzen. Man sah nur die schrägen Schlitze seiner Augen, die Augen einer schläfrigen Schlange.

Unseren Hausbesitzer braucht man an diese Episode nicht eigens zu erinnern. Er hat alle Zeitungsartikel aus der Zeit aufbewahrt, und er liest sie jedesmal in umgekehrter Reihenfolge: die letzten Ereignisse vor den ersten. Es macht ihm Spaß, beim Waffenstillstand zu beginnen und bei der ersten Schlacht aufzuhören. Der Mann, der eine Maschine erfunden hatte, die das Geräusch von hundert Granaten gleichzeitig erzeugen konnte, nur das Geräusch, das war Herr Nahum. Er war es auch, der einen riesigen Spiegel an seinem Fenster befestigte, um die feindlichen Artilleristen zu blenden. Er braucht zur Erinnerung nur die Herald Tribune aufzuschlagen. Er hätte sich seine Erfindungen patentieren lassen sollen, als der Krieg zuende war. Aber die Zeit ist vergangen, und die Sorge um die Goldbarren nimmt ihn jetzt voll und ganz in Anspruch. Mourad gibt Flora die Schuld am Verlust des Schatzes. Sie ist verantwortlich für die sintflutartigen Regenfälle, für den Dschungel, der um den Aquädukt gewachsen ist, und für die Freßsucht der Erde, die jetzt Gold verschlingt, anstatt sich mit ihren gewohnten Wurzeln zu begnügen. Es ist eben ungesund, wenn eine Wöchnerin in freier Natur spazierengeht. In seinem Land sperrte man sie ein. Vierzig Tage, nicht einen weniger. Die Milch gerann allein bei ihrem Anblick, und der Teig wollte nicht aufgehen. Frl. Liliane gibt noch Wasser auf seine Mühle, als sie erklärt, daß es meiner Mutter gar nichts nütze, woanders zu sein. Ihre Gebärerinnenschreie schwingen noch in allen Etagen. Vor Schmerzen verdrehen sich die Mauern, die eben nicht so sehr Mauern sind, sie leiden wie wir alle. Wir werden keinen Augenblick Ruhe haben, solange ihr Mann noch auf sie wartet.

»Sie soll verduften«, sagt sie gehässig. »Ich ersticke an ihrem roten Geruch.«

Liliane und Mourad haben sich geschworen, meine Mutter zu zerstören. Die Küche des alten Fräuleins dient als Laboratorium für ihre schwarzen Präparate. Der Diener hat den Grund seines Gedächtnisses aufgekratzt und die mörderischsten Rezepte hervorgeholt.

Fetzen von Floras Kleidern, die ins Blut eines jungen Hahnes getaucht werden, eine Spinne mit gefesselten Gliedern, von Nadeln durchstochene Fotos, kabbalistische Zeichen, die auf eine Schafshaut geritzt werden, andere Nadeln durch andere Fotos gestochen, Beschwörungsformeln für einen gewissen Ibliss, den er gut zu kennen scheint, noch einmal Fotos und Nadeln. Das Hochzeitsalbum meiner Eltern ist ganz dabei draufgegangen.

Sie hätten sich mit diesen praktischen Arbeiten begnügen

sollen, niemand hätte davon erfahren. Sie haben aus einem alten Koran alle Suren über die ehebrecherische Frau herausgeschnitten und sie meiner Mutter geschickt. Sie haben ihr angedroht, daß sie gesteinigt, aufgehängt, gepfählt und vor allem aus dem Paradies verbannt bleibe. Ihre Seele werde wie die schädlicher Tiere in den unteren Sphären des Weltraums irren.

Der bloße Anblick des Briefumschlags ließ dem Kleinen die Haare zu Berge stehen. Er zitterte wie ein geschlagener Hund und verlangte mit erregter Stimme nach seiner Mutter. Zum ersten Mal »Mama.« Zwei Silben, die ihm niemand beigebracht hatte. Warum ruft er nach einer Frau, die er trotz des neunmonatigen Zusammenlebens in derselben Haut gar nicht kennt?

Der kummervolle Mund des Kleinen sagt Frau Evgenia nichts Gutes, noch weniger ihre Karten. Sie warnen vor dem Kreuzbuben, er wird das Böse benutzen, um sich bei uns einzuschleichen. Alle Finger zeigen auf Mourad, aber keiner wagt, seinen Namen zu nennen wegen seines Herrn, der der Sklave eines Sklaven geworden ist.

13

Wir hätten auf Frau Evgenia hören und Mourad in seine Heimat zurückschicken sollen, anstatt ihn mit seinen schwarzen Schriften und seinen düsteren Absichten bei uns zu behalten. Einen Wolf in einen Schafstall einsperren, das verwandelt ihn noch nicht in ein Lamm, flüstert sie leise genug, daß unser Hausbesitzer sie nicht hört. Denn alle wissen nur zu gut, wie sehr Herr Nahum an seinem Diener hängt. Mourad ist der aufrechtgehende Schatten seines schlaff niederhängenden Körpers. Das lebende Double seiner toten Beine. Dank Mourad kann er von einer Etage zur anderen kommen und sogar bis zum Aquädukt vordringen, wenn er den zwingen will, das Gold auszuspucken. Unnötig, die Erde aufzuwühlen und die Bäume zu befragen. Der Abhang hat sich in ein Loch verwandelt. Der Schatz muß unter den Fuß des Betonungeheuers gerutscht sein. Dessen Sohle erdrückt ihn mit ihrem ganzen Gewicht.

Mourad befürchtet, daß sein Herr ein neuer Armer werden könnte, nachdem er ein Neureicher gewesen ist, und er hat deshalb beschlossen, alles mit Dynamit in die Luft zu jagen. Er wird einen Sabotageakt vortäuschen, den irgendeine Miliz der beiden Sektoren begangen habe, und der Krieg, der trotz der drei Jahre Waffenstillstand niemals aufgehört hat, unter der Asche fortzuglimmen, wird sich von neuem zwischen den Sektoren entfachen. Das Haus wird wieder ins Zentrum der Aufmerksamkeit rücken. Und wir werden erneut ausgefragt, interviewt, bedauert und fotografiert.

Teuflisch, dieser Mourad. Frau Vava hätte nie gedacht, so recht zu haben, als sie ihn einen Hexenmeister nannte. Fast wären wir seinetwegen alle erschossen worden.

Die Männer des Notablen stürmten in unser Haus, als wir schliefen. Sie suchten den Absender der anonymen Drohbriefe, die an die Geliebte ihres Herrn gerichtet waren. Sie haben uns aus unseren Betten gerissen und in die Loge des Hausmeisters gestoßen. Sie haben uns vom Kleinsten zum Größten hinauf und wieder vom Größten zum Kleinsten herunter abgezählt. Niemand fehlte beim Appell. Waren anwesend Herr Nahum, sein Diener und sein Rollstuhl. Frl. Liliane, ihre Stricknadeln und ihre Katze Roxane. Frau Evgenia, ihre Beos und unser Kleiner. Lucia klebte am Rücken von Anunciad. Die beiden Exnönnchen beteten zum Gott der Christen, während Herr Nahum Jehova anrief. Wahnsinnig, wie die Juden sich ins Gleichgewicht bringen können, sobald sie ihren Gott anrufen. Frederik folgte weit hinter meinem Vater und mir und hielt mit halbgeschlossenen Augen die Hände wie ein Schlafwandler vor sich.

Wir waren auf das Schlimmste gefaßt: knallende Schüsse, Blutbad, an den Wänden zerspritzende Gehirne, nur nicht auf dieses trockene Geräusch des aufgeschraubten Füllfederhalters. Der Chef-Folterknecht hielt ihn uns einem nach dem anderen hin. Er wollte Schriftproben, um unsere Unterschrift mit der in den anonymen Briefen zu vergleichen. Voller Gefälligkeit brachten wir ihm dieses Opfer, das allerdings dem Kleinen und Mourad erlassen wurde wegen krassestem Analphabetentum.

»Dann deine Fingerabdrücke«, bellte der Schriftprobenvorgesetzte. »Die kannst du doch wohl machen, sonst ... « Sonst würde er es mit seiner Kalaschnikow zu tun bekommen.

Natürlich konnte er Fingerabdrücke machen, aber sie schwankten vor Angst hin und her.

Ein richtiges Fiasko war diese Operation. Keine Schrift ähnelte der in den anonymen Briefen, vor allem nicht die von Frl. Liliane, die zum ersten Mal im Leben arabisch schrieb. Sie machte es wie im Französischen, von links nach rechts. Die Tränen kamen ihr vor Lachen, noch nie hatte sie einen solchen Spaß gehabt. Sie hatte den Eindruck, wieder in der Schule zu sein, vier Mörder als Lehrer. Der Anblick ihrer Waffen schien sie in Form zu bringen, da sie verlangte, einen weiteren Versuch machen zu dürfen.

Was für Gefühle an einem und demselben Tag. Wir waren schweißnaß. Als das Diktat beendet war und die Schüler wieder frei, floß das Wasser in allen Etagen. Der Geruch der Angst mußte fortgewaschen werden.

»Es war ganz bestimmt nicht Flora, die sie zu uns geschickt hat«, beteuerte mein Vater.

»Warum sie nicht einfach fragen?« schlug ihm Frau Vava heuchlerisch vor und deutete mit dem Kinn auf das nie funktionierende Telefon.

Er warf sich darauf wie ein Verhungernder auf das Essen. Seine mageren Finger glitten in die Löcher. Ohne das Tuten abzuwarten, rief er mit autoritärer Stimme:

»Begreife es ein für allemal, Flora. Ich werde nie wieder dulden, daß deine Gangster in mein Leben eindringen. Sie haben uns nicht nur terrorisiert, sie haben sich außerdem verpflichtet gefühlt, uns demütigen zu müssen. Kannst du dir das vorstellen, ein Diktat in unserem Alter? Nur der Kleine wurde verschont.«

Je mehr er sprach, desto verrückter wurde er. Wir haben ihm den Apparat aus den Händen gerissen, ihn zu Bett gebracht und mit einer Decke zugedeckt. Er zitterte an allen Gliedern. Er klagte über seine Schläfen, die zu zerplatzen drohten. Der Hirnschlag war nicht fern.

Glaubt ihr, daß Mourad daraus eine Lehre gezogen hätte? Er machte gleich am nächsten Tag weiter, traf aber dieses Mal tausend Vorsichtsmaßnahmen. Da der Islam und das Judentum dieselben Strafen für die ehebrecherische Frau haben, bediente er sich aus der Bibel seines Herrn. Er beschuldigte die Schaben, als Herr Nahum die Löcher in seiner Bibel entdeckte, und Herr Nahum glaubte ihm. Er hat ihm immer geglaubt, sogar als Mourad ihm erklärte, daß der Kleine sein Sohn sei, gezeugt aus seinem toten Fleisch im Bombenhagel einer Nacht.

»Sie haben, ohne es zu wissen, die schönste Frau der Stadt, des Viertels und des Wohnhauses besessen. Jetzt brauchen Sie nur noch die Frucht Ihres unbewußten Liebesabenteuers anzuerkennen. Der Kleine ist Ihr einziger Verwandter auf der Welt. Ihre Familie hat sich in Rauch aufgelöst«. (Er nannte keinen genauen Ort.)

Der mißtrauische Greis verlangte ein genaues Datum. Er erinnerte sich nicht, sich seiner schönen Nachbarin genähert zu haben, sei es auch nur im Traum.

»Vergißt du, daß ich schwerbehindert bin?« rief er pathetisch.

»Aber Ihr Geschlechtsteil ist es nicht«, entgegnete der Diener. »Es schläft mit dem Tod, es schläft mit der Krankheit, es schläft mit dem Krieg.«

Im Klartext nichts anderes, als daß er es für eingeschlafen hielt.

Halb überzeugt, unterschrieb Herr Nahum vor Notar und Zeugen.

Unglaublich, dieser Mourad. Falsche Schlange oder nicht, er muß jedenfalls ein Herz haben, da er die Interessen des Kleinen mit soviel Hartnäckigkeit vertritt. Er geht mit ihm jeden Nachmittag im christlichen Sektor spazieren. Die blonden Haare meines kleinen Bruders können ihn nicht davon abhalten, ihn den Krämerseelen als seinen Enkel vorzustellen. Dieser Enkel putzt sich in Mourads Turban die Nase, da er auf dessen Schultern sitzt. Er bringt ihn bei jedem Wetter ins Freie hinaus und freut sich, daß er ihm den Unterschied der vier Jahreszeiten zeigen kann.

Der Kleine kennt bis zum heutigen Tag erst drei. Er muß noch den Winter kennenlernen, den ersten Winter bei uns.

14

Nach dem Regen der Schnee. Schnee zum ersten Mal am Küstenstrich. Das Haus des Notablen ist ein weißer Block. Stalaktiten hängen an den Arkaden seines Taubenschlags. Eine Tür hat sich in der hinteren Hauswand geöffnet, um eine Silhouette herauszulassen. An ihren schwarzen Schleiern haben wir die alte Dienerin erkannt. Vornübergebeugt strebt sie unserem Viertel zu, der böige Wind bläst ihr entgegen und verlangsamt ihre Schritte.

Was hat sie uns Wichtiges mitzuteilen, daß sie bei solchem Wetter das Haus verläßt? Auf unserer Treppe schüttelt sie sich wie ein Raubvogel, um die Schneeflocken, die an ihrem weiten Umhang kleben, abzuwerfen. Sie sagt, ihre Füße seien erfroren, bläst jedoch in ihre knotigen Hände, Hexenhände. Sie behauptet, nur Floras Bestes zu wollen, nennt sie aber weiterhin die Fremde. Ihr Herr schicke sie. Er bitte meinen Vater, die Formalitäten für die Scheidung vorzubereiten. Der Ehebruch seiner Frau werde den Scheidungsvorgang beschleunigen.

»Weil er sie heiraten will?« bringt mein Vater mit würgender Stimme hervor.

Sie wirft ihm einen vernichtenden Blick zu.

»Er will sie nur seinen Freunden vorstellen, die Ware vorzeigen, ohne den Namen ihres Ehemannes nennen zu müssen. Echte Blondinen, das ist etwas Seltenes. Ihre Dienerinnen sagen, daß ihr Tuff goldfarben ist und die Ringe ihrer Brustwarzen rosa. Dieses Samtige, Seidige und dieser Perlmuttglanz weckt ihre Neugier. Sie streiten sich darum, sie enthaaren zu dürfen, aber Flora will nicht, daß man ihren Busch berührt.«

Das Lachen der Alten ist obszön, obszön ist auch die Art, wie sie über Floras Einsamkeit im Hause des Notablen spricht:

»Sie verkehrt nur mit dem Mann, der sie besteigt, und spricht selten mit den Dienerinnen und nie direkt, sondern durch den Spiegel hindurch, vor dem sie den größten Teil ihrer Zeit verbringt. Sie verläßt ihren Platz, um ins Bett zu schlüpfen, sobald sie den Schritt ihres Liebhabers hört. Sie streckt sich aus und breitet ihre Arme aus wie eine Hingerichtete, während ihre Hände sich um die kupfernen Säulen der Seitenteile krampfen. Flora gräbt sich ihren Platz auf der Matratze mit Stößen ihres Rückens, wie ein verängstigtes Tier sich sein Erdloch schafft, hält ihren Atem an, wenn er den Türgriff dreht, atmet noch einmal, wenn er sich über sie beugt, sich auf sie legt. Sie teilen weder denselben Tisch noch dieselben Freunde, aber denselben Schweiß und dieselben Schreie. Sie ißt allein in ihrem Schlafzimmer, diesem verfluchten Spiegel gegenüber, von den Tabletts, die ihr mit dampfendem Essen aus der Küche gebracht werden. Sie hat vielleicht die Vorstellung, daß sie ihre Mahlzeiten mit einer Zwillingsschwester teilt, blonder als sie wegen des Lichts, das den Spiegel mit voller Schärfe trifft.

Sie diskutieren, sie streiten ganze Nächte hindurch in dem

Bett, das eines Tages unter ihrem Gewicht zusammenbrechen wird. Aber sie versteht sich darauf, seine Wut zu mildern, sie wendet die Unterhaltung wie einen Handschuh und spricht ohne Vorankündigung von seinem Haus, denn sie weiß, daß er es mehr als alles auf der Welt liebt.

›Ich kannte es vom Ansehen, ohne zu wissen, wer darin wohnt. Es beschäftigte mich sehr, mit seinen Dienerinnen, die unablässig die Terrassen wischten, und mit seinen Beduinen, die als Kolonne vor der großen Pforte aufgestellt waren. Ich fragte mich, ob die Leute, die es bewohnten, glücklich wären. Vor sieben Jahren habt ihr einen Brand gehabt. Ich habe die Flammen und eure Schatten hinter den Fenstern entlanghuschen sehen. Das Geheul eines Hundes wurde von der Sirene der Feuerwehr verschluckt.‹

Sein Hund, im Feuer verkohlt. Die Erinnerung daran durchbohrt ihn. Er drückt sie an sein Herz, um dessen unregelmäßige Schläge nicht hören zu müssen.«

Frau Evgenia erinnert sich recht gut an den Brand. Die Hitze war erdrückend. Flora hatte sie auf die große Terrasse gezogen. Das Feuer hatte die dritte Etage des weißen Hauses erreicht. Schreie drangen aus allen Fenstern. Das Gebell des Hundes war rauh. Meine Mutter hatte ihr die seltsame Frage gestellt:

»Glauben Sie, daß die Leute, die in diesem Haus wohnen, glücklich sind?«

»Wie soll ich das wissen«, gab Frau Evgenia zurück.

Sie glaubte, sich undeutlich ausgedrückt zu haben, und stellte ihre Frage neu:

»Glauben Sie, daß ich in diesem Haus glücklich wäre?«

Unsere Nachbarin hatte Floras Merkwürdigkeit auf die Hitze geschoben. Es waren vierzig Grad im Schatten an dem Tag.

Flora, die sich auf die Balustrade gestützt hatte, war weiß wie ein Leinentuch. Herr Nahum, der sie nicht aus den Augen ließ, hatte sie mit einem Louis-d'Or verglichen.

»Ein Louis-d'Or, der in eine Gosse gefallen war, der Moslem brauchte sich nur zu bücken, um ihn aufzuheben«, fügte er Jahre später hinzu, als sie uns verlassen hatte.

Mein Vater hätte diese Bemerkung nicht an die Dienerin des Notablen weitergeben sollen. Sie erhob sich mit hämischem Grinsen.

»Ihr Louis-d'Or wird Ihnen früher oder später zurückgegeben werden. Der moslemische Sektor wird ihn vor Ihrem Haus ausspucken . . . in Form eines Kadavers«, präzisierte sie, als sie aufstand.

Sie ging ohne Gruß, mit dem Wort Kadaver wollte sie ihren Besuch beenden.

15

Hat er es so verstanden, daß der Notable ihn zum Essen einlädt und nicht zur Scheidung, weil er seinen schönsten Anzug anzieht? Mein Vater geht die Treppen hinunter, eng an die Mauern gedrückt. Zu spät! Frl. Liliane fängt ihn eine Etage tiefer ab.

»Du wirst dich nicht noch einmal verheiraten, ohne mir vorher Bescheid zu sagen«, haucht sie, einer Ohnmacht nahe.

»Aber nein, aber nein«, begnügt er sich zu wiederholen.

»Und warum dann dieser Smoking und die Lackschuhe?«

»Um in der Stadt essen zu gehen.«

»Sie hat die Stirn gehabt, dich einzuladen?«

Ihre Augen sind schwarz von Vorwürfen.

Ihre Frage bleibt zwischen zwei Etagen hängen. Mein Vater ist schon weit weg. Er rennt zu dem mit tausend Lichtern erleuchteten Haus. Die ganze Stadt weiß von dem Fest. Der Notable hat, was die Kosten betrifft, nicht geknickert. Schließlich stellt man nicht alle Tage seine Geliebte den Bekannten und Nachbarn vor.

Das Fernrohr von Herrn Nahum fängt eine Menge elender Leute ein, die an den Gittern hängen. Sie ziehen den Geruch der am Spieß gebratenen Hammel ein, den der Wind in regelmäßigen Abständen in unser Viertel trägt.

Das Fest werde, dem Gerede zufolge, drei Tage und drei Nächte dauern. Hundert Schafe werde man schlachten, um die dreihundertsechzig Glückstage des Hausherrn zu feiern. Mourad kann diesem Lärm, der aus seinem schwarzen Afrika und seiner Hütte zu kommen scheint, nicht widerstehen. Er ist genauso Moslem wie diese ganze Horde, die sich am Portal zusammendrängt. Er ist ihr Bruder, ihr Vetter im Elend, ihr Sohn in der Unterwerfung. Er betet in denselben Formeln wie sie, das Gesicht demselben Mekka zugekehrt und derselben Kaaba. Um ihn brauchen wir uns keine Sorgen zu machen. Niemand weiß, daß er der Urheber der anonymen Briefe, der aus Ausschnitten zusammengeklebten Drohungen und der kabbalistischen Artikel ist. Er kennt den moslemischen Sektor wie seine Hosentasche, er hat einen Teil seines Lebens dort verbracht. Er war Kistenträger am Hafen, bevor er der Träger eines Behinderten in einem bürgerlichen Haus wurde. Er läuft keinerlei Gefahr, schwarz wie er ist. Dringt unbemerkt ins Dunkle, trotz seiner großen Klappe, die er nicht zu öffnen verspricht, und trotz seines grünen Turbans, der mit dem Blattwerk verschmelzen wird.

Er entfernt sich auf seinen hageren Beinen, die dünn sind wie zwei Krücken. Sie klopfen in regelmäßigen Abständen auf den Asphalt unter seiner durch Tausende von Wäschen eingelaufenen Djellaba hervor.

»Wer ist Mourad?« fragt Frau Vava, die den Eindruck macht, als käme sie aus einem Traum.

Sie stellt ihre Frage an die Luft, an die Nacht, an die

Trommeln, die von der Terrasse des Notablen hemmungslos herüberdröhnen.

Mourad ist uns allen ein Rätsel. Ist er Sudanese, Somalier, Pakistani oder alles gleichzeitig, wie er behauptet? Da er ein Sammelsurium von Sprachen spricht, folgern wir, daß er ein Sammelsurium von Personen ist, allerorts zu allen Zeiten von allen Frauen zugleich zur Welt gebracht.

Eine andere Frage: Versteckt er unter seinem Turban eine zottige schwarze Mähne, weißes Haar oder eine Glatze?

Letzte Frage: Heißt er wirklich Mourad? Oder nur, weil er so groß ist wie einst der Riese Mourad?

Mein Vater ist um Mitternacht zurückgekommen. Er hat bei Liliane, die noch nicht schlief, haltgemacht. Er mußte mit jemandem sprechen. Zur Not auch mit ihr, die an Schlaflosigkeit leidet.

»Ich bin wieder da«, sagte er wie ein Kind, das zugibt, einen Fehler gemacht zu haben.

»Setz dich.« Sie wies auf den gewohnten Platz.

Er räusperte sich, bevor er ihr Floras Aufmachung beschrieb: schwarze Spitze, weit ausgeschnittener Rücken, roter Schal, sie aß nicht, trank nicht, sprach nicht. Sie saß wie erstarrt unter einem Scheinwerfer. Ein Schildpattkamm war aus ihrem Haar geglitten, als sie ihren Kopf neigte. Sie schob ihn langsam an seine Stelle zurück, so als ob diese Geste eine große Anstrengung erforderte.

»Hat sie dich wenigstens gesehen?« Liliane erstickte vor Wut.

Er schüttelte den Kopf.

»Und er?«

»Er war da«, war die Antwort, als hätte er auch abwesend

sein können. »Aber er hat meine Anwesenheit nicht bemerkt. So viele Hände, die er schütteln mußte. Er hat mehr als tausend Personen eingeladen. Ich habe mich dafür mit dem Portier angefreundet. Ein netter Typ. Er hat mich eingeladen, mit ihm in seiner Loge eine Flasche zu leeren. Ich habe ihm alles erzählt: die schwierige Geburt, Floras große Erschöpfung am nächsten Morgen, als sie aufstehen wollte, dann ihr Fortgehen mit seinem Herrn, während sie sich kaum auf den Beinen halten konnte. Er schien ganz traurig. Er hat versprochen, meine Lage zu verbessern.«

»Welche Lage?« Sie schäumt vor Wut.

»Die eines Ehemanns, der wegen eines Mißverständnisses von seiner Frau verlassen wurde. Ein einfaches Mißverständnis. Sie hat offensichtlich nicht gewußt, daß ich sie liebe. Ich hatte es ihr schon so lange nicht mehr gesagt. Flora und ich brauchen eine gründliche Aussprache, und alles kommt wieder ins Lot.«

»Du bist ein Dummkopf und ein Heiliger zugleich.« Sie zitterte vor Erregung.

Er vergaß den ersten Begriff, behielt nur den zweiten, den er wohl als Kompliment verstand, da er sich dafür bedankte.

Frl. Liliane hat nicht verstanden, daß er sich einen Smoking anzieht, um mit einem Portier anzustoßen, daher ihre Verärgerung. Sie täuschte eine große Müdigkeit vor, um meinen Vater loszuwerden, der am liebsten mit ihr bis zum Tagesanbruch geredet hätte.

Das Ergebnis seines Besuchs beurteilt er positiv. Jemand da drüben nahm Anteil an seinen Leiden. Unwichtig, daß diese Person der Diener seines Rivalen war. Er hat ihn eingeladen wiederzukommen. Er hat gesagt, daß er immer bereit sei, ihm zuzuhören, ihm sogar Ratschläge zu geben. Er hat ihm darüber hinaus neuen Mut gemacht, als er ihm Flora und den Notablen wie Öl und Wasser beschrieb. »Man kann sie mischen, wie man will, sie werden sich immer wieder trennen.«

Mein Vater ging zu Fuß nach Hause, gestärkt von diesem magischen Satz, den er sich unterwegs immer wieder vorsagte.

16

Die Trommeln des Notablen schweigen auf der anderen Seite der Demarkationslinie, aber Mourad ist nicht wieder zurückgekommen. Das Fest hat den schwarzen Diener womöglich verschlungen. Ist er freiwillig bei den anderen geblieben? Bei Leuten seiner Rasse und seiner Volkszugehörigkeit, um wieder in seinen heimatlichen Islam und die täglichen fünf Gebete einzutauchen?

Ein Greis streift seit heute morgen um das Haus herum. Er will mit uns reden, weiß aber nicht, wie er uns ansprechen soll. Sein weiter Umhang deutet darauf hin, daß er ein Beduine ist, seine Riemensandalen sind die eines Armen. Frl. Liliane hielt ihn für einen Bettler und brachte ihm die Reste ihres Mittagessens herunter. Er hat diese hochmütig zurückgewiesen und die Ungeschickte angeschnauzt.

»Ich bin ein mächtiger Herr auf meine Art, unglückseliges Weib. Ich klopfe auf den Sand und bringe ihn zum Reden. Ich lese das Schicksal aus der Hand. Mein Gewissen und der Wind haben mich in dieses Viertel, das nicht meins ist, getrieben. Ich leihe euch meine Augen, damit ihr das Unsichtbare seht, und meinen Mund, damit ihr das Unsagbare sprecht. Sag: inschallah.«

Sie sagte »inschallah« ohne Überzeugung.

»Kennst du einen gewissen Mourad? Mach ein Zeichen mit deinem Kopf und erspare mir deine Weiberstimme, sie verscheucht meine Visionen. Dein Mourad hätte sich damit zufriedengeben sollen, den Geruch des Hammelbratens bei unserem Notablen einzuatmen, anstatt dessen Konkubine zu beleidigen. Er ist auf das große Portal geklettert und hat vor den Augen aller Gäste der Sünderin gedroht. Er sah aus wie ein Raubvogel mit seinen nackten Zehen, die sich an den Eisenstangen festklammerten. Er gestikulierte im Dunkeln, sein grüner Turban verschmolz mit dem Blattwerk. Man sah nur seinen Mund, der sich wie eine obszöne Kloake öffnete und schloß. ›Gebt die Fremde der Familie zurück‹, schrie er mit Schaum vor dem Mund. ›Sie ist Mutter dreier Kinder. Ihr Ältester raucht das Teufelskraut, und ihr Jüngster ist nahezu ein Waisenkind. Er kennt nicht den Geschmack der Muttermilch. Er braucht, um heranwachsen zu können, den Geruch seiner Mutter, und er braucht ihren Mund, um sprechen zu lernen. Ein Notabler hat ein intaktes Mädchen verdient, eine Jungfrau, aber diese Frau hat einen Sprung.‹ Man hätte ihn für einen Erleuchteten gehalten, und man hätte ihm sogar in der Küche zu essen und zu trinken gegeben, wenn er nicht den Fehler gemacht hätte, seine Ansprache mit den allbekannten Suren, die er eigenhändig ausgeschnitten und aufgeklebt hatte, zu beenden. Mourad hat sich seinen Richtern selbst in die Hände geliefert. Er hat sein eigenes Todesurteil unterschrieben.«

»Was hat man mit ihm gemacht?« stottert Liliane.

»Man hat ihn von seinem Vogelsitz gestoßen. Man hat ihn auf den Kies der Allee geschleift. Man hat ihm Fußtritte versetzt, ihn dann gezwungen, sich bei der beleidigten Frau zu entschuldigen. Sein letztes Wort galt ihr: Hure statt Verzeihung.«

»Tot?« bringt sie mit einem Schlucken hervor.

»Schlimmer als tot«, antwortet der Mann. »Wie ein Bündel Holz zusammengehackt, dann auf eine belebte Straße geworfen. Ihr werdet eine Puppe mit ausgerissenen Gelenken finden, deren Kopf kein Gesicht und deren Körper keine Gliedmaßen mehr hat. Einen Kadaver ohne Seele.«

Je mehr er redete, desto mehr sank Liliane in sich zusammen. Sie war nur noch ein Häuflein, als der Alte aus ihrem Blickfeld verschwunden war. Sie hat sich bis zu uns geschleppt und mir aufgetragen, den Tod Mourads seinem Herrn mitzuteilen, sie war dazu unfähig. Ich bin zu Frau Vava gerannt. Sie kennt besser als jeder andere die Worte, die in einer solchen Situation angebracht sind. Ich habe sie bei einer großen Diskussion mit ihren Beos angetroffen.

»A, b, c «, buchstabierte sie ihnen vor, sich dabei fast den Kiefer verrenkend.

»B, c, d«, wiederholte das Männchen mit seiner Bauchrednerstimme.

»Arschloch!«

Sie war wütend.

»Brschloch«, brachte es mühsam hervor.

»Hahnrei«, schleuderte sie ihm entgegen, ohne zu wissen, was sie sagte. »Deine Minnie wird dich eines Tages ganz sicher wegen eines anderen Beos sitzenlassen, der nicht so ein Arsch ist.«

»Arsch, Arsch, Arsch«, frohlockte der Vogel, der soeben den

ersten Buchstaben des Alphabets entdeckt hatte. Und er schüttelte sich angeberisch. Sie hätte ihn auf beide Backen geküßt, wenn er welche gehabt hätte.

Ich ließ Frau Vava den Kleinen, mit dem sie sich trösten konnte und den sie mit lauten Küssen bedeckte, bevor sie ihm die schreckliche Nachricht mitteilte. Sie war wie vom Blitz erschlagen. Nur ihre Hände bewegten sich. Sie entfalteten ein Tuch, breiteten es langsam aus: über den Käfig, den es schließlich vollkommen bedeckte. Das ist ihre Art, ihre Trauer auszudrücken.

17

Der Beduine, der das Unsichtbare sieht und das Unsagbare sagt, hat die belebte Straße gesehen, aber nicht die Straßenlaterne. Mourad hing seit drei Tagen daran, hundert Meter von unserem Haus entfernt, aber keiner von uns hat ihn erkannt. Wir hielten ihn für eine Strohpuppe, die ein finsterer Spaßvogel dort aufgehängt hatte. Er drehte sich um sich selbst, wenn der Wind von der Mole herüberwehte.

Warum hat man ihm die Gliedmaßen und die Zunge abgeschnitten? Und warum sind Spuren von Autoreifen auf seinem plattgewalzten Körper? Mourad ist ohne seinen Turban nicht mehr Mourad. Sein Schädel hat genauso viele Beulen und Buckel wie der Abhang, der die Goldbarren seines Herrn verschluckt hat, sein Oberkörper ist so flach wie ein Bild. Herr Nahum kann ihn einrahmen und an einer Wand aufhängen, wenn ihm danach ist.

»Wehe den Füßen, die sich heimlich in das Haus des Notablen schleichen«, stand auf einem Zettel, der an seiner Brust mit einer Nadel befestigt worden war. »Wehe den Händen, die den Namen des Notablen ohne höfliche Anredeformel schreiben. Wehe der Zunge, die den Namen seiner Frau ausspricht.«

Herr Nahum braucht jetzt sein Fernrohr nicht mehr, da er seinen Diener zurückbekommen hat. Wildheit und Fanatismus haben Mourad verkleinert. Auf Bildgröße. Sein Herr öffnet den Mund, um seinen Schmerz herauszuschreien, doch hört er sich statt dessen den Befehl geben, einen Sarg zu kaufen.

»Den schönsten und weiß wie für ein Kind, wo er jetzt ebenso groß ist.«

Da der Islam auf Särge verzichtet, macht man ihm klar, daß ein Leichentuch passender wäre.

»Dann aber ein weißes Leichentuch«, beharrt er, als gäbe es rosa oder blaue.

Armer Herr Nahum, Mourad war offenbar auch sein Gehirn, nicht nur seine Beine. Seine wunderbare Intelligenz blättert ab wie Farbe. Er hätte Mourad schon früher in seinen Fischteich zurücklassen sollen, denn die Warnung der alten Dienerin war deutlich gewesen: »Ein Moslem, der Nachbar ist von Christen und Diener eines Juden, ist wie ein Süßwasserfisch, der sich ins offene Meer verirrt hat. Das Salzwasser wird ihn letztendlich zerstören.«

Er hatte heftig den Kopf geschüttelt. Er würde nie und nimmer auf Mourad verzichten können.

»Wir glauben alle an denselben Gott«, hatte er gereizt bemerkt.

»Ein Gott mit drei Gesichtern«, hatte die alte Hexe entgegnet. »Ich ziehe meinen starken und erobernden dem Gott der Christen vor, der schwach und unterwürfig ist. Aber auch dem rachsüchtigen der Juden. Unser Allah ist ein Mann. Er hat einen Sack, weshalb man ihn nie auf Bildern darstellt. Kannst du dir einen gemalten Pimmel auf der Mauer einer Moschee vorstellen?«

Er hatte Tränen in den Augen gehabt vor Lachen, trotz des Widerwillens, den sie ihm einflößte. Sein Lachen war plötzlich abgebrochen. Er war mißtrauisch geworden. Und wenn der Notable sie schickte? Vielleicht wollte er sich Mourad aneignen? Eine Perle, verglichen mit seinen Dienern.

Zu spät. Herr Nahum hat begriffen, daß der Notable nicht die Person Mourads wollte, sondern dessen Hände, um sie zu strafen. Der Herr des moslemischen Sektors verabscheut die Wesen, die sich frei zwischen zwei Regionen und Religionen bewegen. Er vergleicht sie mit Reptilien und deshalb die Zeichnungen auf der Haut des erhängten Dieners, die die Reifen seines Jeeps dort hinterließen. In diesem Auto war er in unserem Viertel gelandet und auf dessen Sitz hatte er Flora gehoben, um sie zu sich nach Hause mitzunehmen. Wir waren tausend Meilen davon entfernt zu ahnen, daß er sie seit sieben Jahren suchte. Der Krieg ließ ihn ihre Spuren verlieren, die Demarkationslinie trennte sie. Als aber das Hindernis überwunden war, holte er sie in sein Haus, das sie nicht kannte. Sie kannte das seiner Mutter mit seinen düsteren Ecken und den trübseligen Nachtigallen, die nicht zu singen wagten aus Angst, den Schlaf der Nachbarn zu stören: den Schlaf der Toten.

18

Der Tod Mourads ist eine Ohrfeige für das Haus. Er war einer der unseren geworden, da er unsere Ängste geteilt hatte. Er wäre vielleicht noch am Leben, wenn er sich nicht in den Kopf gesetzt hätte, Flora zu ihrem Kleinen zurückzubringen. Er hat gelogen, um die Zukunft des Kleinen zu sichern, und einem Behinderten eingeredet, den Kleinen gezeugt zu haben. Seine Hinrichtung wäre unbemerkt geblieben, wenn er unter seinesgleichen gelebt hätte, sie wäre ein banaler Akt der Gerechtigkeit gewesen, von den Gesetzen einer Sekte diktiert. Aber Mourad starb hundert Meter von unseren Mauern entfernt, erhängt an einer Straßenlaterne unseres Sektors. Wo kommen wir hin, wenn die Moslems unsere Hausangestellten vor unseren Augen züchtigen? Frederik taucht aus seinen Wolken auf und fordert Rache. Man muß Mourads Mörder bestrafen, die in seiner Vorstellung nur ein einziger Mann sind: der Liebhaber seiner Mutter. Georges, der immer bereit ist, sich Frederiks Gedanken anzuschließen, alarmiert die Kameraden. Sie hatten nur auf ein Zeichen gewartet, um ihr Battle-Dress aus dem Naphtalinbad zu nehmen und ihre Waffen duchzublasen.

Sie sind in Scharen gekommen, hocherfreut, den Dienst wiederaufnehmen zu dürfen. Frau Vava spricht von einem neuen trojanischen Krieg mit Flora in der Rolle der Helena. Mourad ist nur ein Vorwand. Zu seinen Lebzeiten sah man in ihm nur ein untergeordnetes Wesen, aber seit seinem Verschwinden ist der schwarze Diener wer geworden. Der Pfarrer der Gemeinde hat ihn zu einem Märtyrer des Aberglaubens befördert, sein Küster hat nicht gezögert, das Wort Seligsprechung in die Debatte zu werfen.

Wir haben ihn in christlicher Erde begraben, mitten zwischen Kreuzen aller Größe. Sein Grab ist an dem Turban, der es ziert, erkennbar. Eine Kopfbedeckung aus Stein, die an die Kappe aus schmierigem Flachs, die er niemals abnahm, erinnern soll. Kein Weihwedel und kein Weihrauch für diesen Moslem, der sich zu den Christen verirrt hatte, jedoch eine lobesvolle Trauerrede, die allgemein genug gehalten war, daß sie auf Herrn Nahum und den Kleinen – die beiden Wesen, die ihm lieb waren – gleichermaßen paßte. Alle Kirchen läuteten die Totenglocke, während sich die Muezzins heiser schrien beim Absingen der Suren über den Volksverräter oder über die Umma.

Mourad war so leicht auf den Schultern seiner Träger, daß er mit den Fingern einer einzigen Hand hätte gehalten werden können. Er war von drei aufeinanderfolgenden Sonnen ausgetrocknet, seine Glieder waren abgeschnitten, er war so schwer wie ein Schmetterling. Sand, den man von der anderen Seite der Demarkationslinie genommen hatte, wurde über seine Grabstätte gestreut. Nur eine Handvoll moslemischer Erde, um seine fröstelnden Knochen zu wärmen.

Sie sind bei uns eingefallen, kaum daß das Grab zugeschüttet war. Sie kamen direkt vom Friedhof. Ihre Kleidung roch nach feuchtem Gras, verfaulten Blumen, Kreuzen im Regen. Mein Vater hätte ihnen die Tür vor der Nase zuschlagen sollen, anstatt sie zum Bleiben einzuladen und seine Cognacflasche für sie zu öffnen. Einstimmig haben sie die Rückkehr meiner Mutter gefordert. Sie wollten sie über den Mord an Mourad vernehmen, sie bestrafen oder sie mangels Beweises freisprechen.

Mein Vater log, um sie zu verteidigen. Er berief sich auf eine neue Schwangerschaft. Seine Frau erwarte ein Baby.

Das Wort Baby kam in zwei Blasen von seinen zitternden Lippen. Sie grinsten, die Hände in den Taschen, und stießen sich gegenseitig bedeutungsvoll in die Rippen. Eine allgemeine Heiterkeit, die vom Priester geteilt wurde, der noch sein mit Dreck beschmutztes Meßgewand anhatte. Sie haben sich in zwei Gruppen geteilt, um Georges den Durchgang freizumachen, der in dieser Geschichte ein Wörtlein mitzureden hat. Die Milizionäre haben ihn beauftragt, Flora tot oder lebend zurückzuholen. »Tot oder lebend« haben sie leise wiederholt.

Frederik, der an dieser Szene teilnahm, tat, als ob er nichts gehört hätte und machte sich heimlich in sein Zimmer davon, sollten doch seine Freunde zusehen, wie sie ihm seine Mutter zurückbrächten, er brauchte nur abzuwarten.

Sie stürzten sich allesamt in das Treppenhaus und ließen meinen Vater mit der Unordnung und den grauen Vorhängen, die seit dem Fortgehen der Hausfrau nicht mehr gewaschen worden waren, zurück. Glaubte er, sein Leid verringern zu können, indem er den Kleinen auf seinen Knien schaukelte? Der brach in lautes Schluchzen aus. Er ließ von ihm ab und begann, die schmutzigen Gläser, die die Gäste zurückgelassen hatten, einzusammeln. Er bewegte sich wie ein Greis, als er sich bückte, sich wieder erhob, die Hände auf die Hüften gestützt. Er wusch sein Geschirr ab, während seine Frau unter dem Gewicht ihres Liebhabers keuchte. Die Stunde der Siesta, hatte seine Haushälterin gesagt, ist dem Notablen heilig. Die Bewohner des großen Hauses gehen barfuß, um nicht den Schlummer des Mannes, der gar nicht schläft, zu stören. Das Knirschen der Matratze bedeutet, daß er wieder in dieser Frau herumgräbt, die so trocken ist wie ein versiegter Brunnen.

»Laß deine Kraft, laß deinen Saft in meine Hand.«

Mein Vater erstickt bei der Erinnerung an diesen Satz. Er beugt sich aus dem Fenster, um ein wenig Luft zu bekommen, und er sieht den Himmel schwarz von Vögeln. Scharen von Schwalben fliegen in engen Kreisen über der Demarkationslinie. Schwarze Rücken, graue Bäuche, grau wie der Asphalt und grau wie die Wolken, die über ihnen hängen. Schlechtes Vorzeichen, denkt er. Flora wird ein Unglück zustoßen.

»Diese Stadt ist arm an Farben und arm an Liebe«, hört er sich laut sagen.

Die verbrannten Häuser erinnern an Schultafeln. Man könnte auf ihnen die Zahlen der Toten addieren, davon die der Lebenden abziehen, dann auf der untersten Zeile den Namen Floras schreiben, da sie zuletzt sterben wird.

»Warum haben sie Georges und nicht einen anderen ausgesucht?« fragt er noch am gleichen Abend Frederik.

Und Frederik, der hinter seiner Tür verbarrikadiert bleibt, gibt die versprochene Kalaschnikow als Grund an.

»Georges träumt seit Jahren davon. Er bekommt sie von mir, sobald er Flora eingefangen hat.«

Er spricht von seiner Mutter wie von einem Wild. Im

Reservat des Notablen wird sie gemästet und dann in die freie Natur gelassen, damit ihre Jäger sie erlegen.

»Versuche, ihn davon abzubringen«, fleht ihn mein Vater an. »Erinnere ihn daran, daß er an ihrem Tisch zu Gast war. Er mochte so gern ihr Gulasch. Er hat immer zweimal genommen.«

Er schreit sich unnötig heiser hinter einer Tür, die ihm sein Sohn nicht öffnen wird. Frederik hat sich aus der Affäre gezogen. Ihn interessiert der Preis, den er durch den Verkauf der Maschinenpistole erzielen würde. Er könnte sein Flugticket nach Paris bezahlen. Paris, das seine Gedichte veröffentlichen wird. Den Titel hat er schon: »Flora oder der nutzlose Tod«.

Ein sehr zermürbender Tag für meinen Vater. Er ist todmüde eingeschlafen und mitten in der Nacht aus einem Alptraum aufgewacht. Er hat Flora in der Scheune des Notablen gesehen, erhängt. Ihr weißer Körper schaukelte zwischen zwei Knoblauchsträngen. Ihr Liebhaber weigerte sich, sie ihm zurückzugeben. Er wollte sie bei sich behalten, aufgehängt an seiner Decke, wo sie Tag um Tag trocknen sollte wie ein Sumach- oder ein Safranzweig. Er wartete nicht den Morgen ab, um an Frau Vavas Tür zu klopfen. Sie gab sich große Mühe, die Augen aufzubekommen, dann gestand sie ihm ihre Machtlosigkeit ein. Sie konnte ihm nicht helfen. Sie kann die Tarotkarten und die Beos zum Sprechen bringen, aber nicht die Träume.

»Die Frau dem, der sie schwängert, die Erde dem, der sie bearbeitet«, sagte sie laut gähnend und machte ihre Tür zu.

Frau Vava redet um des Redens willen, sie meint nichts und niemanden. Sie verabscheut Leute, die Lehren erteilen. Dennoch hat sie ein starkes Bedürfnis, Frederik als Judas zu bezeichnen.

Sie hat gesehen, wie Frederik blaß wurde und sich dann davonmachte, als Georges vor der Horde versprach, ihm Flora tot oder lebendig zurückzuholen. Sein Schweigen bedeutete sein Einverständnis. Er hätte protestieren sollen, statt seinem Freund die Verantwortung zu überlassen. Ein feiger Frederik-Judas. Frau Vava hat ihn später noch einmal gesehen, als er an seinem Fenster lehnte und bis spät in die Nacht das Haus des Notablen anstarrte. Das große Gebäude sonderte sich von den anderen Häusern ab, den niedrigen, zusammengepferchten Behausungen der Armen. Er dachte sicher an Georges, der die Operation zum gegebenen Zeitpunkt durchführen würde, einsam wie eine Hyäne.

19

Sie sind zurückgekommen, nach sieben Jahren Abwesenheit. In der Zwischenzeit sind sie gewachsen. Die bartlosen Jugendlichen sind jetzt Männer von achtzehn Jahren. Sie haben die Gewohnheit an sich, mich von unten nach oben zu betrachten, immer von unten nach oben, nie umgekehrt, und sie lecken sich dabei gierig die Lippen. Wenn man sie reden hört, dann war der Frieden der Tod. Sie haben darauf gehofft, daß der Krieg sich erneut entzünde an seinem fast erloschenen Feuer. Geduldig warteten sie, die Waffe griffbereit, und sie vergaßen zu leben und vor allem zu lernen. Schwer, einem Lehrer zuzuhören, wenn man Barrikaden gehalten und Typen niedergeschossen hat, deren Kopf einem nicht gefiel. Sie reden bis zum Morgen hinter ihren Sandsäcken, die lastwagenweise mit lautem Gepolter angeliefert wurden. Ich sehe nur ihre brennenden Zigaretten, die im Dunkeln herumschweifen, oder die Traube ihrer Köpfe, wenn sie ihre Zigaretten an demselben Feuerzeug anzünden. Sie träumen von nichts anderem als von einem Schlachthaus, einem Blutbad, einer Plünderung, von Beute und Vergewaltigung. Ihr Hosenstall schwillt, je länger sie reden, sogar an Frau Evgenia fänden sie noch Gefallen. Später rufen sie nach Frederik, wenn ihre Kieferknochen ermüden. Worauf wartet der noch, um seine Mutter zu holen? Sie wollen sie ein bißchen nageln. »Zehn junge Männer sind doch mehr als ein alter Moslem!« Sie flüstern wie Spione, kollern wie Truthähne und schlafen zusammengerollt um ihre Kalaschnikows wie die Schlange um den Stab.

Mein Bruder flüchtet vor ihren groben Späßen und ihren groben Händen, wenn sie sich bis in unsere Wohnung vorwagen, um ihre Flaschen mit frischem Wasser zu füllen.

Er flieht unter seine Bettdecke und schnüffelt mit einem einzigen Zug seine Koks- und Traumration. Sie nennen ihn Undine, was weiß ich, aus welchem Grund. Er wird sie bei Georges verpetzen, und der bestraft sie dann auf seine Weise, indem er ihre Handgelenke bis zu diesem unerträglichen Geräusch von knackenden Knochen verdreht.

»Ohne mich wärst du Strichjunge.«

Frederik weiß das und wagt sich nicht nach draußen. Er schläft mit dem Gesicht zur Tür, die sich nur für Georges öffnet. Er schläft wie eine Gazelle, mit weit geöffneten Augen. Die Gedichte, die er abends seinem Beschützer vorliest, versetzen diesen in Verlegenheit. Mein Bruder sucht sein zustimmendes Gesicht im Spiegel des Badezimmers, wo Georges sich vom Schmutz befreit.

»An deiner Stelle würde ich sie ihr schicken, ganz sicher werden sie ihr gefallen.«

Vielleicht kommt sie von ganz allein zurück. Kein Bedarf mehr an Georges und an all diesen kleinen Flegeln, die sich unten zusammenrotten. Schluß mit dem Krieg. Jeder geht nach Hause.

»Du auch?« stottert Frederik und stirbt beinahe vor Angst.

»Ich auch, wie die anderen. Du kannst auf Georges verzichten, wenn Flora wieder zu Hause ist. Übrigens liebst du mich nicht mehr. Du willst meine Briefchen, aber nicht mich.«

Frederik schüttelt den Kopf. Ihre letzte Umarmung liegt ihm schwer auf dem Herzen. Er denkt mit einem Unbehagen, das er sich nicht erklären kann, daran zurück. Georges wollte ihn provozieren und hatte ihn in Floras Zimmer und auf ihr Bett, das seit ihrem Fortgehen unbenutzt war, gezogen. Sein Vater war durch den Lärm aufmerksam geworden, hatte die Tür geöffnet und stand vor einem schrecklichen Schauspiel. Ein Mann erdrückte einen anderen mit seinem Gewicht. Er erkannte den zuoberst liegenden Mann und ahnte, wer der andere war, der in der Kuhle der Matratze stöhnte. Er schloß die Tür, verließ die Wohnung und ging die Straße ab, ging alle Straßen ab, sogar die des feindlichen Sektors. Seine Füße hätten ihn überallhin getragen.

War es der Geruch des Spermas, der an diesem Tag die unten vor dem Haus postierten Milizionäre rasend machte? Sie riefen Georges in allen Tonlagen, um ihn an seine Mission zu erinnern, denn die Zeit drängte.

»Worauf wartest du noch, um endlich unter Undines Röcken aufzutauchen?« kicherte ein Bärtiger.

»Keine Kalaschnikow ohne Flora«, erinnerte ihn ein anderer.

Ihr Geschwätz machte aus Frederik einen Feigling. Seine fiebrigen Hände öffneten ein Briefchen. Seine Nasenlöcher sogen langsam den Inhalt ein. Die Stimmen von unten erstarben. Vorfahrt für die Bilder, die auf seiner erweiterten Netzhaut dahinzogen.

Georges schimpft mit ihm. Er mag ihn nicht in diesem Zustand sehen:

»Nimm dich doch zusammen! Man nimmt Drogen, um stärker zu werden, um geil zu sein und um zu töten, und nicht, um wie ein kleines Mädchen vor diesen blöden Eunuchen zu zittern.«

Frederik schüttelt den Kopf. Er will nicht töten und nicht geil sein, er will geliebt werden, wie der Kleine von Frau Evgenia geliebt wird.

»Liebe ich dich etwa nicht?« explodiert der andere. »Wer beschafft dir deinen Stoff? Die Antwort ist einfach: Ich töte, um ihn dir zu bezahlen. Eine Maloche wie jede andere. Ich bin ein ordentlicher Arbeiter. Ich habe nicht nötig zu schnüffeln, um meine Pflicht zu erfüllen. Ich mache sie bei vollstem Bewußtsein, knallhart. Gott oder Mohammed, das ist für Georges Kif oder sonstwas. Ich habe sie von nahem gesehen, diese beiden, als ich ihre Kirchen und ihre Moscheen plünderte. Nicht schön anzusehen unter ihrer Vergoldung und ihren Schriften.«

So ein Gespräch hat zum Ergebnis, daß Frederik wieder Mut faßt. Georges redet wie ein verantwortungsbewußter Mann. Er tötet wie jemand, der Bäume auslichtet. Ein gut gezielter Schlag, und sein Gegenüber fällt mit dem Geräusch eines brechenden Astes.

20

Wer hätte gedacht, daß der Tod eines Dieners den Krieg zwischen beiden Sektoren wieder anheizen würde?

Die Horde hinter den Sandsäcken fordert Tag und Nacht den Kopf meiner Mutter. Aber Georges will nicht übereilt handeln. Er wartet auf den günstigsten Augenblick, um loszuschlagen. Also Ramadan. Die Garde wird weniger wachsam sein, und der Hausherr wird sich aus religiösen Gründen von Floras Bett fernhalten.

»Wo kommen wir denn hin, wenn die Herren nicht mehr die kleinen Leute züchtigen können?« entgegnet die Dienerin des Notablen.

Mit solchen unverschämten Worten übermittelte sie das Beileid ihres Herrn bei Herrn Nahum. Der weinte und entschuldigte sich für die Unordnung, die bei ihm herrschte.

»Mourad war die gute Fee meiner Wohnung, ihre Seele. Der Dreck verschlingt mich von Tag zu Tag mehr. Was soll aus mir werden, wo ich meinen Freund verloren habe?«

Sie fuhr ihn streng an:

»Er war Ihr Diener. Heben Sie sich die Bezeichnung Freund

für Leute Ihrer Rasse und Ihres Milieus auf. Er war schwarz, und Sie sind weiß. Er war arm, und Sie sind reich.«

»Jetzt nicht mehr«, sagte er weinerlich. »Ich bin ruiniert, meine Schwester.«

Warum sagte er Schwester zu dieser Viper, die nur gekommen war, um ihm ihr Gift mit brutalen Worten ins Gesicht zu spucken?

»Mein Herr«, erklärte sie, »wollte diese Sache sofort regeln und dem Verfasser der anonymen Briefe die Hand abhacken, aber dann waren seine Männer zu weit gegangen. Mourad hatte ihnen den Abend verdorben. Sie hätten ihn nicht vor den Augen seiner Geliebten hinrichten sollen. Denn jetzt besteht das Riskio, daß sie eine Fehlgeburt hat. Habe ich Ihnen gesagt, daß sie ein Kind erwartet? Sie hat ihren Geliebten in die Falle tappen lassen, bevor er genug von ihr hatte. Sie hat ihn mit einem Erben an die Kette gelegt. Das einzige Mittel, um einen Mann an sich zu fesseln, denn für einen Mohammedaner ist eine Frau so gut wie die andere. Die Mutter meines Herrn wirft Flora vor, den Samen ihres Sohnes gegen seinen Willen bei sich behalten zu haben. Sie habe ihm ihren Bauch hingeworfen wie einen Knochen für einen ausgehungerten Hund.«

Das zerstörte Gesicht meines Vaters, der soeben dazukam, reichte ihr zu ihrem Glück. Sie stand auf. Ihr schwarzer Umhang klatschte durch die Luft. Man glaubte, die Segel eines Piratenschiffs zu hören.

»Ich komme wieder, wir sind ja jetzt durch verwandtschaftliche Beziehungen verbunden.«

Ihr Lachen war fett, und obszön war die Geste, mit der sie ihre krummen Finger hinter ihrem Rücken ineinander rieb. Warum hat Flora die Liebe in einer Mülltonne gesucht? Weiß sie, daß der Krieg, der seit Jahren einen Maulkorb hat, ihretwegen wieder aufleben wird? Herr Nahum heizt die Gemüter an, anstatt sie zu besänftigen. Hundertmal am Tag zerrt der halbseitig Gelähmte seinen Rollstuhl auf die Terrasse, um die bewaffnete Bande aufzustacheln.

»Irrt euch nicht im Schuldigen«, ruft er ihnen mit seiner meckernden Stimme zu. »Der Notable ist unschuldig. Diese Frau ist Mourads Mörderin.«

Hundertmal am Tag bringt ihn mein Vater ins Zimmer zurück. Er glaubt, ihn von seinem Haß abzubringen, indem er ihn an seinen Problemen teilhaben läßt. Er quält sich wegen seiner Frau. Der Westsektor hat keine diplomierten Hebammen. »Sie werden sie ihm töten, nachdem sie sie geschwängert haben. Diese blonden Dinger sind so zerbrechlich auf ihren leicht gewölbten Füßen.«

Herr Nahum hört ihm trockenen Auges zu. Man hat ihm sehr wohl seinen Mourad getötet, obwohl dieser weder blond noch leicht gewölbt war. Er war vielleicht etwas mager, hatte die Magerkeit eines Schilfrohrs. Und war dennoch so robust. Frau Vava sah für ihn das Leben eines Hundertjährigen. Ihre Karten haben gelogen. Aber das Marseille-Tarot war gleicher Meinung. Der Gehängte zerriß seinen Strick, der Adler des Kaisers verkündete den Sieg, und der hermaphroditische Teufel kam immer als letzter heraus. Herr Nahum hätte besser eine Hellseherin aufgesucht so wie mein Vater, obwohl deren Prophezeiungen sich auf drei Viertel der Menschheit anwenden ließen.

»Laß das Feuer das Feuer verschlingen, laß die Liebe sich in der Berührung mit der Liebe auflösen. Du wirst dein Gut des einen oder anderen Tages wiedererlangen, in einem anderen Leben vielleicht. Sag inschallah« hatte sie mit Grabesstimme abschließend befohlen.

Er hatte ohne große Überzeugung »inschallah« gesagt und war dann, nachdem er den an der Tür angeschlagenen Preis gezahlt hatte, fortgegangen.

Er war enttäuscht. Er wollte meine Mutter im Diesseits, so wie sie leibt und lebt, und nicht als Ätherteilchen.

21

Würde die erste Detonation aus unserem Märtyrersektor oder aus ihrem, dem Sektor der Beleidigten, kommen? Wir schwenken einen an einem Laternenpfahl aufgehängten Diener, und sie reizen uns mit einer ehebrecherischen Frau, die sie ohne unsere Einwilligung behalten.

Die gegnerischen Sektoren halten den Atem an. Die herumlungernden Milizionäre beider Lager toben los bei Anbruch der Nacht. Anstatt Granaten schleudern sie sich grobe Beschimpfungen entgegen, und wir hören ihnen in der Dämmerung zu.

»Ich komme rüber zu euch, impotente Bande«, schreien in derselben Minute die gleichen Irren.

»Ich ficke eure Frauen, eure Mütter, eure Schwestern und eure Katzen«.

»Und ich, ich ficke deine Großmutter, deine Hühner, deinen Kanarienvogel und deine Verlobte«, antwortet sein Gegner.

Frau Vava ist pessimistisch. Sie sieht uns in einen hundertjährigen Krieg verwickelt aufgrund von solchen Beleidigungen und Grobheiten.

Gestern ist ihnen vermutlich die Spucke weggeblieben, es herrschte eine ungewöhnliche Stille. Wir waren schon drauf und dran, das Ende aller Feindseligkeiten zu verkünden, als unter unserem Haus hervor ein Geschoß losging. Es hatte das Haus des Notablen, genauer gesagt, seinen Taubenschlag als Zielscheibe.

Es war ein magisches Schauspiel. An die hundert brennende Vögel verteilten sich am Himmel über beiden Sektoren, bevor sie schließlich auf die Dächer und Straßen der moslemischen Stadt niederfielen.

Als wieder Stille eingekehrt war, sahen wir meinen Vater im Rauch gestikulieren. Er hatte sich mitten auf der Demarkationslinie aufgepflanzt, in gleichem Abstand zu den beiden Kriegsparteien.

»Fangt bloß nicht wieder an!« brüllte er aus vollem Hals. »Mourad fände das nicht gut. Er verabscheute Gewalt.«

Wir haben ihn alle gut erkannt, sogar der Kleine, der nicht aufhörte, »Papapapa« zu schreien, als ob Papa durch die Verdoppelung seines Namens den Verstand wiederfände.

»Wir bekämpfen uns wegen deiner Frau, du dämlicher Hahnrei«, erklärte ihm ein Besessener. »Was hindert den Islam jetzt noch daran, sich unsere Frauen zu schnappen, wo er schon deine Nutte hat?«

Statt böse zu werden, sah es mein Vater als seine Aufgabe an, ihn davon zu überzeugen, daß Flora sich aus rein gesundheitlichen Gründen beim Notablen aufhalte.

»Ihre letzte Schwangerschaft hat sie enorm geschwächt. Der Arzt hat ihr Seeluft verschrieben.«

Ein Lachen aus tausend Kehlen prasselte in demselben Augenblick wie die Gewehrkugeln los. Die Männer und die Waffen verhöhnten ihn.

Er überließ sie ihrer Heiterkeit und machte sich zum moslemischen Sektor auf. Er ging schnell, sein Zorn eilte ihm voraus. Als er vor dem großen Portal seines Rivalen angekommen war, fand er sich im Kreis eines Scheinwerferlichts. Man behandelte ihn als Feind, man sperrte ihn in eine nächtliche Sonne ein, eine Stimme gab ihm den Befehl abzuhauen.

»Lassen Sie meine Frau in Ruhe«, rief eine andere Stimme aus einem unerleuchteten Fenster. »Sie haben Sie siebzehn Jahre besetzt gehalten. Hauen Sie ab, bevor meine Hunde und meine Männer Sie in Stücke reißen.«

Der Krieg zwischen zwei Lagern wurde für kurze Zeit ein Duell zwischen zwei Männern.

Glaubte er, mit einer saubereren Brille besser zu hören? Mein Vater nahm sie langsam ab und begann, sie mit kreisenden Bewegungen zu putzen, ohne dabei die große Fassade aus den Augen zu lassen.

Warum zeigte man nicht offen sein Gesicht, wenn man mit ihm sprach? Sein Rivale hatte Unrecht, ihm zu mißtrauen. Er hatte gar nicht die Absicht, ihm Flora zu entreißen.

»Zeigen Sie sich offen«, flehte er ihn an. »Ich bin Ihr Freund. Nur Sie allein können diese Jungen beruhigen. Sie werden sich gegenseitig umbringen, wenn Sie nicht einschreiten. Dasselbe Blut fließt in den Adern der Christen und der Moslems. Flora wird es Ihnen beweisen, wenn sie einem kleinen Mohammedaner das Leben schenkt.«

Warum solch ein pathetischer, flehender Ton? Es fehlte nicht viel, und er hätte sich zu Füßen des Mannes, den die Wüste reich gemacht hatte, im Staub gewälzt. Das Licht des auf ihn gerichteten Scheinwerfers machte ihn noch grotesker. Er sah aus wie ein Tiger, der durch einen Reifen springt. Ein richtiger

Zirkus. Als er seine Tirade beendet hatte, hörte er offenbar die bewundernden Hurrarufe einer außer sich geratenen Menge, da er sich mit so viel würdevollem Ernst verbeugte. Zu Hause war er gleich wieder der alte. Er war voller Hoffnung, die beiden Sektoren miteinander versöhnen zu können. Der Notable hatte ihm freie Hand gelassen, ein Massaker zu verhindern. Er war bereit, ihm seine volle Unterstützung zu geben.

Er log wie gewöhnlich, und alle wußten das recht gut, vor allem Frl. Liliane, die ihn wieder einmal nach seiner Frau fragte:

»Es geht ihr gut, danke«, sagte er, ohne sie anzusehen.

Aber was hat diese Flut von Tränen ausgelöst? Frl. Liliane schluchzte mit großem Lärm, wie man sich erbricht, das Gesicht im Fell der versteinerten Roxane. Seit wann müssen Katzen als Taschentuch herhalten für verzweifelte alte Jungfern? Der Kleine glaubte, sie trösten zu müssen. Seine Händchen patschten ihre Haare auf ihr zerquältes Gesicht, als ob er ihre Falten und ihre Traurigkeit verdecken wollte.

22

Herr Nahum ist ohne jede Vorwarnung verarmt. Sein Kühlschrank hat sich geleert, seine Vorräte sind erschöpft, seine Hemdkragen abgenutzt und seine Töpfe zerbeult. Er hat mit einem Schlag aufgehört, sich zu rasieren und sich die Zähne zu putzen. Offenbar gefällt er sich in seinem Verfall und macht deshalb seinen Schlitz vor Frl. Liliane und ihrer Katze Roxane nicht zu.

Noch vor einem Monat roch er so gut nach »Yardley« und rief uns laut zu sich, damit wir seine Mahlzeiten mit ihm teilten. Wir hauten uns voll, es gibt kein anderes Wort, um die Freßsucht zu beschreiben, die von uns Besitz ergriff, sobald wir seine Türschwelle überschritten hatten. Frau Vava häufte sich auf ein und denselben Teller Vorspeise, Hauptgericht, Käse und Nachtisch. Der Stromausfall war schon üblich, und wir dinierten wie in Versailles bei Kerzenlicht. Die zitternden Flammen ließen unsere Schatten auf den Wänden tanzen. Er war glücklich, uns vollstopfen zu können, und wir waren zufrieden, für ihn das bewundernde Publikum spielen zu dürfen. Seine kleinsten Witzigkeiten wurden mit Lachen belohnt.

Abendunterhaltungen sind nun an die Stelle des Festessens getreten. Da er keine Lebensmittel mehr hat, stopft uns unser Hausbesitzer mit seinen Erinnerungen voll, deren einziger Gegenstand Mourad ist. Zwischen zwei Schluchzern vergißt er, sich die Nase zu putzen, und niemand denkt daran, ihm ein Taschentuch zu geben. Das spärliche Kerzenlicht verlängert unsere dunklen Schatten. Der meines Vaters ähnelt einem Leichenträger, und die beiden Klageweiber daneben sind Liliane und Vava.

Der lebende Tote hängt zusammengesackt in seinem Rollstuhl und fordert Rache für seinen Diener. Er ist bereit, das Angebot zu verdoppeln: zwei Kalaschnikows für Georges statt einer, als wenn der mit beiden Händen gleichzeitig schießen könnte.

»Warum wartet er so lange, um diese Frau zu uns zurückzuholen?«

Er erstickt vor Wut. Sein stählerner Feuerstuhl saust zum Fenster, als ob er es einschlagen wollte. Die beiden Frauen, die seine Wutanfälle fürchten, flüchten in die Küche und geben vor, das Geschirr abwaschen zu müssen. Aber Roxane ist ihnen schon zuvorgekommen. Die Katze von Frl. Liliane ist unübertrefflich im Tellerwaschen. Dreimal schnell mit der Zunge darüber, und man kann alles in die Regale räumen.

»Warum, warum wartet man so lange, um uns diese Frau auszuhändigen?«

Der Refrain von Herrn Nahum hilft ihm, seinen großen Schmerz zu ertragen. Wir hören ihm höflich zu. Niemand wagt ihm zu sagen, daß Georges im Augenblick andere Sorgen hat. Frederik läßt ihn nicht in sein Zimmer. Mein Bruder geht auf Abstand zum zukünftigen Mörder seiner Mutter. Georges streift um das Zimmer herum wie ein Jagdhund um einen

Dachsbau. Seine großen Nasenlöcher ziehen prüfend die Luft ein auf der Suche nach einem verdächtigen Geruch. Eine Hand gibt die Droge, die andere zittert. Der Gedanke an die Überdosis läßt ihm keine Ruhe. Gestern hat er die ganze Nacht Frederik gerufen, dann hat er die Tür aufgebrochen und ihn in die nächste Klinik gebracht. Mein Bruder wurde von Krämpfen geschüttelt. Ich habe ihn heute morgen besucht. Er schien ganz ruhig. Er hat mir seine Absicht mitgeteilt, in spätestens einer Woche nach Paris zu fliegen.

»Frankreich veröffentlicht meine Gedichte.«

Er hat Frankreich gesagt, als ob alle Verleger von Paris sich vereinen würden, um ihn herauszugeben. Georges hat nach den Aussagen meines Bruders die Maschinenpistole in Besitz genommen. Er werde sie verkaufen und ihm das Geld geben, sobald er das Notwendige erledigt habe.

Der Ausdruck »das Notwendige erledigen« hat mich niedergeschmettert. Ich stand auf, um ihm nicht ins Gesicht zu spucken, aber er flehte mich an, noch einen Augenblick zu bleiben. Er wollte mir unbedingt sein letztes Gedicht vorlesen, das er wie alle anderen unserer Mutter gewidmet hat.

»Dir gehöre ich, Blume meines Traums,
deine Wurzeln sind in meinem Herzen,
unser Glück speist sich
vom Saft desselben Baums.
Bewahre darum deinen Schimmer,
denn wenn du stirbst, dann sterb auch ich,
du bist mein Abglanz, ich liebe dich,
ich habe deinen Duft, du hast mein Herz für immer.«

Beim letzten Vers brach die Stimme meines Bruders. Er beauftragte mich, das Gedicht in Floras Sarg zu legen, falls er bei der Beerdigung abwesend wäre.

Seine Stimme war dabei so sanft, daß ich ihn fest in die Arme nahm mit dem Wunsch, ihn zu trösten und zu erwürgen.

23

Die Sonne knallt mit voller Wucht auf das Haus des Notablen. Ich zähle drei Fenster an der Vorderfront, das vierte ist Floras Schlafzimmerfenster, man erkennt es an den Vorhängen. Seit drei Tagen hat niemand die Fensterläden geöffnet.

Meine Mutter hat offenbar die Warnungen des Vaters ernst genommen. Er hatte sie von einer Telefonzelle aus angerufen, um sie vor einem Mörder zu warnen, war jedoch enttäuscht gewesen, nur Mittelspersonen sprechen zu können.

»Madame ruht sich aus«, hatte man ihm geantwortet. »Was ist der Gegenstand ihres Anrufs?« wurde hinzugefügt.

Es gab geheime Beratungen, nachdem er erklärt hatte, daß es um Leben und Tod gehe. Mehrere Stimmen flüsterten um den Hörer herum. Dann hörte er dieses Geräusch, das die Schritte eines Hinkenden machen.

Mein Vater verbeugte sich vor dem unsichtbaren Gesprächspartner.

»Entschuldigen Sie bitte, daß ich Sie zu so später Stunde störe. Ihre Frau befindet sich in großer Gefahr. Ihr Kind dadurch ebenso. Verhindern Sie, daß sie Georges bei sich empfängt. Merken Sie sich diesen Namen gut. Er beabsichtigt, sie um einen Gefallen zu bitten. Gut wie sie ist, wird sie sich erweichen lassen.«

»Wollen Sie sagen, daß Georges sie um ein Almosen angehen will? Nichts leichter als das: Soll er doch zu mir kommen, meine Tür steht allen Bedürftigen offen.«

Der Ton war trocken, trockener noch die Art, den Hörer aufzulegen, bevor der andere zu Wort kommen konnte.

Mein Vater wird gequält von seiner Ohnmacht, die Katastrophe abzuwenden. Flora wird ermordet, morgen, in einer Woche oder in einem Monat, ohne daß er etwas unternommen hat, ihr Leben zu retten. Er wird es eines Morgens erfahren, denn den Tod von geliebten Menschen erfährt man immer beim Erwachen.

Er hat mir heute morgen in aller Frühe seine Befürchtungen aufgehalst, und mir schien, als sähe ich Flora über ihre Fensterbrüstung gebeugt. Ich habe den Kleinen hochgehoben, und wir haben mit einer Stimme »Mama« gerufen. Unser Ruf ist zwischen den beiden Sektoren verlorengegangen. Wir haben den ganzen Tag lang »Mama« gerufen, aber die Frau, die man zwischen den Maulbeerfeigenbäumen sehen konnte, hat auf unsere Rufe nicht geantwortet.

Sie hatte den Kopf nach unten gerichtet und unentwegt die Straße und die Passanten betrachtet, die unter ihrem Fenster entlanggingen, ohne sie zu beachten. Wie eine Leiche, die in der Sonne trocknete. Flora ist vielleicht tot. Ihr Geliebter verfügt nur über dieses eine Mittel, um uns ihr Hinscheiden mitzuteilen. Ich habe abends vor Wut und Scham geweint, als eine Dienerin die unbewegliche Figur ergriff, sie energisch schüttelte und in das Innere des Zimmers trug. Was ich für meine Mutter gehalten hatte, war nur eine große Kopfrolle gewesen.

Ich war so verzweifelt, daß ich meinen kleinen Bruder brutal auf die Erde setzte. Seine Kinderklapper und meine Armreifen klirrten traurig. Ich habe mit dem Rücken zur Wand lange in der Dunkelheit nach Luft gerungen. Ich wollte nicht vor dem Kleinen weinen. Sein unruhiger Blick suchte mein Gesicht im Spiegel, der unsere beiden Gestalten umrahmte. Seine Hände krallten sich in meinem Rock fest. Er wollte, daß ich ihn hochhob, ihn tröstete. Ich habe nichts getan, um seine Tränen zu trocknen, ihm nicht erklärt, daß die unbewegliche Figur gar nicht seine Mutter gewesen ist. Soll er doch lernen zu leiden, wie alle Welt.

24

Der Wächter des Notablen mag den großen Kerl nicht, der seit heute morgen um das Gebäude herumstreicht und dabei unschuldsvoll pfeift. Vor allem mag er seine Tasche nicht, die ganz offensichtlich schwer ist und höchstwahrscheinlich eine Waffe enthält.

Als der Tag anbrach, hat er mit lauten Schlägen an die Tür geklopft und verlangt, Frau Flora zu sprechen.

»Ich muß sie sprechen, ihr Sohn zieht um.«

»Soll er das doch allein machen. Seine Mutter kann ihm in ihrem Zustand keine Hilfe sein.«

Georges hätte vielleicht hartnäckig bleiben sollen, anstatt kehrtzumachen, zu einem der Maulbeerfeigenbäume zu gehen und sich dort im Schatten niederzulassen. Er hat so getan, als ob er schliefe, und der Alte hat ihn nicht aus den Augen gelassen.

Als es zwölf Uhr schlug, ist er aufgesprungen und hat sein Anliegen mit denselben Worten wie am Morgen vorgebracht, aber erklärend hinzugefügt, daß Floras Sohn im Kopf umziehen würde. Ein gewichtiges Argument, das aber den Wächter nicht dazu brachte nachzugeben. Er beteuert immerfort, daß Flora keine Besucher mehr empfängt, seitdem sie im siebten Monat schwanger ist.

Die Entmutigung treibt Georges zum Hafen, erst am Lärm der Wellen merkt er, wo er ist. Da er keine menschliche Zielscheibe hat, an der er seine Wut ablassen kann, bewaffnet er sich mit Steinen und durchsiebt damit die Möwenschar, die sich auf der Mole aufgereiht hat. Die verletzten Vögel fliehen erbärmlich kreischend und fallen dann als leblose Masse auf den Kies. Der Hunger treibt ihn auf den Sukh. Der Geruch reifer Früchte berauscht ihn. Er kauft ein Kilo Kirschen und ißt sie, mit dem Rücken an eine Wand gelehnt. Seine erste Mahlzeit seit gestern. Er verschlingt die Steine und die Stiele, hat das Gesicht dem Haus des Notablen zugekehrt. Die Müdigkeit ergreift brutal von ihm Besitz. Er sinkt auf die Erde und schläft ein, den Kopf an seine Tasche und an diese Waffe, die sein Kopfkissen ist, gelehnt. Küchengerüche dringen ihm in die Nase. Gewürzte Speisen, die in ihrem eigenen Fett gegrillt werden. Der Duft des Kümmels überlagert alles. Er ist nahe daran, zum Islam überzutreten aus Liebe zum Kümmel. Er will von Liebe und Kümmel leben, mit Frederik natürlich, der dieses zaubervolle Gewürz in seinen Gedichten verewigen wird.

Er wird von einem großen Getöse geweckt. Ist das ein Gewitter oder sind es Bomben? Die Händler um ihn herum packen ihre Waren zusammen. In Rekordzeit ist der Sukh leer. Gäbe es nicht die drei Ziegen, die mit lautem Geräusch die von den Händlern hingeworfenen Salatblätter kauen – er wäre allein.

Er springt mit einem Satz auf und kehrt zur Mole zurück. Die wenige Stunden zuvor getöteten Möwen verfaulen in der Sonne. Hunde streiten sich um die Eingeweide. Eine entsetzliche Übelkeit verdreht seine Gedärme. Gerade, als er mit tiefen Zügen Luft holt, bemerkt er das niedrige Fenster. Kein Gitter schützt es vor Eindringlingen. Der Keller des Notablen. In diesem Untergeschoß lagerte er die Munition und die Waffen. Und dort folterten seine Männer die Gefangenen des anderen Lagers. Er weiß genau, daß man mitten im Ramadan ist und daß die einzige Mahlzeit des Tages schließlich alle Leute des Hauses versammeln wird. Herr und Diener halten das Fasten ein. Der Herr steht im Dampf der Suppen, der Küchen und Treppenhaus durchzieht, und bedient das Personal aus großen Schöpflöffeln.

Georges bahnt sich seinen Weg durch diese tiefhängende Dampfwolke zu Floras Zimmer im dritten Stock. Er macht es an dem Lichtstreifen, der unter der Tür hervordringt, aus. Er platzt herein, als sie sich langsam vor ihrem Spiegel abschminkt. Sie sieht zuerst die Waffe, die auf ihren Rücken gerichtet ist. Dann kommt der Mann in ihr Blickfeld. Er sieht ihr beharrlich ins Gesicht, vergißt, sie zu töten. Die Zeit, denkt er, hat keinerlei Macht über Flora. Sie gleitet von ihr ab wie das Wasser vom Gefieder einer Ente. Dasselbe Haar, das sie mit einer abrupten Bewegung nach hinten wirft, um ihn im Spiegel anzusehen, dasselbe Tintenblau ihrer Augen, das fast ins Violett hinübergeht, und ihre Gesichtsfarbe, die an Wachskerzen in den Kirchen erinnert. Er befiehlt ihr, aufzustehen und ihm zu folgen und ihn vor allem nicht zu verraten.

Warum sollte sie Georges – und sie weiß genau, daß er es ist – verraten?

Sie dreht sich abrupt zu ihm um, steht ihm gegenüber, zum

erstenmal seit Monaten. Ihr belustigtes Lächeln verwirrt ihn ebenso wie ihre Ähnlichkeit mit Frederik.

»Für ihn mache ich das, nur für ihn«, wiederholt er sich im Stillen, um sich Mut zu machen.

Da verwandelt er sich in einen groben Kerl. Er faßt sie um die Taille und lädt sie sich auf den Rücken, rast die Treppe in schwindelerregender Schnelligkeit hinunter. Kein Hindernis stellt sich ihm in den Weg. Die Bewohner des großen Hauses schmausen lärmend in den Küchen. Flora fragt sich, ob sie träumt. Sie hat einen Beweis dafür, daß sie träumt: sie hat geschrien, aber kein Laut ist aus ihrem Mund gekommen.

Georges erzählt uns zum hundertsten Mal von seiner Heldentat, ohne uns zeigen zu können, was wir von ihm erwarteten.

»Wo ist Flora«?

Die Frage schießt gleichzeitig aus allen Mündern.

Er antwortet unter Schluchzen. Sie ist von seinen Schultern gerutscht. Er hat sie zwischen den beiden Sektoren verloren. Vielleicht auf der Demarkationslinie. Eine schwangere Frau ist schwer. Er hat es erst bemerkt, als er bei uns war.

Frederik ist nicht mehr da, um ihn Lügner zu nennen. Er ist heute morgen nach Paris verduftet ohne Gepäck, direkt aus dem Krankenhaus mit dem Geld aus dem Verkauf der Maschinenpistole. Schade, daß Georges sie nie benutzt hat. Er wollte sie nach Beendigung seiner Mission einweihen und auf die Sterne schießen, die er wie reife Früchte heruntergeholt hätte bis zum letzten, wie er sagt.

25

Das Blut meiner Mutter bezeichnet die Grenze zwischen den beiden Sektoren. Die Leute, die sie ohnmächtig auf der Demarkationslinie fanden, haben sie zu ihrem Geliebten und nicht zu ihrem Ehemann zurückgebracht. Ein Spatenwurf Erde überdeckt den Schandflecken. Meine Mutter flüchtet in den Schlaf, um nicht ihren Aggressor nennen zu müssen. Er ist der Freund ihres Sohnes, der ihn dazu angestiftet hat. Alle wissen, daß er sich bei uns versteckt hält. Die Finger der Moslems zeigen auf uns, wenn sich der Lärm des Sukhs legt und wenn das tote Kind sich im Kopf seines Vaters heftig zu regen beginnt. Erst sein Taubenschlag und dann seine Geliebte. Man hat den Körper der Geliebten verletzt und den Taubenschlag in Brand gesteckt. Man hat seinen Sohn und seine Tauben ermordet. Seine Männer, die er dem Christen, der die Kinder im Bauch der Mütter ermordet, auf den Hals gehetzt hat, sind unverrichteter Dinge zurückgekommen. Der Wilde ist ihnen entwischt. Er hat den Kreis zerschlagen, der ihn umgab, und ist in einem entfernten Vorort in Deckung gegangen.

Der Lärm ihrer Stiefel auf unserer Treppe und in unseren

Zimmern bleibt unvergeßlich. Der Notable hatte ihnen den Befehl gegeben, unsere Wände auszuquetschen, bis Georges wie ein schmutziger Kern ausgestoßen würde. Sie sollten das Nest zerstören, um den Vogel zu fangen, den Bau ausräuchern, um das Wild zu ergreifen. Sie sind wieder fortgegangen, den Mund voller Drohungen. Ein Zeichen ihres Meisters, und das Haus werde mitsamt seinen Bewohnern in Staub verwandelt. Eine Fehlgeburt wird den Krieg, den man gerade mit großer Mühe in Ketten gelegt hat, erneut entfesseln.

Wir waren schon durch die Jahre der Flucht dressiert und beeilten uns, in den Keller zu kommen. Unseren Hausbesitzer, der zu schwer war mit seinem Rollstuhl, ließen wir oben, den Artilleristen ausgesetzt, die jetzt einen Kilometer von uns entfernt aktiv wurden. Niemand von ihnen kann die Entfernungen des Schießfeldes genau berechnen. Der Islam vertraut auf seinen Instinkt und auf sein »Allah, Allah«, das von tausend Stimmen gleichzeitig skandiert wird und unser Blut in den Adern zu Eis erstarren läßt.

Die Waffen bellten bis zum Morgen. Die Granate, die schließlich den Boden unter unseren Füßen aufriß, muß das Gebäude mit voller Wucht getroffen haben. Merkwürdig, daß unsere Milizionäre nicht zurückgeschossen haben. Sie waren wohl von der Heftigkeit des Angriffs gelähmt. Frl. Liliane hat eine andere Erklärung. Ihrer Meinung nach handelt es sich um einen abwechselnden Krieg. Jeder ist, wie bei einem Rennen, erst dran, wenn seine Stoppuhr läuft.

Es war nicht nötig, die Treppen hinaufzugehen, um nach unserem Hausbesitzer zu sehen. Er kam aus eigener Kraft und ohne jede Anstrengung zu uns in seinem Rollstuhl, der die

Treppen Stufe um Stufe herunterrollte, während das Haus im Schock der Explosion einen Walzer tanzte.

Zum ersten Mal kam ein Toter zu den Lebenden. Sein vom Ruß geschwärztes Gesicht brachte ihm eine Bemerkung ein, die jemand stotterte, den ich nicht nennen will: »Schaut, er sieht aus, als käme er vom Wintersport.« Das Feuer, das seine Wohnung verwüstete, war vor seinem faden Fleisch zurückgewichen, hatte nur einen dünnen schwarzen Film darauf zurückgelassen. Wir wischten ihn vorsichtig mit unseren Taschentüchern ab. Ohne die Feuerwehrleute wären wir bis zum Ende aller Zeiten unter der Erde geblieben. Der Schutt, der den Eingang des Gebäudes versperrte, wurde in einem Rekordtempo von den roten Männern fortgeräumt, die uns trotz unseres Protestes im ungeheuren Getöse der Sirenen auf Tragbahren forttrugen. An den Beinen waren wir ja nicht verletzt. Man mußte vielmehr im Bereich des Bewußtseins suchen, das tausendmal gebrochen war.

Es kommt vor, daß wir bei dem Gedanken an die Tragödie, die das Haus in Trauer gestürzt hat, lachen. Die schrecklichen Szenen werden so wahnsinnig komisch, wenn Frau Vava sie erzählt. Frl. Liliane sei in Ekstase geraten, als sie die Farbe des Feuers, das wie ein Schmiedefeuer bedrohlich zischte, sah. Es war blau wegen des Gases, das aus den explodierten Rohren entwich.

Sie glaubte wohl, auf einem Wohltätigkeitsfest zu sein, denn sie empfing die Sanitäter mit Erfrischungen. Es gab sogar Kaffee mit Zucker nach Belieben. Der Brand hatte eine Menge Gaffer angezogen, und ein Polizist, der weiß Gott woher kam, meinte verpflichtet zu sein, den Verkehr mit Revolverschüssen regeln zu müssen, die er ganz nach Gutdünken abgab und die alle in die Flucht jagten, außer Frl. Liliane. Sie half den Feuerwehrleuten mit ihrem Zahnputzglas, das Feuer zu löschen. Unermüdlich, diese Frau. Mehr als hundert Mal ging sie zwischen ihrem Bad und dem Treppenhaus hin und her.

Als der Brand unter Kontrolle war, mußte an unseren Hausbesitzer gedacht werden. Eine Nacht lang hielten wir abwechselnd bei ihm die Totenwache. Frau Evgenia hat für ihn die Tarotkarten gelegt, um zu erfahren, ob ihn in der anderen Welt neue Beine erwarteten. Die ausweichende Antwort der Karten schnürte uns das Herz zusammen. Die Schwerbehinderung würde ihn von einem Leben zum anderen verfolgen, sagte der Richterengel. Es sei denn, er wäre so weise, als Schlange wiedergeboren zu werden.

Die Dinge komplizierten sich am nächsten Tag. Da er mit der Synagoge im Streit lag, weil er sie seit dem Verlust seiner Beine kaum noch besucht hatte, und ungern gesehen war von der Kirche, die ihn liebte, aber mit einer kleinen Einschränkung, hatte Herr Nahum auf kein Te Deum oder Kaddisch Anrecht. Er ging direkt vom Zustand des Lebenden in den eines Toten über – in seinem Rollstuhl, da die Särge sich seit der Wiederaufnahme der feindlichen Handlungen im Preis verdoppelt hatten.

Zum ersten Mal begab sich ein Toter sitzend und nicht liegend zu seiner letzten Ruhestatt, eingewickelt in eine Decke der Marke »Sole mio« und nicht in ein Leichentuch. Das ganze Haus folgte schluchzend. Außer Frau Evgenia. Verrückt, wie sie lachen kann, wenn sie traurig ist. Noch heute erstickt sie vor Lachen, wenn sie an den Leichenzug zurückdenkt, an den knarrenden Rollstuhl und diesen Faselhans, der zu jedem, der es hören wollte, sagte: »Das geschieht ihm recht. Warum hat er auch solche Randexistenzen zu Mietern genommen.« Das Lachen von Frau Evgenia bricht ab, als sie uns zählt. Vier Personen fehlen beim Appell. Dieses Haus hat nur Pech, seitdem Flora es verlassen hat.

Wir kamen mit langsamen Schritten vom Friedhof zurück, in der ersten Reihe der Rollstuhl von Herrn Nahum mit quietschenden Rädern. Weit hinter uns ein junger, braungebrannter Mann mit Augen wie glühende Kohlen. Er folgte uns, ohne uns näherzukommen. Mein Blick war dem seinen zum ersten Mal begegnet, als der letzte Spatenwurf Erde den Toten bedeckte. Er schloß die Augen, legte sein Gewehr an und schoß dann drei Salven in die Luft. Der Scharfschütze zeigte uns offen sein Gesicht, ein schmerzbewegtes Gesicht. Er tat seine Mieterpflicht, indem er Herrn Nahum zu seiner letzten Wohnstätte begleitete.

26

Ich hätte den Scharfschützen nie wiedergesehen, wenn der Kleine nicht seine ersten Schritte zum Dach hinauf gemacht hätte. Er hat es ausgenutzt, daß die Tür offenstand, ist die Treppe hinaufgekrabbelt und bei der rätselvollen Person gelandet.

Ich habe die fünf Etagen durchsucht und seinen Namen in allen Tonlagen gerufen. Frl. Liliane hatte ihn seit dem Vorabend nicht gesehen, Roxane ebenfalls nicht, da das alte Fräulein und die Katze sich niemals trennen. Unnötig, bei Herrn Nahum zu suchen, seine Tür läßt sich nach dem Brand nicht mehr öffnen. Ich wäre fast vor Glück ohnmächtig geworden, als ich seine Stimme hörte. Er diskutierte da oben mit irgendjemandem hinter der Tür, die im Wind hin und herschlug.

Sie sahen mich nicht ankommen. Der Kleine saß auf den Knien seines Gesprächspartners und redete von allem und nichts. Ich erkannte den jungen Mann vom Friedhof wieder, der die Salven in die Luft geschossen hatte, um der Beerdigung unseres Hausbesitzers seine Ehre zu erweisen. Er fragte meinen kleinen Bruder nach seinem Namen. Der antwortete ihm mit dem Zeigefinger auf der Brust und den beiden getrennt gesprochenen Silben »Lei-ner«. Sein Kumpan stellte sich seinerseits vor mit zwei anderen Silben, aber mit demselben Finger des Kleinen, den er auf seine eigene Brust richtete:

»Mi . . . chel.«

»Missel«, antwortete der Kleine in einer Spuckeblase.

»Michel«, sagte Michel ungeduldig.

»Missel«, bestätigte mein Papagei, erstaunt darüber, daß man ihn wiederholte.

Die Geduld Missels schien erschöpft, da er das Thema wechselte. Er fragte den Kleinen, wo seine Mama ist.

»Mama«, jubelte der Kleine und zeigte auf die bis zum Hals schwangere Katze von Frl. Liliane.

Er sah, daß er nichts aus ihm herausholen konnte, und beschloß, zu etwas anderem überzugehen. Er zeigte ihm sein Gewehr und paßte seine Augen zunächst einem großen, dann einem verkleinerten Schußfeld an.

»Siehst du das Viertel da unten? Ich muß alle seine Bewohner ausrotten. Je weniger es von ihnen gibt, desto stärker sind wir. Ich habe bis jetzt schon eine Menge getötet, aber es gibt immer noch welche. Sie gehen im Zickzack, um meinen Kugeln zu entkommen. Hast du den kleinen Dicken da an seinem Fenster gesehen? Ich hätte ihn hundertmal am Tag niederschießen können, aber ich habe ihn für dich aufgehoben. Du brauchst bloß an diesem Abzugshahn zu ziehen. Ich schenke ihn dir. Hab keine Angst. Du bist ein Mann und kein Schwächling.«

Mein Schrei ließ sie aufspringen. Mein Bruder fing an zu weinen. Der Scharfschütze war blind vor Wut.

»Mit welchem Recht trittst du bei mir ein, ohne anzuklopfen?«

Er sprach vom Dach wie von einer richtigen Wohnung.

»Ich komme wegen ihm. Er gehört mir.«

Sein mißtrauischer Blick ging von dem Kleinen zu mir. Er hatte Schwierigkeiten zu glauben, daß ich die Mutter sei. Er überreichte ihn mir wortlos und sagte zu dem Kleinen, daß er ruhig fortgehen könne. Niemand würde ihn zurückhalten.

Er prüfte lange meine schmalen Hüften, dann meine Brüste, die sich noch kaum abzeichneten, und wendete sich dann von uns ab. Der Kleine versuchte, ihn zu rufen, hatte aber die Hälfte des Namens vergessen, und »Ssel« sagte dem Hausbesetzer nichts, ebensowenig wie mein »Schönen Tag noch«, womit ich mich verabschiedete.

Nur Frau Evgenia versteht ihn. Sie kann sich durch Blicke mit ihm unterhalten, trotz der doppelten Wand aus Jalousien und Fensterscheiben. Ein Scharfschütze und eine Kartenlegerin sind eben füreinander gemacht. Er teilt den Tod aus, den sie vorhersagt. Er lebt im Licht und in der Kälte, sie lebt im Zwielicht und in der Wärme. Sie bewegt die Sachen in ihrer armseligen Bleibe von einer Ecke in die andere, er bewegt seine langen Beine auf unserem großen Dach von einer Seite zur anderen. In kalten Winternächten drückt er sich gegen ihre Fensterläden auf der Suche nach etwas Freundlichkeit. Oft wischt er den Schmutz fort, der ihn daran hindert, die Frau zu sehen. Dann ist es an ihr, eine Schulter zu entblößen, die jung geblieben ist an einem alten Körper. Der vor Kälte erstarrte Mann schaut mit gierigen Blicken auf das weiße, berauschende Fleisch. Der Regen weint sanft hinter seinem Rücken und hängt graue Tränen an die Eisenstäbe des Balkongitters. Vava fragt sich, was sie täte, wenn er jemals ihre Tür gewaltsam öffnen würde. Die Antwort ist einfach: sie wird nicht schreien, wird nicht um Hilfe rufen, sondern ihre Tarotkarten hervorholen und sie befragen. Er wird mit der linken Hand abheben, bevor er die sieben Karten des Schicksals, seines Schicksals, ziehen wird, damit Frau Evgenia ihm sagen kann, ob der Tod sein Verbündeter bleiben oder ihn verraten wird.

Wenn dann ihre Karten nichts weiter mehr zu sagen haben, wird sie ihm ein Rührei mit Bratkartoffeln machen und einen Salat, dessen Reste im Freßnapf der Beos landen werden. Sie wird sich in seiner Nähe zu schaffen machen, während er ißt, und dabei jede Annäherung an das Licht vermeiden, da es ihre tiefen Falten beleuchten wird. Die bösen Falten einer Frau im dritten Lebensabschnitt, die sich aber noch im zweiten wähnt. Das liegt an ihrem Spiegel, der der Sonne den Rücken zukehrt, an ihren zugenagelten Jalousien und an ihrer Kurzsichtigkeit. Sie hat niemals einen Augenheilkundler aufgesucht. Eine Brille ist nichts als reine Geldverschwendung, wenn man seine Nachbarn auswendig kennt und einen der Rest der Welt nicht interessiert.

Was würde Frau Evgenia tun, wenn der Scharfschütze sie jemals darum bitten würde, sich auszuziehen? Sie würde umgehend in den sauren Apfel beißen, aber nicht ohne ihn vorher mit flehender Stimme daran zu erinnern, daß sie seine Mutter sein könnte und daß er ihr einen gewissen Respekt schulde. Sie würde sogar noch ihre Haut ausziehen, wenn sie könnte, ihre Haut voller Risse wie das Kleid einer Bettlerin.

27

Ich habe die moslemische Stadt durch das Zielfernrohr unseres Scharfschützen gesehen. Ihre Häuser und Straßen schwebten hinter einer dunklen Linie, die sich vom Gebirge bis zum Meer hinzog. Die Minarette sahen aus dieser Entfernung wie Fäden aus, wie schmale Wege in den Himmel, die Terrassen schienen alle auf einer Ebene zu liegen. Man kann diese Stadt durchstreifen, ohne jemals die Füße auf die Erde zu setzen. Bunte Wäsche schlug im Wind und wickelte sich um das mit verkrüppeltem Wein umwucherte Spalier. Das Haus des Notablen mit seinen vielen Etagen erschlug alles andere. Sein Taubenschlag mit den Arkaden war schwarz vom Ruß.

»Er wird ihn neu anstreichen, wenn er die Schuldigen bestraft hat«, sagt der Scharfschütze. »Er wird erbarmungslos, sobald man an sein Haus rührt . . . und an seine Frau«, fügt er nach einem kurzen Schweigen hinzu. »Man sagt, sie sei sehr schön. Sie ist Polin. Sie hat in den ›Palmen‹ gearbeitet, bevor sie einen christlichen Dentisten heiratete. Sie hat mit ihm mehrere Kinder.

Sie ist mit dem Moslem abgehauen, einen Tag nach der

Geburt ihres Letzten. Ein Junge. Er muß jetzt ungefähr ein Jahr alt sein. Sie heißt Lilia oder Rosa oder so, ein Blumenname.«

»Flora«, sage ich und schaue auf den Boden.

Ich habe mich selbst verraten durch die Träne in meinem Augenwinkel. Eine Wutträne. Er hebt mein Kinn mit zwei Fingern und forscht lange in meinem Blick.

»Du hast mich angelogen. Du bist nicht die Mutter von dem Kleinen. Du bist so jung.«

Ich habe nur einen einzigen Wunsch: meinen Bruder zu schnappen und zu flüchten, aber seine Arme versperren mir den Weg. Sie schließen mich wie eine Zange ein. Ich atme laut gegen seine Brust, dann schluchze ich in kurzen Stößen.

»Ich verbiete dir, über diese Frau zu weinen«, sagt er autoritär. »Sie verdient deine Tränen nicht.«

Der Kleine hält ihn offensichtlich für die Ursache meines Kummers, da er ihn dermaßen wild in die Wade beißt. Die beiden kleinen Schneidezähne lassen den Mann vor Schmerz aufspringen.

Ich habe das letzte Mal vor sieben Jahren geweint. Flora und ich waren wie jeden Donnerstag auf dem Bazar. Der düstere Mann beobachtete unsere Ankunft von einem Schmuckgeschäft aus. Er zog meine Mutter mit sich in das Innere und ließ mich draußen unter der Aufsicht des Händlers. Ich sah sie durch das Schaufenster hindurch, eng umschlungen, doch tat meine Mutter so, als wehre sie sich. Ihr Körper schwankte hinter den an Metallstangen aufgehängten Armbändern. Die Hände des Fremden tasteten fiebrig über ihre Hüften, kneteten sie.

Warum erzähle ich das überhaupt dem Scharfschützen? Jetzt weiß er alles über uns. Seine Verachtung für Flora wird sich in Haß verwandeln. Wer weiß, ob er sie nicht töten wird. Er braucht sein Gewehr nur um einige Zentimeter zu verrücken, und schon ist sie seinen Kugeln ausgeliefert.

»Vergiß. Du mußt vergessen«, wiederholt er sanft.

»Wie soll ich vergessen, daß sie mein verletztes Knie mit dem Taschentuch dieses Mannes verbunden hat? Es war genau seins, die eingestickten Initialen waren nicht die meines Vaters.«

Meine Verzweiflung muß ihn erschrocken haben, denn er will mich in unsere Wohnung begleiten. Mein Vater hat seine beiden Kinder hinter einem Scharfschützen nach Hause kommen sehen. Er hat nicht viel begriffen, als der ihm riet, sehr lieb zu uns zu sein, wir seien sehr unglücklich.

28

Die Tarotkarten von Frau Evgenia sind kategorisch. Georges war in einem früheren Leben eine Hyäne. Er liebt es, sich im Blut seines Opfers zu wälzen. Daher seine Rückkehr zum Ort der Tragödie, ohne sich der Gefahr bewußt zu werden. Eine ganze Nacht lang streifte er unter den Maulbeerfeigenbäumen herum, die Augen immer auf Floras Fenster geheftet. Die Fensterflügel waren wegen der Hitze geöffnet, und er hat Geräusche gehört, sogar Gespräche aufgeschnappt. Man hat Becken mit heißem Wasser herbeigetragen. Man hat Bettlaken zerrissen und den kopflosen Dienerinnen Befehle erteilt. Man hat sogar die erste Sure des Korans gebetet, als man Flora für tot hielt.

»Man muß den Kleinen retten«, wurde von allen Seiten geschrien. Niemand sprach davon, die Mutter zu retten, und der Notable, der an ihrem Bett bleiben wollte, wurde ins Erdgeschoß zu den Männern geschickt. Man wollte ihn nicht in dem vom Tod durchtränkten Zimmer.

Verschleierte Frauen machten sich an dem geöffneten Bauch

zu schaffen, wischten das Blut und den Schweiß fort. Befehl wurde ihnen erteilt, das fliehende Leben festzuhalten, damit das Opfer seinen Angreifer nennen könne.

Sie hätte schreien und die Leute des Hauses, die in der Küche zu Abend aßen, aufschrecken müssen. Ihre Stummheit beweist, daß sie den Mann kennt.

Der Notable beschuldigt den Ehemann, aber nicht den Sohn, der am selben Morgen ins Ausland aufgebrochen war. Flora beschuldigt niemanden. Für einen kurzen Augenblick ist sie wieder bei Bewußtsein, gerade lange genug, um ihrem Geliebten zu versprechen, es das nächste Mal besser zu machen. Sie wird ihr möglichstes tun, das Kind zu behalten.

Er versuchte nicht, sie von aller Schuld freizusprechen, und noch weniger versuchte er, sie zu trösten. Er faßte den Entschluß, eine robustere, also eine jüngere Frau zu nehmen. Er wartete nicht den nächsten Tag ab, um in den Pavillon am anderen Ende des Gartens umzuziehen. Der Notable legte einen Trennraum von drei Eukalyptusbäumen zwischen sein Bett und dem Floras. Unter dem ersten ruht das tote Kind. Bei seiner Beerdigung hörte man herzzerreißende Klagen. Sie drangen zu den Ohren der Mutter und waren vermischt mit dem Knirschen des Spatens im ausgetrockneten Boden. Der Mann, der das Grab aushob, keuchte bei jedem Spatenstich.

»Vom Bauch ins Grab, vom weichen Wasser zur unerbittlichen Erde«, psalmodierte der Imam, der auf einer Erdscholle stand.

Ein Bleideckel erdrückt seit diesem Tag das Haus des Notablen. Der nicht wieder gestrichene Taubenschlag hängt wie eine schwarze Fahne darüber. Ein totes Haus, für die Nachbarn. Nur die Schornsteine mit ihrem zum Himmel aufsteigenden Rauch leben. Die Gärtner, die die Augustsonne wie die

Pest fürchten, sprengen den Rasen nachts, wenn der Mond einen Dolch ins Wasser des Beckens malt. Die Dienerinnen meiden Floras Blicke.

Sie bringt Unglück, das steht in ihren farblosen, von Tränen ausgewaschenen Augen. Sie legen ihre nicht zerwühlten Laken im Fenster aus, das moslemische Viertel soll wissen, daß sie nicht mehr begehrt wird. Sie ruft sie manchmal nachts, wenn sie sich sehr einsam fühlt, aber keine kommt. Sie schleppt sich dann an die Tag und Nacht geschlossenen Fenster und sieht wie durch einen Nebel geschminkte Frauen vorbeiziehen. Sie gehen zum Pavillon, schaukeln auf ihren strichdünnen Stökkelabsätzen und trampeln, ohne es zu wissen, auf dem Kind und dem Rasen herum.

Sie beschließt, darüber am nächsten Tag mit den Gärtnern zu sprechen, eine Umfriedung sollte diesen Ort vor den Tritten schützen.

Es genügt Flora, durch die Eukalyptuszweige zu schauen, um auf dem laufenden darüber zu sein, was sich im Pavillon abspielt. Die Besucherinnen schlüpfen, sobald sie die Tür durchschritten haben, in ein gelbes Kleid, das ihnen der Herr der Örtlichkeiten hinhält. Ein so unmodernes Kleid, daß es bei ihnen Heiterkeit auslöst. Der düstere Mann verbietet ihnen zu lächeln, er verbietet ihnen erst recht zu sprechen oder ihren Namen zu nennen. Sie sollen alle Aischa, die Lebende, heißen.

Die Frau am Fenster sieht sie fortgehen, durch die doppelte Wand ihrer Tränen und ihrer Fensterscheiben hindurch. Hundertmal wäre sie am liebsten zu dem Häuschen gelaufen, um den Mann anzuflehen, die Besucherinnen fortzujagen. Hundertmal haben ihre Beine sie im Stich gelassen.

Die Tarotkarten von Frau Evgenia sehen sie nicht den gesunden Lebensverstand wiedererlangen. Sie reden vor allem vom Notablen, wenn man sie über Floras Geschick befragt.

»Der Wanderer«, sagen sie, »hat die Herzdame jahrelang gesucht. Er hätte sie früher gefunden, wenn sein Weg nicht die Schwerter gekreuzt hätte, die das Erscheinen des Adlers mit dem leeren Magen hinausgezögert haben.«

Wie kann sie es wagen, einen Hinkenden, einen Fastneger als Adler zu bezeichnen! Frl. Liliane erstickt fast vor Entrüstung. Mein Vater hätte ihn vor ein Gericht bringen sollen. Ein Frauendieb, ein Familienzerstörer. Frederik greift zu Drogen seinetwegen. Wegen ihm hat der Kleine so lange gebraucht, bis er gehen konnte, und brauche ich so lange, bis ich erwachsen bin. Mit dreizehn Jahren habe ich immer noch nicht meine Regel.

Von welchem Gericht spricht Liliane? Das letzte Tribunal hat vor sieben Jahren getagt.

»Worauf wartest du noch, um sie ihrem Mann und ihren Kindern zurückzugeben?« fragt ihrerseits die Mutter des Notablen. »Deine Söhne werden immer ihren Christinnenbauch ablehnen.«

Der Imam unterstreicht ihre Worte noch, indem er an das, was geschrieben steht und unauslöschlich ist, erinnert. »Die Wohltaten Allahs darf man nicht verwerfen«, rezitiert er, die Augen zur Decke gerichtet. »Er schenkt uns Gattinnen, die in unserer Mitte geboren wurden. Er schenkt uns Kinder und Enkelkinder von diesen Gattinnen.«

Die Fliegen, die wie eine Traube in einer Ecke des Spiegels hängen, hören auf zu summen, um das Wort des Propheten zu vernehmen.

»Verstoße sie«, rät ihm die alte Dienerin. »Sie schwindet wie eine verfaulte Blume dahin. Bald wird sie einen stinkenden

Geruch verbreiten.«

Sein Haus wird sie nur tot verlassen. Er hat sie siebzehn Jahre begehrt, es wird genauso lange dauern, bis er aufhören wird, sie zu lieben. Umso besser, wenn sie weitere tote Kinder haben. Ihre Nachkommen werden die Friedhöfe bevölkern. Er ist ja nicht zufällig im grauen Viertel von Schtura aufgewachsen. Er hat lesen gelernt, indem er die Namen der Toten auf den Grabsteinen buchstabierte, und rechnen, indem er ihre Lebensjahre zusammenzählte. Die Gräber waren sein Spielplatz. Er kam immer erst bei Anbruch der Nacht nach Hause, wenn der Friedhofswächter begann, die Tore zu verriegeln.

»Ich mochte unser Haus nicht«, sagt er dreißig Jahre später. »Es war so kalt.«

»Nicht kälter als die Augen deiner Fremden«, entgegnet seine Mutter. »So klar wie Fensterscheiben. Durch sie hindurch sieht man den Himmel. Diese Frau ist aus anderem Lehm gemacht als wir. Ihr Blut ist blau, unseres ist schwarz, hat die Farbe der Kaaba. Sogar der Prophet bringt es nicht fertig, unsere beiden Rassen zu vermischen.«

Sie steht immer auf, sobald der Name des Propheten fällt, und stützt sich dabei schwer auf die Armlehnen ihres Sitzes. Es ist ihr nie gelungen, sich bequem in einen Sessel zu setzen.

Flora steht an ihrem Fenster und sieht, wie sie sich entfernt, und sie bekreuzigt sich vor Entsetzen. Die Alte, die diese Geste wahrnimmt, unterlegt ihr einen teuflischen Sinn.

»Verlassen Sie dieses Zimmer und das Bett«, schreit sie von unten herauf. »Mein Sohn liebt Sie nicht mehr. Er hat mich beauftragt, Ihnen das zu sagen.«

Die Stimme der Alten durchschneidet Flora, nagelt sie an die Mauer wie einen Schmetterling in den Rahmen. Sie braucht diese Hexe nicht, um zu wissen, daß sie die Liebe nicht festhalten kann. Sie hat Männer geopfert, Kinder. Das letzte hat nur die Innenseite ihres Fleisches kennengelernt. Sie war seine Höhle, sein schwankendes Grab.

»Ein Skandal, diese Frau«, flüstern die Dienerinnen unter sich. »Sie wartet immer noch auf den Herrn in ihren fleckigen Nachthemden und ihrer Magerkeit. Sie sollte lieber ein grobes Wollkleid anziehen statt dieser Seidennégligés.«

Die Mutter des Notablen hat ihnen von dem gelben Kleid erzählt, und sie haben daraus ihre Schlüsse gezogen. Flora ist nur eine »Fanussa«, ein frivoles Flittchen. Sie ist nicht mehr wert als die geschminkten Mädchen, die nächtlichen Besucherinnen. Da ist es ganz natürlich, daß sie ihr gelbes Kleid bekommen, das eine Näherin nach den Anweisungen des Herrn nachgeschaffen hat, der sich an die kleinste Falte, an die Stelle jedes einzelnen Knopfes und den Schwung des Saumes erinnerte.

Flora hatte es am Abend ihrer Ankunft in diesem Haus getragen, und die Augen ihres Geliebten waren davon geblendet. Damit weckte sie wohl in ihm den Eindruck, daß sie die »Palmen« erst tags zuvor, ohne Zwischenaufenthalt bei einem anderem Mann, verlassen hatte. Gestern war es, daß sie seine Mutter in ihrem an die Friedhofsmauer geklebten Haus besuchte, gestern war es, daß diese ihr die Hochzeitskrone auf den Kopf setzte. Nichts war seitdem geschehen. Der Krieg, die Rauchschwaden nach den Bombardierungen haben die Jahre, die sie fern von ihm lebte, ausgelöscht. Flora hatte nur so getan, als heirate sie, vorgegeben, Kinder zu haben, während sie die ganze Zeit nur auf ihn wartete.

29

Die Mutter des Notablen zieht ihre düstere Behausung dem Palast des Sohnes vor. Hier fühlt sie sich zu Hause, neben ihren Freunden, den Toten, stille Nachbarn. Ihren Vorplatz erkennt man an den Myrtenzweigen, die sie aus einem entfernten Wald holt. Durch ihren Sohn ist sie reich geworden, doch fährt sie mit ihrem schwarzen Gewerbe fort, sie unterhält die Gräber und schmückt sie gegen einen Hungerlohn. Ihre Nachbarinnen schwören, daß sie sie schon Nächte hindurch haben reden hören. Die Namen der Gesprächspartner ließen ihnen die Haare zu Berge stehen. Nichts als Tote. Sie behauptet, daß sie die alten an ihrem resignierten Seufzen, die jungen an ihrem unruhigen Schlaf erkenne. Für die Jungen zieht sie Nachtigallen auf, um ihnen damit ein wenig Fröhlichkeit zu bringen.

Man erzählt sich so viele Geschichten über sie, daß es schwierig ist, das Falsche vom Wahren zu trennen. Dreißig Jahre nach dem Entschwinden ihres Mannes fährt sie fort, ihm die Reste ihres Essens zu bringen, die sie in ein Loch unter der Grabplatte schiebt.

»Ich lasse dich bestimmt nicht vor Hunger sterben«, sagt sie ihm jedes Mal.

Sie hat ihre Witwenschaft offenbar als eine Beförderung betrachtet, denn von einem Tag zum anderen begann sie, Gott zu duzen. Sie warf ihm vor, den Vater ihres Sohnes genommen und den seiner kleinen Freunde am Leben gelassen zu haben.

»Warum nicht den von Hammoudi, von Malek und von Raif?« erboste sie sich und hob die Arme zum Himmel.

Ohne Übergang kam sie vom Schöpfer auf ihren Ehemann, den sie verdächtigte, sie nur deshalb verlassen zu haben, um mit den Houris im Paradies zu schäkern.

»Vierzig, als wenn dir eine nicht genügte.«

Sie hielt es für ihre Pflicht, ihn über den albernen Klatsch des Viertels auf dem laufenden zu halten. Die Frau des Tuchhändlers, die mit dem Siruphändler schläft, die Tochter des Geldwechslers, die schwanger ist vom Straßenfeger, einem Schwarzen, der seine Hühner auf ihren Vorplatz läßt.

Drei Tage nach seinem Entschwinden, ihre Tränen waren noch nicht getrocknet, warf sie ihm vor, die Hufe von Sidi Oustas Maultier absichtlich schlecht beschlagen zu haben.

»Damit es hinkt wie unser Sohn. Du hättest dein Eisen lieber für ihn aufsparen sollen, er hätte gehen können wie jedermann, und mit der Geldverschwendung beim Schuster wäre ein für allemal Schluß gewesen.«

Die Mutter und der Sohn ertrugen die Feiertage schlecht, wenn die kleinen Nachbarn neue Kleidung und Spielzeug vorzeigten. Sie schloß sich zu Hause ein, um nicht mitansehen zu müssen, wie er Steine auf das väterliche Grab warf und den Vater beschuldigte, gestorben zu sein, um dem Schenken zu entgehen. Er hätte die Grabplatte aufgehoben, wenn sie nicht einbetoniert gewesen wäre, und vom Verstorbenen eine genaue Abrechnung verlangt. Der Imam sagte, er sei vom Satan besessen. Seine Mutter war weniger pessimistisch und dachte, daß er ein lieber Junge wäre mit einer neuen Hose und einer elektrischen Eisenbahn wie die von Hammoudi.

Der Krieg hat Hammoudi, Raif und Malek verschlungen, ohne ihrem Freund auch nur ein einziges Haar zu krümmen. Der erste explodierte im selben Augenblick wie eine handgefertigte Bombe, die er in seiner Küche verbesserte. Der zweite schläft seit sieben Jahren unter den Ruinen eines Wohnblocks. Der dritte verwandelte sich in ein Stück Kohle, als er die elektrische Leitung der Straße stehlen wollte.

»Daran seht ihr, daß es eine göttliche Gerechtigkeit gibt«, versäumt die Mutter des einzigen Überlebenden niemals hinzuzufügen.

Als er reich geworden war, wollte der Notable seine Freunde zu Ehren bringen. Er hat zu ihrem Gedächtnis mitten auf dem Niemandsland eine Stele aufstellen lassen, auf halbem Weg zwischen ihren Hütten. Eine Menschenmenge, die nach Erfrischungen und Gebäck giert, versammelt sich einmal jährlich um die drei in den Marmor eingravierten Namen. Sie klatschen lau Beifall und lugen zum Buffet hinüber, das hinter einem Vorhang aufgestellt ist. Der Notable schreckt davor zurück, die Mütter der drei Märtyrer zu umarmen. Der Blick der drei Frauen beschuldigt ihn, noch am Leben zu sein. Es ist noch gar nicht lange her, da hat er den Steinmetz gebeten, seinen Namen unten an die Liste anzufügen. »Eine kleine Aufmerksamkeit, ihr wißt schon, für wen. Dieser Mann ist ein Schatz. Keine Ahnung, warum der Topf nicht den passenden Deckel gefunden hat. Unsere Mädchen sind alles Jungfrauen«, betonen die Mütter. »Sie wollen nur eins: die drei Etagen seines Hauses mit Kindern füllen.«

30

Das Geräusch meiner Schritte erschreckt den Scharfschützen. Er versteckt sich hinter dem Mäuerchen, hat dabei aber seinen Schatten vergessen, der quer über das Dach fällt. Ich schleiche mich auf Zehenspitzen an ihn heran, hocke mich neben ihn. Er spricht mit mir, ohne den moslemischen Sektor aus den Augen zu lassen. Später wird er ein Buch über diese Leute schreiben. Er ist ihnen eng verbunden, weil er ihnen beim Leben zugeschaut hat.

»Hast du gesehen, wie sie um die Moschee herumwuseln?« Ich nicke, obwohl ich gar nichts sehe.

»Genau da verbringen sie die meiste Zeit«, fährt er fort. »Den ganzen Tag hängen sie auf dem Vorplatz herum und gehen erst bei Einbruch der Nacht nach Hause. Der Ruf des Muezzin stößt sie auf ihre Frauen. Die nageln sie auf Matratzen, die auf der Erde liegen. Die Mageren fühlen sich zu den Fettleibigen, die Kleinen zu den Riesinnen hingezogen. Je ärmer sie sind, umso mehr suchen sie üppiges Fleisch. Sie machen zehn, zwanzig Kinder, behalten aber schließlich nur sehr wenige, die Krankheiten und der Dreck vermindern die Kinderzahl. Sie werden Taschendiebe, sobald sie rennen können, und tragen damit zum Lebensunterhalt der Familie bei. Die Mütter sind Putzfrauen in den Häusern der Reichen, während die Männer ihren Kif in den Cafés rauchen. Sie verkaufen ihre Töchter, sobald denen der Busen wächst, an den Meistbietenden. Der Bräutigam bezahlt bar. Er wird noch einmal die doppelte Menge bezahlen, wenn der Fall eintritt, daß er seine Frau verstößt. Ich habe sie von nahem gesehen. Aber das ist schon so lange her.«

Er ist an der Reihe, Geständnisse zu machen. Meine, gestern, waren von Tränen naß. Kalt redet er von seiner ersten Liebe. Eine Moslemin. Er wäre zum Islam übergetreten, um sie zu heiraten, wenn ihre Familie sie nicht getötet hätte. Sie trafen sich jeden Abend nach der Schule vor einer Bäckerei. Der Bruder des jungen Mädchens bewachte die Umgebung, während sie sich mit den Augen verschlangen. Er hatte Angst vor dem Vater, einem harten und fanatischen Mann.

Sie blieb nach einem Jahr zum ersten Mal der Verabredung fern. Er versuchte vergeblich, ihre Klassenkameradinnen zum Sprechen zu bringen. Sie nahmen Reißaus, sobald sie ihn sahen. Ohne den Bäcker, der auf der Schwelle seines Ladens stand, um ihn abzupassen, hätte er nichts in Erfahrung bringen können. Er gab ihm kurze Befehle, die er sofort ausführte.

»Du gehst diese kleine Straße da bis zum Ende. Du bleibst vor den drei Palmen stehen. Das Haus hinten in der Sackgasse ist das deiner Freundin. Die Leute werden dir alles sagen.«

»Welche Leute?« stotterte er.

Aber der Mann war schon verschwunden.

Er fand leicht das beschriebene Haus. Eine schweigende

Menge versperrte die Ausgänge. Die Türflügel wurden zurückgestoßen, und vier Männer kamen heraus. Sie mühten sich mit einer Holzplanke ab. Die Tote, die man darauf gelegt hatte, wurde bei jeder Bewegung durchgeschüttelt. Das Leichentuch klebte an ihrem Körper. Die Züge von außerordentlicher Feinheit waren die seiner Geliebten. Im übrigen führte ihr kleiner Bruder den Trauerzug an. Er hatte ihn mit seinem Vornamen angerufen, aber der tat so, als kenne er ihn nicht.

»Das ist der junge Mörder«, flüsterte die Menge. »Sein Vater hat ihm die Waffe gegeben. Er kann nicht mit Gefängnis bestraft werden. Er ist minderjährig. Einer mußte ja diesen Verabredungen ein Ende machen. Sie traf sich jeden Tag mit ihrem Christen. Der Bäcker hat seine Pflicht getan und den Vater benachrichtigt.«

Er ist Scharfschütze geworden, um diesen Mann zu töten. Von unserem Dach kann er direkt sein Haus sehen. Er belauert ihn seit Jahren. Im Lauf seines Gewehrs wartet eine Kugel auf ihn. Aber nicht ein einziges Mal hat der die Straße überquert.

»Vielleicht hat er sich eine zweite Tür zur anderen Straße hin gemacht.«

Das sagt er langsam, den Blick in die Ferne.

Eine Wolke zieht über sein Gesicht, nicht einmal die Anwesenheit des Kleinen kann ihn erheitern.

Mein kleiner Bruder ist aus eigener Kraft heraufgekommen. Der Weg zum Dach hat keine Geheimnisse mehr für ihn, seitdem er auf allen Vieren krabbeln und eine Treppe rückwärts hinunterklettern kann.

Die Züge des Scharfschützen haben sich verhärtet, während er seine Erinnerungen aufwühlte. Seine Kinnbacken erscheinen viel eckiger, und sein Lächeln ist kannibalisch. Er sagt, daß er bei uns nicht alt werden will. Er wird das Gebäude wechseln.

Unserem Dach fehle der Sauerstoff. Er ersticke in unserer Gesellschaft.

»Man kann es nicht schlechter treffen«, spottet er böse. »Eine alte Verrückte einerseits, ein kleines Mädchen andererseits. Was würde dein Vater sagen, wenn er dich bei mir sähe? Hau ab, oder ich bin für meine Taten nicht mehr verantwortlich. Es ist eine Ewigkeit her, daß ich eine Frau hatte.«

Ich schnappe meinen kleinen Bruder und gehe rückwärts zur Treppe. Es ist bestimmt das laute Klopfen meines Herzens, das Frau Vava aufmerksam werden läßt. Sie erwischt uns, als wir bei ihr vorbeikommen, und bietet uns Rosinenkuchen an. Sie ist in einem großen Streitgespräch mit Frl. Liliane. Das alte Fräulein macht sich Sorgen um Frankreich. Unser Krieg sei eine Schande. Ein Greis und einige Tauben als einzige Opfer. Was werden die da hinten bloß von uns denken?

»Nichts«, beruhigt sie die Kartenlegerin. »Sie denken, daß das Land leer ist und wir alle nach Australien ausgewandert sind, wo wir Känguruhs züchten.«

Frl. Liliane widerspricht.

»Das Känguruh muß man nicht züchten. Es wächst ganz von allein, wie Unkraut. Was es aber nicht davon abhält, mütterlich zu sein. Es trennt sich niemals von seinen Kleinen, führt sie sogar in seiner Tasche spazieren.«

»Nicht freiwillig«, entgegnet die andere. »Es ist dazu gezwungen.«

Der Ton wird lauter. Der Kleine bekommt Angst und beginnt, grundlos zu weinen. Liliane will ihn beruhigen, indem sie ihm einen Klaps gibt, den ihr die Kartenlegerin mit einer klatschenden Ohrfeige heimzahlt.

»Oh«, stößt die Geohrfeigte empört hervor.

Sie hätte es besser bei diesem »Oh« belassen sollen, anstatt zu Anspielungen überzugehen.

»Ich kann es Ihnen nicht übelnehmen«, sagt sie heuchlerisch. »Sie verlieren oft den Kopf, seitdem dieser junge Mann nichts mehr von Ihnen wissen will.«

»Von welchem jungen Mann redet die denn?«

Frau Vava fordert sie auf, einen Namen anzugeben.

»Seit wann verteilen die Scharfschützen ihre Visitenkarten in allen Etagen?« fragt Liliane spöttisch.

»Michel«, flüstere ich mit einem ganz kleinen Stimmchen.

Vava und Liliane sind bestürzt und einer Ohnmacht nahe. Sogar den Beos treten die Augen heraus.

Die beiden Frauen mustern mich mißtrauisch.

»Hat er es dir selbst gesagt?«

Eine Frage, die aus zwei Mündern gleichzeitig kommt.

»Er hat es dem Kleinen gesagt, und weil ich dabei war . . . «

»Weil du ihm deinen Bruder vorgestellt hast?« heult Vava auf. »Weißt du denn, arme Irre, daß der für ihn nur ein Happen ist? Die Kleinen sind Katzenpastete für diese Typen.«

»Das stimmt nicht. Er mag ihn. Mich auch. Er hat mir sein ganzes Leben erzählt. Er ist nicht herzlos. Er war mit einem moslemischen Mädchen verlobt. Er hätte sie geheiratet, wenn ihr Bruder sie nicht getötet hätte.«

Frl. Liliane triumphiert in ihrer Ecke, während der Blick von Frau Vava schwer von Vorwürfen ist. Er beschuldigt mich, den Scharfschützen beeinflußt zu haben. Er ist von ihrem Balkon verschwunden, seitdem er mich bei der Beerdigung unseres Hausbesitzers gesehen hat.

Frau Evgenia und Liliane drohen mit meinem Vater. Er wird vor Scham sterben, wenn er das erfährt, denn sie werden es ihm erzählen. Seine Tochter wird demnächst vergewaltigt und geschwängert, wenn sie es nicht schon ist. Sie wird eine unverheiratete Mutter sein, noch bevor sie ihre Regel bekommen hat. Sie wird einen Bastard hinter sich herschleppen, es sei denn, daß ihr Verführer sie vorher liquidiert.

»Mit einer Kugel mitten ins Herz«, verkündet Liliane, die mit ihrem Zeigefinger auf ihr Brustbein stößt.

»Daraus ergibt sich die Notwendigkeit, ihn vorher zu töten«, überbietet sie Vava voller Überzeugung.

Ich erwarte die Nacht, um dich vor ihnen zu warnen. Es ist besser für dich, wenn du für eine Zeit weggehst, bis mein Vater vergessen hat, daß er dich ermorden soll.

Ich finde dich an deinem gewöhnlichen Platz, an den Fuß deines Mäuerchens hingehockt, wenige Zentimeter vom Dachrand entfernt. Wie ein wildes Tier, könnte man denken, kurz vor dem Absprung ins Leere. Du drehst dich blitzschnell zu mir um. Du reibst dir die Augen, um sicher zu sein, daß du nicht träumst. Der Mond besprenkelt dich mit hartem Licht. Du legst dich platt auf den Boden, den Bauch an den Beton gepreßt, und kriechst zu mir herüber. Du kommst näher, dein Körper macht dabei wellenförmige Bewegungen. Du streckst dich aus wie eine Schlange, besteigst mich wie ein Tiger einen Fels. Deine Hüften auf meine gedrückt, stößt du zwischen meinen zusammengepreßten Schenkeln, und du nimmst mich durch meine Unterwäsche hindurch. Du redest im Wahnsinn, du stöhnst, das Gesicht zu den Sternen gewendet. Du schluchzt, als täte dir etwas weh. Ich höre dein Blut laut in deinen Adern klopfen. Du beruhigst dich plötzlich und sinkst ermattet nieder. Du redest, drückst deinen Mund auf den Boden. Ich muß mich sehr anstrengen, um deine Worte zu verstehen. Du flehst mich an, nie wiederzukommen. Du bist imstande, mich zu verschlingen. Eine Frau ist wie ein Festessen. Es ist hart, darauf verzichten zu müssen, wenn man Hunger hat. Du sagst: eine Frau, als wenn ich eine wäre. Ich verspreche, ohne zu überlegen, weiß genau, daß ich am nächsten Tag, alle Tage meines Lebens hier sein werde. Meine Tage sind leer ohne dich, leer auch das Haus und das Stadtviertel, seitdem Flora fortgegangen ist.

31

Wieder einmal hat mein Vater von Flora geträumt. Sie klopfte an unsere Tür, aber niemand öffnete ihr. Sie zitterte vor Kälte in ihrem für die Jahreszeit zu leichten Kleid, dasselbe, das sie am Tag ihres Aufbruchs zum Notablen trug. Ihr war kalt, sie hatte Angst, Männer waren ihr auf den Fersen. Er hörte deutlich ihre klagende Stimme, trotz der zweifach verschlossenen Tür.

»Ich bin alt und häßlich. Ich habe meine Kinder vom rechten Wege abgebracht und die Liebe in Haß ertränkt. Es ist für mich unmöglich, in meine Heimat zurückzukehren. Sie hat ihren Ort und ihren Namen geändert. Das Haus meiner Eltern ist zu einem Bahnhof gemacht worden, qualmende Züge durchqueren die Zimmer.«

Mein Vater ist schweißgebadet aufgewacht. Er machte sich Vorwürfe, seiner Frau nicht geöffnet zu haben, die großen Kummer haben muß, weil sie ihn im Schlaf gerufen hat.

Er wäre zum Notablen gegangen, um sich über Floras Zustand zu informieren, wenn sich nicht die alte Dienerin selbst zu uns begeben hätte. Sie ist früh morgens angekommen, gerade als mein Vater aus seinem Traum aufgetaucht war. Er kniff die Augen zusammen, wußte nicht, ob sie die Verlängerung seines Traumes war oder ihn deuten würde. Ihr Gefühl, sagt sie, habe sie zu uns getrieben, obwohl sie sich geschworen habe, nie wieder einen Fuß in unser Haus zu setzen. Sie hat meinen Vater aufgefordert, die Scheidungsformalitäten nicht weiter zu verfolgen, die er nie eingereicht hatte.

»Man wird dir deine Frau zurückschicken. Ihre Beziehung zu meinem Herrn wird von Tag zu Tag schlechter. Gestern hat sie eine unverzeihliche Tat begangen. Sie hat sich bis zum Pavillon geschleppt und an die Tür geklopft. Sie wußte genau, daß er nicht allein war. Ein Skandal, diese Frau. Sie hätte fast noch die Nachbarn aufgehetzt. Ich wollte sie in ihr Zimmer zurückbringen, aber sie hat sich mir widersetzt. Mit eigenen Augen wollte sie das Mädchen sehen, das unter dem Gewicht ihres Geliebten stöhnte. Man hörte genau ihr gemeinsames Keuchen. Ihre Küsse platzten wie Rebenholzscheite im Feuer. Sie zitterte vor Kälte in ihrem für die Jahreszeit zu leichten Nachthemd. Ich habe ihr geraten, zu ihrer Familie zurückzukehren, zu dir also, du seist jederzeit bereit zu verzeihen. Sie hat offenbar an ihre polnische Familie gedacht. ›Mein Vaterhaus‹, sagte sie mir, ›ist zu einem Bahnhof gemacht worden. Qualmende Züge zerteilen es Tag und Nacht. Sie durchqueren die Zimmer und fahren in alle Richtungen davon.‹«

Der Bericht der alten Dienerin kommt direkt aus dem Traum meines Vaters. Er erschrickt vor dieser Frau, sie wühlt mit derselben Wut in seinem Leben wie in seinem Schlaf. Er wartet ungeduldig darauf, daß sie fortgeht, doch scheint sie es nicht eilig zu haben, wieder nach Hause zu kommen. Den Rücken dem Licht zugekehrt, ist sie imstande, ihren Besuch bis zum Abend hin auszudehnen.

»Das eigentliche Opfer«, sagt sie, »ist nicht Flora, die weinend herumgeht, sondern mein Gebieter. Man plündert sein Herz und seinen Taubenschlag aus, man zerstört seine Vögel und seinen Erben, man läßt ihm statt dessen eine Frau, die so steril ist wie ein trockener Lederschlauch. Sogar der Prophet hätte es in ihrem Bauch nicht ausgehalten. Sie hat meinen Herrn innerlich und äußerlich zugrunde gerichtet. Er wandert nächtelang ruhelos im Garten auf und ab, die Augen auf ihr Fenster geheftet. Der Mond macht ihm Migräne, der Eukalyptusduft raubt ihm den Atem. Vor drei Tagen fand ich ihn auf der Vortreppe sitzen. Man hätte ihn mit einem Bettler, der um Almosen bittet, verwechseln können. Ich habe ihn an die Hand genommen und wie ein Kind wieder in sein Bett gelegt.

Die Nacht schwächt ihn. Morgens wird er wieder er selbst. Der Tag beruhigt ihn. Er nimmt eiskalte Bäder, die sein Blut in den Adern aufschreien läßt. Der Anblick seines großen Körpers, seines weitläufigen Hauses beruhigt ihn. Er schläft ein, während die Stadt hinter seinen Mauern erwacht. Jeden Tag erteilt er den Befehl, den großen Eukalyptus zu fällen, von dort kämen alle seine Leiden, doch im allerletzten Moment besinnt er sich anders. Den Anblick der Axt in den Händen des Gärtners erträgt er nicht. Die Axtschläge könnten das tote Kind erschrecken.

›Ich würde alles bis zu den Wurzeln abhacken, wenn ich du wäre‹, sagt seine Mutter und meint gleichzeitig die Frau und den Baum.

Sie ist überzeugt, daß Flora und die Baumrinde unheilbringende Schriften in sich verstecken. Die schwarzen Wörter verschlingen sein Herz und saugen ihm von fern alle Kraft aus. Vor gar nicht langer Zeit hat ihr Sohn sie einmal überrascht, wie sie einen Myrtenstrauß auf Floras Treppenabsatz legte. Er machte ihr keinen Vorwurf. Da Flora für ihn tot ist, ist es ganz normal, daß man ihre Schwelle mit Blumen schmückt, als wäre dort ein Grab.

Sie ist tot seit ihrer Ankunft in seinem Haus. Sie schrie nicht ihr Glück hinaus, als er sie liebte, und später nicht ihren Schmerz, als er sich von ihr entfernte. Er hat beschlossen, nichts zu unternehmen, er will sie weder zurückerobern, noch will er sie loswerden. Sie wird nur zerschmettert sein Haus verlassen, wie ein vom Blitz erschlagener Baum. Wie einen Baum hat das Schicksal sie mitten auf seinen Weg gepflanzt.

Es bringt nichts, ihm zu sagen, daß er stärker ist als das Schicksal. Er redet dann von den Worten, die für alle Ewigkeit in die Rückseite unserer Stirnen eingeritzt sind.

›Mach einen Bogen um diese Frau‹, hat ihm der alte Imam gesagt. ›Alle Mädchen sind da, um geheiratet zu werden, sogar die unmannbaren. Alle träumen von dem Mann, der das schwarze Gold aus dem Boden eines Palmenwaldes hat schiessen lassen. Heirate eine der unseren. Die moslemische Frau hat für den Mann eine Unterwerfung, die aus dem Bauch kommt.‹

Seine Mutter hat sich jetzt selbst auf die Suche begeben. Die jungen, heiratsfähigen Mädchen ziehen eine nach der anderen in der an den Friedhof geklebten Höhle an ihr vorbei. Ihre rauhen Hände heben die Kleider hoch, um die Breite der Hüften, den Wuchs der Scham und der Brüste nachzuprüfen. Ihre Finger drücken auf die Brustwarzen. Stellen sie sich auf, wird aus ihnen Lust und Milch fließen.«

Mein Vater hat überhaupt nicht begriffen, was der Besuch der alten Dienerin sollte. Sie hat ihm die Hoffnung auf die Rückkehr seiner Frau vorgegaukelt und ihm zugleich klargemacht, daß der Notable beschlossen hat, sie sogar dann bei sich zu behalten, wenn er sich mit einer anderen Frau verheiraten würde.

Teuflisch, diese Frau. Sie hatte sich noch ein letztes Mal umgedreht, bevor sie unsere Türschwelle überschritt, um uns vor einem Scharfschützen zu warnen: »Er hat sich auf Ihrem Dach niedergelassen. Man sieht ihn haargenau vom Haus meines Herrn aus. Der Lauf seines Gewehrs ist seit fast einem Monat auf den Maulbeerfeigenbaum gerichtet. Er sucht Floras Fenster.«

32

Ich habe die Abwesenheit des Scharfschützen ausgenutzt, um in seinen Sachen herumzustöbern. Ich habe ein halbleeres Päckchen Kekse, ein Bild der heiligen Jungfrau, das verblichene Foto eines jungen Mädchens, das an einem Gartenzaun lehnt, und ein Heft gefunden. Die Seiten trugen alle ein Datum. Sie waren voller Kreuze in allen Größen. Ist das seine Art, die Anzahl und das Alter seiner Opfer festzuhalten?

Er hat sich leise wie ein Wolf herangeschlichen, als ich gerade von neuem das Mädchen vor dem Garten betrachtete. Ich erwartete einen Wutausbruch, aber nicht diesen unendlich langen und belustigten Blick, mit dem er mich von Kopf bis Fuß musterte. Er hat sich auf das Mäuerchen gesetzt und mir ein Zeichen gegeben, zu ihm zu kommen. Ich bin zu seinen abgescheuerten Jeans und zu seinem Nietengürtel gegangen. Er hat mich sanft um meine Taille gefaßt und auf seine Knie gesetzt. Ich habe mich nicht gegen seine Hand gewehrt, die sich zwischen meine Schenkel schob, aber als seine Finger begannen, mich zu öffnen, habe ich die Beine zusammengepreßt.

»Halt dich ruhig, oder ich werde böse. Ich tue dir nicht weh«, sagte er immer wieder durch seine Zähne hindurch.

Der Saft, der aus meinem Bauch floß, landete in seiner hohlen Hand. Ich habe in seinen Nacken gekeucht, dann in seinen Mund, ich habe ihn angefleht, nicht aufzuhören. Seine Finger wurden immer schneller. Sie machten immer engere Kreise, während seine Zähne durch meine Bluse hindurch nach meinen Brüsten schnappten.

»Halte dich nicht zurück, laß dich kommen«, flehte er.

»Laß deinen Saft in meine Hand kommen«, sagt der Notable zu Flora, die ihre Lust zurückhält. Die alte Dienerin hat es meinem Vater mit rohen Worten überbracht. Eine Frau ohne Herz. Sie hielt sich sogar für verpflichtet, Erklärungen hinzuzufügen.

Flora sperrt sich, ihrer Meinung nach, um sich zu bestrafen, weil sie ihre Kinder verlassen hat. »Mama« habe ich geschrien, während ich mich vor Lust wand. Frau Vava glaubte mich wohl in Gefahr, weil sie so schnell herbeigelaufen kam.

Die Hand des Scharfschützen war immer noch zwischen meinen Schenkeln. Sein Speichel auf meiner Bluse war noch nicht getrocknet. Frau Vava geriet außer sich vor Zorn.

Sie tanzte herum wie ein gewürgtes Huhn. Sie lachte und weinte gleichzeitig.

Sie nannte ihn einen Lüstling und drohte, ihn vor den Richter zu bringen. Ich sei minderjährig. Die Fäuste in die Hüften gestemmt, erklärte sie ihm voller Verachtung, daß sie nicht mehr auf seine traurigen Augen hereinfallen würde.

»Ihr irrt euch, wenn ihr glaubt, ich sei blöde. Ich bin bloß gutmütig und großzügig. Aber daß ich dem Erstbesten mein Vertrauen schenke und seine Pariser auf meinem Balkon aufsammle, damit ist es aus und vorbei.«

Er grinste nur und zeigte dabei seine Zähne. Zähne eines Kannibalen. Ich war gelähmt vor Scham.

Mit welchen Worten hat meine Nachbarin diese Szene meinem Vater hinterbracht, da er mir ein so schmerzvolles Gesicht zeigt? Er weicht meinem Blick aus, als wäre er der wahre Schuldige. Seine Familie geht kaputt seinetwegen, erst seine Frau, dann sein Sohn und nun, um allem die Krone aufzusetzen, seine Tochter. Mein Kinderkörper hat mich nicht daran gehindert, die Lust einer Frau zu verspüren.

»Die Hurerei ist genetisch bedingt«, hat ihm Frl. Liliane erklärt, und er hat ihr geglaubt.

Meine Sinnlichkeit kommt von Flora, von Flora auch die Angewohnheit, sich niemals zu rechtfertigen. Er fragt sich bestimmt, warum ich geschrien habe, wenn er seinen Kopf in die Hände stützt und auf seine Schläfen drückt, als wolle er sie am Zerplatzen hindern.

Wie soll ich ihm klarmachen, daß ich immer noch Jungfrau bin?

Keine sichtbaren Schäden, nur diese Lust, auf die ich nie wieder verzichten kann.

Mein Vater flüchtet in sein Herumgehen, vom Fenster zur Tür und umgekehrt. Er wird von den Öffnungen angezogen, als wolle er sich hinausstürzen. Er bleibt stehen, mustert mich von Kopf bis Fuß. Er wartet darauf, daß mein Mund klagt oder beschuldigt. Ich werde nichts sagen, solange mein Bauch noch zuckt und solange die Furche, die der Scharfschütze gezogen hat, nicht aufgehört hat, ihren Saft von sich zu geben.

Das war ein richtiger Skandal gestern, das Schreien von Frau Evgenia und dann das Verschwinden des Scharfschützen im Treppenhaus. Und wenn er nie wieder zurückkommt? Meine Mutter ist dieselbe Treppe hinuntergegangen, vor mehr als einem Jahr. Ich war sicher, daß sie zurückkäme, sobald sie unten angekommen wäre. Sie spielte bloß, um uns Angst zu machen. Mütter verlassen niemals endgültig ihre Kinder.

Den Kopf ins leere Treppenhaus gebeugt, rufe ich Flora und den Scharfschützen, vermische die Namen. Aber niemand antwortet mir. Dieses Haus ist ein Abgrund, es verschlingt die Lebenden und die Stimmen.

Flora hatte mich zum ersten Mal vor acht Jahren alleingelassen. Der düstere Mann hatte sie in ein enges Sträßchen gestoßen. Sein Körper drückte den zerbrechlichen Körper meiner Mutter gegen eine Wand. Sein Mund sprach in ihre Haare hinein. Mein Rufen hatte sie ärgerlich gemacht. Sie hatte mich dafür bestraft, als der Fremde fort war. Sie hatte mich auf der Straße hinter sich hergezerrt wie einen leeren Sack, ohne Mitleid mit meinen Knien, die auf dem Boden schleiften. Ich war sechs Jahre alt. Das Land lebte in Frieden. Der Notable suchte meine Mutter seit zehn Jahren.

Zwei Tage später warf ich meiner Mutter ihre Härte vor und erinnerte sie an meine Tränen. Sie stritt alles ab. Wir hatten niemals einen düsteren Mann im Bazar oder sonstwo getroffen, hatten uns nie getrennt. Ich sollte meinem Gedächtnis mißtrauen, das nur alles verdrehte. Dennoch, der Mann tauchte eine Woche später wieder vor uns auf. Statt vor ihm zu flüchten, hatte sie sich an die Tür eines Geschäfts gelehnt, als wolle sie sich am Fallen hindern. Sie schüttelte den Kopf, wollte nein sagen, aber ihr Körper verweigerte sich nicht. Er gab sich den braunen Händen hin, die in ihre weitgeschnittenen, offenen Ärmel glitten. Sie ließ sich von ihm streicheln vor all den Leuten, die nur wenige Meter entfernt vorbeigingen. Ein Mann wandte sich ab und spuckte dann heftig auf die

Erde. Ein anderer nannte meine Mutter eine Hure, aber sie war darüber nicht verärgert. Zu Hause nahm sie erst ein Bad, bevor sie in unser Zimmer kam. Sie hatte sich auf den Teppichboden gehockt, um unser Spielzeug einzusammeln. Ich habe ihre nackten Schenkel gesehen. Sie gingen ganz hoch bis zu der dunklen Öffnung, die von glänzenden Haaren umgeben war. Ich habe an das Spinnennetz gedacht, das in einer Ecke an der Zimmerdecke hing und mußte mich übergeben.

Von diesem Tag an hörte ich auf, meine Mutter zu lieben. Ich hatte keine Lust mehr, sie bei ihren Einkäufen zu begleiten. Tödliche Kämpfe tobten auf dem Bazar und in dem Sträßchen, wo Flora den Mann mit dem Siegelring getroffen hatte. Eine dichte Vegetation hat jetzt die Schlachtbank überwuchert. Sie hat sich in den Geschäften und auf den Straßen ausgebreitet. Ihre Wurzeln haben den Asphalt gesprengt. Hohes Gras wächst um die dunklen Risse. Das sieht aus wie die Schamhaare einer Frau um eine riesige Spalte.

33

Ich habe meinem Vater von dem Mann auf dem Bazar erzählt und auch von der Verwirrung meiner Mutter, aber er hat mir nicht geglaubt.

»Du erfindest Geschichten«, sagte er ungehalten. »Du willst die Erinnerung an deine Mutter in den Schmutz ziehen.«

Er sprach von ihr wie von einer Toten. Wir waren auf dem Balkon. Er starrte seit einer Stunde immer denselben Stern an. Kein Wimpernschlag, nur seine Tränen rollten herab. Sie liefen eine nach der anderen seine Wangen hinunter und sammelten sich unten an seinem Hals. Ich wußte nicht, wie ich ihn trösten sollte. Ich habe ihn daran erinnert, daß der Kleine und ich nie aufgehört haben, ihn zu lieben. Er schüttelte heftig den Kopf. Eine Träne flog wie ein Regentropfen auf und fiel auf meine Hand.

Flora hat ihn zerstört. Sie hat alle zerstört, sogar ihren Killer. Georges ist zu einer Jammergestalt geworden, seitdem Frederik verschwunden ist. Der hat ihn alleingelassen mit seinem mißlungenen Verbrechen und mit der Angst, von den Männern des Notablen gelyncht zu werden. Er geht jeden Abend zur Post und fragt nach einem postlagernden, versprochenen Brief. Alle, vom Direktor bis zum letzten Briefträger, kennen sich in seinem Unglück aus. Sein Freund hat ihn verlassen, nachdem er ihm die Maschinenpistole weggenommen hatte. Die Postkarte, die nach drei Monaten ankam, hat ihre Heiterkeit erregt. Sie ist von Hand zu Hand gegangen, bevor sie in die Hände des Empfängers gelangte.

»Großer Pariser Verlag baut mir goldene Brücken. Der Stern Victor Hugos wird neben dem meinen erbleichen. Grüße alle von mir. Frederik.«

Nicht mal ein Kuß für ihn. Georges war bleich. Ein Schalterbeamter spuckte auf die Erde, ein anderer nannte Georges eine Dreckschlampe. Georges war keineswegs einverstanden. Wäre nicht das Schutzglas gewesen, er hätte ihm das Gesicht zermalmt.

Er ist wie ein Wirbelsturm hereingekommen. »Wer ist Victor Hugo?« fragte er mit erstickter Stimme.

»Ein Dichter«, sagte ich, ohne das Jahrhundert anzugeben.

»Kennt Freddy ihn seit langem?«

»Wahrscheinlich seit der Schulzeit.«

»Das ist dann wohl eine alte Bekanntschaft«, meinte er und schüttelte den Kopf.

Er fühlte sich verschaukelt. Mein Bruder hat ihm ein Verhältnis verschwiegen – es gibt keinen anderen Ausdruck –, das er seit Jahren unterhält, da es bis in die Schulzeit zurückgeht. Vielleicht haben die beiden dasselbe Flugzeug nach Paris genommen, wo sie denselben Verleger und dasselbe Dach teilen, ein Schieferdach, wie man es auf der verfluchten Postkarte, die postlagernd geschickt wurde, sieht.

Ich habe ihn absichtlich in seinem quälenden Verdacht belassen. Soll er für alle diejenigen bezahlen, die sich geschworen haben, Flora – tot oder lebendig – in unseren Sektor zurückzuholen.

Frederik hat mir Victor Hugo in einer Gewitternacht vorgestellt. Er hatte mich geweckt, um mir »Oceano Nox« vorzutragen, das er auswendig kannte. Er rezitierte bei weit in die Nacht hinein geöffneten Fenstern. Seine Stimme flog in die Welt hinaus, vom Wind verstärkt, der sich in unseren Vorhängen verfing. Mein Bruder hatte eine Meeresstimme und ich ein Höhlenohr. Die Verse kamen mit ihrem Echo zu mir. Kam der Tag, an dem er sich für Victor Hugo selbst hielt. Er zog mich aus meinem Bett, damit ich zuschaute, wie er unter dem Diktat des entschwundenen Dichters schrieb, der meinen Bruder und niemanden anders auserwählt hatte, sein posthumes Werk fortzusetzen.

Der Ozean war trunken
Die Nacht mondlos
Ein Floß näherte sich auf einem Meer des Glücks
Da erhob sich die Brandung . . .

Frederik hörte auf zu schreiben. Der vor einem Jahrhundert gestorbene Poet suchte wohl nach weiteren Worten. Mein Bruder schwor, daß er nur das Medium sei. Er schrieb auf, was man ihm einflüsterte.

Ich weinte, ohne zu wissen, warum. Meine Tränen brachten mir die brüderliche Anerkennung ein. Er würde keine Mühe scheuen und aus mir eine Dichterin machen. Unter der einzigen Bedingung, daß ich niemals die großen Themen behandeln würde, die wären nur für ihn. Ich sollte allein aus den Elementen und den Jahreszeiten schöpfen. Mein Bruder wollte mich beschränkt sehen auf die Sonne, den Regen, die welken Blätter und zur Not auf eine Schwalbe, oder vielleicht auch auf zwei.

Ich zeige dir das Gedicht von Frederik. Du bleibst eisig und erklärst mir, daß du meine Haut den Seiten, meine Brüste den Sätzen und meinen Bauch allen Büchern in den Buchläden vorziehst. Deine Scharfschützenhände machen eine Kugel aus dem Gedicht und schießen es in eine Ecke.

Leere Wörter. Deine Neigungen treiben dich zur Geografie, zur Geografie meines Körpers. Du zeigst mir meine Täler, meine Hügel, meine Flüsse und Mündungen. Du ziehst mich aus und sprichst dabei mit mir. Du murmelst merkwürdiges Zeug zwischen den Zähnen. »Das ist eine Maloche hier,« sagst du, »mitten in dem Krater, der vom Gras zugewachsen ist, und dem Vulkan, der kurz vor seinem Ausbruch steht. Man muß die Lava eindämmen, sie darf nicht überfließen. Sie kann alles verbrennen, verwüsten, anzünden.« Deine Finger erforschen mich, ergründen mich, prüfen mich, dringen in mich ein bis hin zu den letzten Fältchen. Du rufst mit leiser Stimme meine Bäche, läßt ihr Wasser ansteigen und löst eine Flutwelle aus, die meine Wirbelsäule entlangläuft und meinen Körper biegt wie eine Brücke. Ich klammere mich an dich, um nicht zu ertrinken.

Das Hexenauge von Frau Vava hat offenbar durch ihre Zimmerdecke alles gesehen. Sie ruft mich in dem Augenblick zu sich, als ich auf Zehenspitzen auf ihrem Treppenabsatz angekommen bin. Sie lädt mich in ihre Wohnung ein und bietet mir einen heißen Kakao an. Ich brauche den jetzt, erklärt sie, um wieder zu Kräften zu kommen. Sie warnt mich vor den Männern.

»Egoisten, können unser Blut gerinnen lassen wie schlechtgewordene Milch. Sie öffnen uns, trinken uns und werfen uns wie leere Flaschen weg, wenn sie ihr Vergnügen gehabt haben. Niemand will dich mehr heiraten, wenn du dich weiterhin unter ihn legst. Man wird dich zunähen müssen, um dich verheiraten zu können.«

Der Gedanke an eine Nadel, die sich in meine Schamspalte bohrt, füllt mich mit Entsetzen. Wenn ich meine Haut retten will, wird eine Richtigstellung nötig sein. Ich erkläre meiner Nachbarin, daß ich mich niemals unter dich lege, sondern auf dich. Aber sie nennt mich bloß eine kleine Lügnerin. Ich sage noch, daß ich dabei Lust empfinde, niemals du, und da wird sie ganz nachdenklich. Zu ihrer Zeit nahmen sich die Männer ihre Lust bei den passiven Frauen, deren Lust nur die Lust des Mannes war.

»Die Zeiten haben sich sehr geändert«, bemerkt sie ganz traurig. »Es sei denn«, besinnt sie sich, »dein Schütze (sie stibitzt dir das »Scharf«) ist impotent. Denn es ist sicher weder Scham noch Rücksicht, die ihn zurückhalten. Er hätte dich sonst defloriert.«

Das Wort deflorieren entfesselt wieder mein Verlangen nach dir. Frau Vava sieht das an meinem Gesicht, das in Entzückung gerät. Denn in dem Wort deflorieren liegt das Wort Flora, die Blume, taugetränkte Blütenblätter. Das hast du gestern selbst gesagt, oder vorgestern, der Tag spielt keine Rolle. Sie spuckt mir ihre Verachtung mit einem Ultimatum ins Gesicht:

»Merke dir eins: Frau Vava ist nicht bereit, noch einen Kleinen aufzuziehen. Einer beschäftigt sie zur Genüge.«

Sie fügt hinzu, daß jungfräuliche, ledige Mütter nur in der Bibel vorkommen und daß Jungfrauen, heilig oder nicht, nie auf den Strich gehen. Das ist eine Gotteslästerung, sie weiß es nicht einmal. Sie wird sicher in die Hölle kommen, falls sie . . .

»Du wirst in die Hölle kommen«, schreie ich zu ihr hinauf, während ich die Treppen hinunterrenne.

Was ist denn in mich gefahren, daß ich sie duze?

34

Flora hätte nicht an die Tür des Pavillons klopfen sollen, während ihr Geliebter im Bauch eines Mädchens herumstieß. Sie hat seine Lust unterbrochen, sagen die Dienerinnen, sein Same wird in seinen Kopf steigen und sein Gehirn benebeln.

Die Nachbarn, die die Szene beobachteten, hielten sie für verrückt. Sie ist es offenbar immer noch, denn sie behauptet, es regne in ihrem Zimmer. Die Mauern, sagt sie, schützen sie nicht vor dem Unwetter, das im Garten wütet. Seit Stunden starrt sie auf denselben Baum, in dem der Sturm wühlt. Fiebertraum der Blätter und ihrer Gefühle. Die Zweige wurden abgeschlagen und flogen in ihr Zimmer, in ihren Spiegel hinein. Vor zwei Jahren spiegelten sie sich noch nicht darin. Der Baum muß seit ihrer Ankunft im Haus des Notablen gewachsen sein. »Wieviele Zentimeter wächst ein Baum in zwölf Monaten?« fragt sie sich laut.

Sie schämt sich über ihr Selbstgespräch und vor allem darüber, daß sie sich eine Frage gestellt hat, die sie nicht beantworten kann. »Und das Kind? Wieviele Zentimeter wächst es täglich?«

Ein Frösteln geht durch ihre Eingeweide. Vielleicht ist die Fehlgeburt zwischen ihre Hüften zurückgekehrt. Sein kleines Herz wird sich an ihr Herz hängen, sein Fleisch an ihrem Fleisch saugen, und seine Adern werden ihr Blut aufnehmen. Der Notable wäre so glücklich, das zu erfahren.

Bei dieser Gelegenheit wird sie ihm einen Traum erzählen, der sie sehr verwirrt hat. Die Mutter ihres Geliebten öffnete ihr den Bauch mit einem Küchenmesser, um das Kind zu ergreifen und es zwischen ihre eigenen Hüften zu legen. Graue und vertrocknete Hüften.

›Du bist nur eine Übergangsstation. Du kannst jetzt nach Hause gehen, du hast uns einen schönen Erben zubereitet.‹

Sie sprach von ihrem Enkel wie von einer guten Mahlzeit, von Flora wie von einer tüchtigen Köchin. Meine Mutter hätte ihren Traum noch fortgeträumt, wenn sie nicht durch eine große Übelkeit geweckt worden wäre. Seitdem versucht sie, nicht mehr zu schlafen. Sie verbringt ganze Nächte damit, herumzuwandern und preßt dabei das Kopfkissen auf ihr Herz. Ein tränennasses Kopfkissen, sagen die Dienerinnen, wo es sich doch nur um Schweiß handelt.

Flora vergoß Tränen der Wut beim Anblick des Bazars nach den ersten Bombardierungen. Sie wartete das Ende der Kämpfe nicht ab und zog mich mit sich auf das Dach. Ihre Blicke suchten die bunten Glasfenster, die Kramläden, den Springbrunnen, doch sah sie nur eine große, schwarze Wolke. Der Rauch quoll in dicken Schwaden aus den Gäßchen und verteilte sich dann über der Stadt.

Sogar der Rauch teilte sich in zwei Teile, als er die Demarkationslinie berührte. Genauso eine schwarze Wolke bedeckt seit gestern den Himmel. Der Sturm hat die ganze Nacht gewütet und die letzten Blätter von dem großen Maulbeerfeigenbaum des Notablen abgerissen.

Die Fenster meiner Mutter sind nun unbedeckt. Jede Silhouette, die sich in den Fensterscheiben spiegelt, ist Flora. Die Mauern verschlingen sie, die Maueröffnungen spucken sie wieder aus. Meine Mutter geht Tag und Nacht auf und ab. Sie wartet auf ein Zeichen ihres Geliebten, um innehalten zu können. Sie hat eine große Anzahl Wahrsagerinnen befragt. Frauen aller Religionen und aller Altersstufen dringen bis zu ihrem Zimmer; der Wärter, der Mitleid mit ihr hat, ist ihr Komplize.

»Er wird dich zu sich holen, wenn das Kind ein Teil des Gartens geworden ist, wenn es aufgehört hat, die Erde zu belästigen«, sagten alle ohne Unterschied.

Ich habe meinen kleinen Bruder auf meine Schultern gehoben, damit er seine Mutter sehen kann. Sein kleines Herz klopfte zum Zerspringen in seiner Brust. Er hätte sich ins Leere gestürzt, wenn meine Arme ihn nicht zurückgehalten hätten. Er denkt, er kann fliegen, dabei kann er kaum laufen. Seine Ausflüge steigen ihm zu Kopf. Er macht die Beos von Frau Vava nach, indem er seinen ganzen Körper schüttelt. Ich passe jetzt auf ihn auf, weil meine Nachbarin Hausputz macht, den ersten in zwanzig Jahren. Sie reibt, wäscht, spült mit großem Eifer. Ihr Samowar ist in der ganzen Zeit, die er auf seinen Kohlen saß, schwarz geworden, und ihre Töpfe sind alle schief, weil sie immer wieder auf dem Feuer vergessen wurden. Sie weiß, daß ich ihr aus Eigennutz Gesellschaft leiste: Ich erwarte die Rückkehr des Scharfschützen. Von der fünften Etage aus kann man sein Kommen und Gehen besser beobachten. Er ist vor drei Tagen fortgegangen. Fast vor vier Tagen, wenn er nicht vor heute abend zurückkommt. Vielleicht hat er ein anderes Dach gefunden auf einem Gebäude, das nach Möglichkeit leer oder von sympathischeren Leuten bewohnt war. Ein Dach mit einem tiefen Einblick in den moslemischen Sektor.

Warum schaut Frau Vava so verbissen drein, wenn sie putzt? Ist es nötig, die Lippen zusammenzukneifen, wenn man ein einfaches Tuch auswringt? Der Kleine denkt, sie sei ihm böse und drückt einen klebrigen Kuß auf ihre Wange. Ihre Beos schauen sie nur schief an. Sie meint, das stimme nicht. Sie würden sie von der Seite ansehen, aber wie sie schielen! Schielen und sind stumm. Bei der letzten Bombardierung ist ihr Trommelfell geplatzt. Sie horchen nicht mehr auf, wenn der Kleine sie ruft, rühren sich nicht, wenn er ihnen Federn ausreißt, die er dann Roxane zum Fressen gibt, die die Federn gar nicht will. Die Katze von Frl. Liliane mag lieber das, was darunter ist. Sie sabbert bis auf den Fußboden beim Anblick der rosigen und fetten Bäuche.

Dann plötzlich der Schritt, den ich aus Tausenden heraushöre. Frau Vava hört auf zu atmen und zu putzen. Du richtest deine Gewehrstütze aus, befestigst das Gewehr, trittst zurück, um den Abstand zu prüfen, gehst wieder nach vorn. Einen Millimeter weiter, und du fällst ins Leere. Wen suchst du über Bord? Ich renne zu dir, Bauch und Brüste drängen voran. Frau Evgenia versucht, mir den Weg zu versperren. Ich kämpfe mich frei wie eine Rasende, beiße in einen Arm, in eine Hand. Sie gibt schließlich nach.

Ich komme keuchend bei dir an und erkläre dir ohne Umschweife, daß ich bereit bin, mit dir zu gehen.

»Ich habe kein Zuhause«, knurrst du schlechtgelaunt, ohne

auch nur einen Augenblick aufzuhören, die Schraubenmuttern festzuziehen.

»Wir werden auf den Dächern leben. Ich kann dir nützlich sein. Ich kann waschen, bügeln, Knöpfe annähen, Kaffee kochen und ausfegen.«

Ich lasse meinen Worten Taten folgen, ergreife einen Besen, der herumsteht. Mein Staub verursacht dir Husten. Du erstickst noch daran. Man kann sagen, was man will, ein Scharfschütze ist so empfindlich und leicht zerstörbar wie die Leben, denen er ein Ende setzt. Ich klopfe dir auf den Rücken und schreie dir in die Ohren, daß ich dich liebe. Du hörst plötzlich auf zu husten, hältst mein Kinn mit zwei Fingern fest, führst es an deinen Mund. Deine Zunge öffnet meine Lippen und geht auf die Suche nach dem Satz »Ich liebe dich«, den ich sagte, um deinen scheußlichen Husten zu beenden.

»Sag das noch einmal.«

Deine Stimme ist gebieterisch.

»Ich liebe ihn, ich liebe ihn, ich liebe ihn«, schreie ich zum Himmel hinauf, der jetzt wieder klar ist, nachdem er den Staub meines Besens verschlungen hat.

Ich lasse mich auf den Rücken gleiten, das erste Mal auf den Rücken. Du liebst mich einen ganzen Nachmittag lang im Schutz deines großen Körpers und des Mäuerchens.

»Du kannst die Augen jetzt wieder aufmachen, die Sonne ist weg.«

Ich gehorche dir und sehe die Sonne an derselben Stelle. Sie hat sich nicht um Haaresbreite verschoben seit dem Moment, wo du mich nackt ausgezogen hast. Ihre Strahlen haben meine geöffneten Schenkel ausgenutzt, um in meinen Bauch zu schlüpfen. Du hast es nicht beachtet, warst zu sehr damit beschäftigt, meine Brustwarzen aufzurichten und zu reden.

»Man darf die Puppen nicht kaputtmachen«, hast du mit leiser Stimme gemurmelt, »ungeduldige Hände können sie zerstören.«

Du sagst vieles während der Liebe.

»Laß mich deine Rosenperle essen, laß mich deine Muschel trinken.« Du trinkst mich, und du ißt mich, bis meine Beine von einem Zittern ergriffen werden. Wie vom Sturm gepeitschte Äste. Ich muß mich an dir festklammern, um nicht fortzufliegen, mich in deine Brust graben, damit meine Schreie nicht zu Frau Vava dringen. Du ziehst mich an den Haaren wie eine Ertrunkene, du trinkst meinen Schrei von meinen Lippen, birgst mich dann in deiner Achselhöhle.

»Ruhig, sei ruhig, ich bin da«, sagst du immer wieder.

»Ruhig, sei ruhig, ich bin da«, sagte Flora zu mir, als ich sie auf dem Bazar verloren hatte. Damals hatte ich zum ersten Mal den düsteren Mann gesehen.

Ich frage dich, ob du eine Mutter hast. Du machst eine ausweichende Geste.

»Eine sehr alte Mutter. Die Armen werden schnell alt. Deine Mutter ist ein Star. Ich habe als erster gesehen, wie der Moslem sie mit gierigem Blick anstarrte. Ich habe ihrem stummen Gespräch zugehört. Von hier oben konnte ich ihren dicken Bauch sehen und den hinkenden Gang ihres Geliebten. Sie selbst hatten diese Einzelheiten an sich gar nicht wahrgenommen, die Leidenschaft machte sie blind. Hundert Mal war ich nahe daran, ihm zuzurufen: ›Laß diese Frau in Ruhe. Sie ist nichts für dich. Stör nicht das Kind, das sich zwischen ihren Hüften duckt. Verschwinde aus ihrem Leben, oder du bekommst es mit meinem Gewehr zu tun.‹

Er war mein Feind. Ich hätte ihn jederzeit töten können, aber irgendetwas hielt mich zurück. Ich wollte das Ende kennenlernen. Er schwankte abends vor Müdigkeit, weil er so lange immer dasselbe Fenster und immer dieselbe Etage angestarrt hatte. Ich habe gesehen, wie er auf dem schiefen Stuhl vor der Bretterbude hin und herschaukelte und dabei unverständliches Zeug murmelte. Ohne es zu wissen, erwartete er den Tag ihrer Niederkunft. Der Schrei der Gebärenden riß ihn auseinander. Er zog seinen Revolver. Er hätte die gesamte Menschheit töten können. Er suchte eine Zielscheibe. Zu dieser Nachtzeit hatte er nur die Sterne. Die waren starr vor Angst. Als ich ihn am frühen Morgen nach Hause gehen sah, machte ich mir Illusionen über seine weiteren Pläne. Deine Mutter folgte ihm am nächsten Tag. Eine läufige Hündin. Ich habe mein Gewehr angelegt und zwischen ihre Schultern gezielt. Ihr Geliebter hat sie gerettet. Er hat sie schnell auf den Autositz gehoben und ist in einer Staubwolke losgerast. Meine Kugel ist auf die Straße geprallt. Ich hätte besser gezielt, wenn ich gewußt hätte, daß du ihre Tochter bist.«

Er sagt das in entschuldigendem Ton und fügt noch hinzu, daß aufgeschoben nicht aufgehoben ist. Man brauche nur den Winter abzuwarten, wenn die Maulbeerfeigenbäume alle Blätter verloren haben. Dann sei er bereit, einen neuen Versuch zu starten.

»Meine Mutter ist die beliebteste Zielscheibe der Killer«, denke ich.

Sage laut: »Erst Georges, jetzt du.«

Du bist wütend. Du willst nicht mit diesem Kerl verglichen werden. Ein blutrünstiges Tier, das unterschiedslos tötet, egal wen, aber für Geld, während du deine Opfer aussuchst, nachdem du sie in ihrem Leben beobachtet hast. Manchmal monatelang, bevor du zur Tat schreitest.

Die Nacht fällt wie ein Vorhang zwischen uns, in einem

Rutsch. Die Dunkelheit und Flora trennen uns voneinander. Du versuchst nicht, mich zurückzuhalten, als ich aufstehe.

Herausfordernd bittest du mich, dir ein Foto von Frau Evgenia zu beschaffen. Du sagst, daß du sie immer nur durch ihre Jalousien hindurch sehen konntest, in abgetrennten Stükken oder als Schattenflecken auf ihrem Fußboden.

»Ist sie genauso altersschwach, genauso stumm und dumm wie ihre Beos?«

Ich beantworte alle deine Fragen mit nein. Niemand hier kennt das genaue Alter von Frau Vava. Sie lebte schon, bevor es das Mietshaus, den Krieg und Herrn Nahum gab. Die Mauern haben sich um sie herum aufgebaut, ein Stein nach dem anderen. Ihre Beos haben sie auf ihren Flügeln bis in die fünfte Etage getragen. Damals konnten sie fliegen.

»Können sie es jetzt nicht mehr?«

Dein Satz wird vom Treppenhaus verschluckt. Die Tür unserer Wohnung ist ein schwarzer Schlund und mein Vater ein schweigender Block im Dunkeln. Die Wohnung ist ein Grab, wenn der Kleine nicht da ist. Floras letztes Geschenk. Sie brachte ihn zur Welt und schenkte uns Leben.

35

Ich bitte Frau Evgenia um ein Foto, ohne zu sagen, daß es für dich ist. Sie jammert vor Rührung, überläßt mir dann ihr Album. Der Kleine und ihre Beos haben ihre Spuren darauf hinterlassen. Der eine ließ seine Spucke, die beiden anderen ihren Kot darauf fallen. Sie hat offenbar keine Fantasie, weil sie das Album auf die Heizung, direkt unter den Vogelkäfig gelegt hat. Die Seiten kleben zusammen oder haben sich aufgeworfen. Die noch erkennbaren Fotos fixieren die Erinnerungen: Hochzeit, Taufen, erste Kommunionen. Ich mache ihr klar, daß ich sie allein auf einem Foto haben will. Daran soll es nicht hapern. Ihre Schere beißt in die Pappe, isoliert ein Gesicht und hält es mir triumphierend hin. Das klaffende Loch ist eine Luke, durch die ein anderes Gesicht schaut, das des fortgeflogenen Gatten. Er sieht grotesk aus mit seinem Schnauzbart und dem Kleid, das sie auf der vorhergehenden Seite zum ersten Mal anhatte.

Statt zu jammern, sollte sie lachen. Aber da sie keine Fantasie hat . . .

Ich überlasse sie ihren nostalgischen Erinnerungen und mache mich mit meiner Beute davon. Du hältst das Foto von Frau Evgenia ins Licht und erforschst es lange, bis in die kleinsten Details. Du hast eine merkwürdige Art, die Augen zusammenzukneifen, so wie man einen Brief zerknüllt, der einem schlechte Nachricht bringt. Das Schmollen deines Mundes zeigt mir, daß du enttäuscht bist. Das ist nicht dieselbe Frau. Man hat dich betrogen. Die Person auf dem Foto ist viel jünger als die Eigentümerin. Natürlich ist sie das. Frau Evgenia war damals zwanzig Jahre alt, hatte einen Mann und Geld, um einen Fotografen zu bezahlen. Seither aber keinen Mann mehr, noch weniger Geld, und der Fotoautomat ersetzt die Fotografen.

Du schüttelst den Kopf. Vava ist für dich eine Heuchlerin. Sie hat dir absichtlich ein altes Foto gegeben. Will sich jünger machen. Führt ihre Umgebung hinters Licht. Wir machen einen Fehler, wenn wir ihr den Kleinen anvertrauen. Sie ist imstande, ihm das Sprechen absichtlich falsch beizubringen, damit er nicht mit den anderen reden kann. Sie will ihn wahrscheinlich für sich behalten, sie, die nie jemanden für sich behalten konnte.

Was hat sie ihm getan, daß er sie dermaßen verabscheut?

Er antwortet zur Seite hin, in abgehackten Sätzen:

»Hat mir nie ihr Fenster geöffnet. Überließ mich dem Regen, der Kälte, dem Winter. Eine Frau ohne Herz. Der Duft ihrer Rühreier machte mich schwach. Nie mich eingeladen, einen Bissen zu essen. Warf die Reste ihren Beos vor, die sich daran vollfraßen.«

»Du hättest nur an ihre Tür klopfen müssen. Sie hätte dir auch ein Rührei gemacht.«

» . . . oder mit beiden Armen abgewehrt. Sie wollte nichts zu tun haben mit einem Ausgehungerten. Ich bin zwei Jahre um ihre Wohnung geschlichen und habe ihr Getue begriffen. Nicht nötig, sich ein Négligé anzuziehen, um zwei Eier zu kochen. Eine gemeine Verführerin, deine Evgenia. Sie wollte mich erregen, mich dann in ihre Höhle ziehen, damit ich sie ... «

Meine Hand auf deinem Mund hindert dich am Weitersprechen. Kannst deine Lippen nicht mehr bewegen. Dein unanständiges Wort wird von meinen Fingern gefangengehalten. Du lachst und knabberst einen nach dem anderen an, beginnst bei dem kleinsten.

Zunge und Zähne gleiten meine Arme hinauf, meine Schultern und umrunden dann den Hals, dessen Geruch du betrunken einziehst.

»Du riechst wie ein Vogel.«

Der Vogel streift seine Federn ab, behält nur den Flaum. Dein Atem bringt in mir Lustblasen zum Zerspringen.

»Weiter, mach weiter«, sage ich zu dir trotz der dicken Wolke, die über uns hängt.

Es regnet sanft durch deine Finger hindurch, die die Zone der Turbulenzen immer enger umkreisen. Das Gewitter kann ausbrechen. Deine Hand ist da, um es aufzufangen.

Jetzt bist du an der Reihe und mußt mich zum Schweigen bringen. Die Dame auf dem Foto könnte sonst meinen, daß du mich ermordest.

36

Frau Vava ist vollkommen verbittert, seitdem der Scharfschütze sie meinetwegen verlassen hat. Ist um hundert Jahre älter geworden. Ihre Falten haben sich verzwanzigfacht, ihre Tränen auch. Sie weint immerzu, und der Kleine ist darüber ganz verzweifelt. Er gibt sich alle erdenkliche Mühe, sie zu trösten. Sie hat sich in den Kopf gesetzt, ihm das Zwitschern beizubringen und den Beos das Alphabet. Ohne Ergebnis, zur Zeit jedenfalls. Dem Kleinen gelingt nicht das winzigste Trillern, und die Beos kommen nie über den dritten Buchstaben des Alphabets hinaus. Sie rächt sich wie sie kann, nennt meinen Bruder einen dämlichen Starrkopf und ihre Vögel Analphabeten und spart sich das impotent für den Scharfschützen auf, den sie ab jetzt verachtet. Das hat sie gestern ausdrücklich Frl. Liliane erklärt, zwischen zwei Tarotbefragungen.

»Er ist vielleicht verliebt«, gab die andere zu bedenken und legte ihr Strickzeug zusammen.

Die Strickerin tat gut daran, sich davonzumachen, Frau Vava war in einer Mistlaune.

Es ist verrückt, wie eifersüchtig sie aufeinander sind, seitdem Flora nicht mehr da ist. Sie sind die einzigen weiblichen Wesen kilometerweit im Umkreis, sie vergleichen sich miteinander und finden sich gegenseitig gefährlich verführerisch. Derselbe Haß vereint sie, aber auch dieselbe Angst. Käme Flora zurück, dann würde sie Frau Evgenia den Kleinen entreißen, und Frl. Liliane würde sie wegnehmen, was von meinem Vater übriggeblieben ist. Sie verstehen sich nur, wenn sie die Milizionäre beschimpfen, die weiterhin das Gebiet besetzt halten, wo doch der Krieg, dessen einzige Opfer ein Greis und einige Tauben waren, praktisch beendet ist. Liliane verdächtigt sie, daß sie bloß dableiben, um Liebe zu machen, nicht Krieg. Sie bringen Mädchen von einer besonderen Sorte her, solche, die laut lachen, sich zu sehr schminken und Spuren ihres Besuchs auf den gierigen Mündern hinterlassen. Gestern hat sie gesehen, wie gleich fünf auf einmal in der kleinen Bretterbude an der Straße verschwanden, und sie hat empört den Skandal bekanntgemacht. Nachdem sie die schwankende Bude entdeckt hatte, mußte sie unbedingt in alle Etagen hinaufsteigen. Meinen Vater zerrte sie an das Fenster und zwang ihn hinzusehen.

»Sie machen Gruppensex unter deinem Balkon. Deine Ehre steht auf dem Spiel. An deiner Stelle würde ich sie mit Eimern voll Wasser übergießen wie geile Hunde.«

Er war meilenweit von solchen Überlegungen entfernt. Seitdem meine Mutter weg ist, ist er allem gegenüber gleichgültig geworden. Darum hat sie sich auf Anunciad gestürzt. Die folgte ihr widerwillig. Die beiden strebten geradewegs auf den schwankenden Kasten zu, rissen einen Vergewaltiger nach dem anderen von dem Opfer los, das sie nur von hinten sahen. Vor Entsetzen wären sie fast ohnmächtig geworden, als das

Opfer sich zu ihnen umdrehte. Lucia in Fleisch und Blut. Lucia außer Atem, aber mit hocherfreutem Gesicht. Sie zog ihren Rock, der bis zum Gürtel hochgeschoben war, zurecht. Anunciad hatte sie angelogen. Die Männer waren nicht nur dazu da, Kinder zu machen.

Seitdem sperrt sie sie ein. Und die Lüstlinge rufen ganze Nächte hindurch nach ihr. Lucia, bis zum Morgengrauen. Frl. Liliane setzt sich umgehend ans Klavier. Es gibt nur ein Mittel, ihr dauerndes Hundegeheul zu überdecken: Beethoven spielen. »Lala . . . lala . . . lala . . . lll«. Immer wieder »Für Elise« mit immer demselben falschen Ton, der sie zwingt, nochmal von vorne anzufangen.

»Halt die Schnauze«, brüllt die gestrandete Soldateska hinter ihren Sandsäcken.

Was ist mit ihrer Schnauze los? Es stimmt, daß sie sie ein bißchen zusammenkneift, wenn ihre Finger das Stück Klavier absuchen, aber warum sie deshalb herunterputzen?

Vor zwei Nächten kam ein verrückter Milizionär die Treppen herauf und klopfte auf allen Etagen an die Türen. Er suchte Beethoven, er wollte ihn plattmachen. Seine Nerven waren ihm beim hundertsten »lala . . . lala . . . lala . . . la« durchgegangen, und jetzt war er reif für die Zwangsjacke. Die Pianistin starb vor Angst. Sie terrorisieren Liliane im Winter, sie quält die Milizionäre im Sommer, wenn die Hitze sie zu Waschlappen macht. Das Thermometer ist gestiegen. Gestern suchten sie nach schattigen Plätzen statt nach strategisch wichtigen Punkten. Man konnte glauben, daß nicht die Moslems, sondern die Sonne ihr Feind sei. Ihre Füße schwollen in der Hitze. Sie gingen barfuß oder in Holzpantinen herum. Sie bespritzten sich mit Wasser und schnauften dabei wie Seehunde.

Frl. Liliane beugte sich über ihre Balkonbrüstung. Ihr Kopf war mit grünen Lockenwicklern bedeckt und sah aus wie ein Teller voll gerollter Weinblätter. Sie nannte sie schmutzige Egoisten und ungehörige Flegel.

»Ihr habt alles Wasser aus dem Reservoir verbraucht. Ihr denkt nur an euch.«

»Und an Sie, liebes Fräulein,« gab der Wohlerzogenste von ihnen zurück und richtete den Wasserschlauch auf sie.

Er überschüttete sie mit Wasser, sie überschüttete ihn mit Beleidigungen, dann mit Drohungen. Sie würde ihn bei seinem Chef melden.

Als wenn er einen hätte. Sie sind ihr eigener Chef, Kommandant und sogar General. Sie wählen ihren Rang nach Lust und Laune, wie die Sandsäcke, hinter denen sie Schutz suchen. Daß sie nicht noch ihre Initialen darauf gestickt haben, ist alles. Seit sechs Monaten haben sie sich unter unseren Fenstern breitgemacht und lernen schwatzend den Krieg.

»Morgen der Großangriff«, versprechen sie sich gegenseitig jeden Abend, bevor sie vollständig angezogen in tiefen Schlaf fallen.

Niemand glaubt daran, daß sie bald wieder abziehen. Sie sind Teil der Landschaft und der Luft, die wir einatmen. Vor allem erinnern sie daran, daß Flora eine gestohlene Sache ist, die man sich zurückholen muß.

37

Der Sommer hat dieses Jahr nicht lange gedauert. Wir haben Herbst, irgendeinen Tag im November, niemand kümmert sich hier um das Datum. Die Milizionäre haben den Sektor verlassen. Der Wind treibt alles zusammen, was sie dagelassen haben, leere Zigarettenschachteln, Patronenhülsen und Plastiksäcke und wirbelt es in der Luft herum. Ich habe ihre Zigarettenkippen auf der Treppe gefunden. Niemand macht sich die Mühe, sie aufzufegen. Frau Vava, Frl. Liliane und ich sind zu sehr damit beschäftigt, auf die Rückkehr des Scharfschützen zu warten. Er ist in seinem Vorort verschwunden, hinter dem gelben Fluß, der in zehn von zwölf Monaten ausgetrocknet ist, sich aber ein jährliches Hochwasser leistet, so gewaltig, daß er Hütten und Felder verwüstet, bevor er sich in das nahegelegene Meer stürzt. Wenn er wieder zur Ruhe gekommen ist, stellt er das schamlose Treiben seines Bettes zur Schau, das gepflastert ist mit Steinbrocken und aufgedunsenen, steifen Tierkadavern. Der Scharfschütze wohnt an einem der Ufer. Er hat mir nicht genau gesagt, an welchem. Mehr als einmal hat das Wasser die Matratze und den Tisch seiner Mutter davongetragen. Sie kaufte sich neue Sachen, sobald sie konnte. Ihr Sohn gibt ihr alles, was er verdient.

»Wer bezahlt die Scharfschützen?«

Meine Frage bleibt ohne Antwort. Frau Vava sieht ihn bis zum Frühling fortbleiben. Aber ich weigere mich, das zu glauben. Ein Dach ohne Scharfschütze ist wie ein Kamin ohne Storch. Das habe ich gestern unter den bewundernden Blicken von Frl. Liliane geschrieben. Sie hat mir ein rosa Herztuch aus Angora versprochen. Frl. Liliane ist imstande, ihr Leben für einen schönen Satz herzugeben.

»Warum ein Herztuch«, Fräulein Liliane?

»Damit du dich verstecken kannst, wenn du dein Herz zeigst«, sagte sie voller Anspielungen.

Meine nächtlichen Ausflüge sind für niemanden mehr ein Geheimnis. Sogar Lucia hat sie bemerkt. Sie hat mich wohl am Schritt erkannt, und daher wirft sie mir trocken ihre düstere Warnung hin.

»Er wird dich jetzt, nachdem er dich mißbraucht hat, erwürgen und deine Leiche den Raben vorwerfen.«

Sie regt sich auf, weil ich sie bitte, ihren Satz zu wiederholen, ohne sich dabei versteckt zu halten.

»Hast du vergessen, daß ich eingesperrt bin? Anunciad hält mich hinter Schloß und Riegel. Sie schützt mich vor den Männern, diesen Dreckschweinen. Sie sagt, ich sei eine Golondrina und sie die Geier.«

»Was ist eine Golondrina?«

»Eine Schwalbe eben. Du bist auch eine Golondrina, aber du weißt es nicht.«

Ich sehe nur eine einzige Möglichkeit, sie zum Schweigen zu bringen: ich muß ihr meine Dienste anbieten.

»Kann ich etwas für dich tun?« frage ich sie dienstfertig.

»Die Milizionäre benachrichtigen. Sie sind die Ursache meiner Leiden. Ich muß für alles bezahlen. Sie haben mich mißbraucht. Ohne Mitleid in den Arsch gefickt.«

»Es gibt keine Milizionäre mehr. Sie sind nach Hause gegangen.«

»Willst du damit sagen, daß der Krieg zuende ist?«

»Teils, teils«, sage ich sibyllinisch.

»Hat es viele Tote gegeben?«

»Mindestens hundert. Alle Tauben des Notablen wurden bei lebendigem Leib geröstet.«

»Der Notable ist der Liebhaber deiner Mutter, und der Scharfschütze ist deiner. Paß bloß auf! Er wird dich jetzt, nachdem er dich vergewaltigt hat, erwürgen und deine Leiche den Raben vorwerfen. Anunciad und ich beten jeden Abend für die Ruhe deiner Seele. Dein Platz ist in der Hölle, neben deiner Mutter, auch so eine Sünderin. Anunciad hat mich rechtzeitig gerettet. Sie haben mich zu fünft entjungfert. Ungeheuer ohne Herz und ohne Mitleid. Kannst du nicht nachsehen, ob nicht noch einer von ihnen in der Bretterbude ist? Sag ihm: ›Lucia läßt dich grüßen‹. Er wird verstehen.«

Es war unmöglich, ihr klarzumachen, daß es keine Milizionäre und keinen Krieg mehr gab. Herr Nahum und die Tauben des Notablen haben für alle bezahlt. Dickköpfig wie ein Esel verlangt sie von mir, daß ich noch einmal nachsehe. Ich tue so, als ob ich ihr gehorche und steige zum Dach hinauf statt ins Erdgeschoß hinunter.

Ihre kreischende Stimme verfolgt mich bis zur letzten Stufe.

»Die Milizionäre sind unten. Unten, sag ich.«

Kein Scharfschütze, aber sein Gewehr ist auf dem Podest aufgestellt. Es starrt mit leerem Blick auf den feindlichen Sektor. Ist er tot? Krank? Und wo wohnt er eigentlich wirklich?

Er hatte mit ungenauen Gesten auf den gelben Fluß, der durch einen fernen Vorort fließt, gewiesen und auf die an beiden Ufern aufgereihten Hütten. Seine Mutter kampiert da. Sie ist Wäscherin bei den Reichen, lebt nur für ihn und glaubt, er sei Vermesser beim Katasteramt. Er beläßt sie in ihrem Irrtum. Sie ist so stolz, daß ihr Sohn Staatsbeamter ist. Und wenn er nicht vor Winterende zurückkommt? Die Scharfschützen, das weiß alle Welt, kommen im Frühling zusammen mit den Schwalben wieder. Und da sind auch schon einige Regentropfen, dick, aber nur vereinzelt. Der zweite Winter ohne meine Mutter.

Ich gehe die Treppe hinunter, das Herz ist mir schwer. Frau Vava hat den Schlüssel in ihrer Tür steckengelassen. Ich drehe ihn um und bin im Warmen. Der Geruch ihrer Vögel und ihrer Weihrauchstäbchen und das Geplapper des Kleinen tun mir wohl.

»Ich habe gehört, wie du mit dieser verrückten Lucia geredet hast«, bemerkt sie, ohne ihren Kopf von den Tarotkarten zu heben. »Hör nicht auf sie. Total bekloppt, seitdem die fünf Typen ihr die Röcke hochgehoben haben. Sie hat ihnen nicht den geringsten Widerstand entgegengesetzt. Die fünf sind so schnell wie ein Zug auf Schienen über sie hingegangen. Die Idiotin gluckste vor Vergnügen. Sie entdeckte den Mann in fünf Exemplaren zugleich. Anunciad hatte sie angelogen. Es war falsch gewesen, ihr die Rute als Folterinstrument und den Mann nur als Fortpflanzungsmittel zu beschreiben. Und Lucia hätte sich besser ihren großen Mund zugehalten, anstatt ihre Befriedigung herauszuschreien.

›Wie stehst du zu Anunciad?‹ fragten bei jedem Rüsselstoß die Schweine. ›Meine Tante‹, log sie erhobenen Hauptes. Aber eher doch leise, weil sie das Haupt zwischen den Beinen hatte.

Sie bog sich weit vornüber, um ihren Vergewaltigern die Aufgabe zu erleichtern. Sie haben sie für immer verdorben. Ganze Nächte hindurch nach ihr zu rufen mit ihren geilen Stimmen! Sie brüllten, miauten, wieherten und bellten ihr Verlangen nach Lucia heraus. Dieses Spielchen erregte sie ganz offensichtlich. Kleenextücher lagen überall herum. Sie ejakulierten überallhin, sogar in die Luft.«

Sie hält inne, um mir fest in die Augen zu schauen.

»Was meinst du, was das ist: ejakulieren?«

Ich schaue absichtlich dumm drein und schüttele verneinend den Kopf.

»Weiß nicht.«

Meine Richterin ist beruhigt. Sie setzt ihre Brille zurecht und widmet sich wieder ihren Tarotkarten.

»Man kann sagen, was man will«, meint sie in einer Art Kompliment, »du bist nicht so eine Hure wie deine Mutter.«

Frau Vava will, daß ich in Sexdingen unwissend bin, während Frl. Liliane nicht eine einzige Gelegenheit verstreichen läßt, um mir ihre sonderbaren Weisheiten über die Männer anzudrehen.

Erst gestern erklärte sie mir, daß die Spermien miskroskopisch kleine Tiere seien, die sowohl rückwärts- als auch vorwärtsgehen können. Sie erhitzen sich beim Kontakt mit der Vagina und beginnen zu kochen, wie Wasser auf dem Feuer. Sie stoßen Wasserdampf aus und in den äußerst seltenen Fällen von intensivster Verbrennung auch Rauch. Sie räuchern die Gebärmutter ein. »Sind rund«, präzisierte sie nach einigem Nachdenken.

Ich wurde unverzüglich von Juckreiz geplagt. Ich konnte nicht aufhören, mich zu kratzen. Sie nahm meine Hände und legte sie flach auf den Tisch. Ich dankte ihr sehr.

»Danke, Fräulein Liliane. Ohne Sie wäre ich verloren, Fräulein Liliane.«

»Ganz normal, daß ich mich um dich kümmere«, sagte sie bescheiden. »Du wärst aus meinem Bauch gekommen, wenn die Polin nicht deinen armen Vater verführt hätte.«

Frl. Liliane vermeidet es, vom Bruch mit meinem Vater zu sprechen. Der Schock, plötzlich wegen einer anderen, die jünger und appetitlicher war, sitzengelassen zu werden, ließ ihre Regel für immer ausbleiben. Mit achtundzwanzig Jahren war sie im Klimakterium. Was sie aber nicht davon abhielt, ihre Binden auf ihrer Leine zum Trocknen aufzuhängen, wodurch sich aber niemand täuschen ließ. Sie hätte einen Frauenarzt aufsuchen können, doch Frau Vava hatte sie vor denen gewarnt. »Kleine geile Schweine, die Ihnen die Unterhosen ausziehen, bevor sie Ihnen die Hand schütteln.« Nun hat aber Frl. Liliane Ekel davor, sich die Unterhosen auszuziehen. Noch jetzt geht sie immer mit Schlüpfern in die Badewanne. Aus Spitze, natürlich. Schlüpfer, die bis zum Knie gehen. Sie hat vor einigen Jahren ein halbes Dutzend davon meiner Mutter geschenkt. Sie waren Teil ihrer Aussteuer, die sie im Hinblick auf den Verlobten, der sich später verflüchtigte, liebevoll bestickt hatte. Flora hatte nichts Eiligeres zu tun gehabt, als sie einem Altersheim zu übergeben.

Mit etwas Geduld hätte sie sie kürzen und auf ihre Größe bringen können, aber sie wollte ihrer Nachbarin nichts schuldig sein.

38

Die Geduld lernte meine Mutter unter dem Dach des Notablen. Über ihrem Kopf schwebt die Gefahr des Teilenmüssens, die die Mutter ihres Geliebten beschwört. Sie hat ihr erklärt, daß der moslemische Mann zu seinem Glück mehrere Ehefrauen benötige, und Flora glaubte ihr.

Die Untersuchungen in der an den alten Friedhof geklebten Hütte haben nicht aufgehört. Die Verlobte muß breite Hüften und großzügige Brüste haben. Die Laken sind bereit für die Nacht der ersten köperlichen Begegnung, anders gesagt, der Penetration. Ganz unwichtig, ob das Mädchen lesen oder schreiben kann, sie soll das Leben weitergeben, nicht das Wissen. Die Worte: Festessen, Vereinigung, Mitgift und Brautgeld laufen von einer Etage zur anderen und lassen den Dienerinnen, die mit einer Mischung aus Asche und Zitronensaft das Silber putzen, das Wasser im Munde zusammenlaufen. Sie mögen die hellhäutige Frau nicht, die das Bett ihres Herrn in Beschlag genommen hat. Sie unterwirft sich nicht ihren Bräuchen, ißt kein Hammelfleisch, hält die Fastenzeit nicht ein, läßt sich nicht die Körperhaare entfernen und schluckt nicht die Mischung aus Brennesseln und Brustbeeren, die das verirrte Herz zurückbringen soll.

Während sie arbeiten, haben sie den Blick auf Floras Fenster und die geschlossenen Vorhänge gerichtet. Der Schweiß, der ihre dicken Lippen säumt, wird geistesabwesend mit dem Ärmel abgewischt. Die Vorbereitungen für das Brautbett entflammt ihre Phantasie. Das Blut in ihren Adern gerät in Wallung, und ihre Brustwarzen werden steif im Schutz der Blusen.

»Alles ›Fanussa‹, kokette Flittchen«, sagt der Wärter, ein frommer Mann, und spuckt dabei auf die Erde. Er schwört, gehört zu haben, daß ihr Geschlecht unter den unsauberen Röcken wie eine Trommel klopfte. Seiner Meinung nach sind sie imstande, mit Hunden zu kopulieren, falls man sie jemals nach draußen läßt. Sie diskutieren tagelang über die Auswahl. »Warum gerade dieses Mädchen und nicht das?« fragen sie außer sich vor Neugier. »Sie ist weder dunkelhäutig noch weiß, weder groß noch klein, weder dumm noch intelligent. Sie geht unter der Sonne, ohne eine Spur in der Helligkeit zu hinterlassen, und sie durchquert die Nacht, ohne die Dunkelheit zu vergrößern.«

Die Mutter, sagt man, suche ein Mädchen aus bescheidensten Verhältnissen, damit ihr Sohn sie in den hohen Rang, seine Geliebte sein zu dürfen, emporheben könne, eine Fastsklavin, die er befreien wird.

»Das könnte ich gut sein«, sagt ein junges Mädchen, das im Staub hockt.

»Und ich erst recht«, rufen sechs andere Stimmen.

Von hinten könnte man sie für ein und dieselbe Frau halten. Schwarzglänzende Zöpfe, die am Hintern enden, teilen ihre Rücken in zwei Teile. Ihr Herr hatte Mühe, sie voneinander zu unterscheiden, daher benutzte er für alle den Vornamen

Aischa, die Lebende. Aischa wie ein Sesam-öffne-dich, und die Mädchen öffneten sich. Unterirdische Grotten.

Das Festessen soll, wenn man dem Gerede glaubt, im Garten stattfinden. Alles ist fertig, nur der Name der Erwählten fehlt und kann noch in letzter Minute geändert werden.

Flora hat Angst vor dem Festlärm und weist das Angebot, sich an den Tisch des Hausherrn zu setzen, zurück. Ihre Reaktion schafft Ärger. Der Brauch will, daß die Ehemalige die Neue empfängt und ihr sogar ihr Bett für die Nacht, für alle Nächte überläßt, so lange, bis der Mann von der sauren Frucht genug hat. Man hat die Erstehefrau sich an den Resten des Festessens weiden sehen, während der Ehegatte das verschlossene Fleisch im Nebenzimmer durchpflügte.

Der Gedanke, zu uns zurückzukehren, streift meine Mutter nicht. Ihr Fortgehen könnte die Laune des Notablen verderben, der mit gleichgroßem Appetit Gold und Frauen anhäuft.

»Eine einzige Geste Floras kann das alles beenden«, meinen die kleinen Leute. Ihre Macht über den Mann, der sich in seinem Pavillon vergraben hat, ist immer noch sehr groß. Sie braucht ihm nur ein Stückchen ihrer weißen Haut zu zeigen, und schon wird er allen absagen, die er eingeladen hat, wird die Trommler fortjagen und sie nehmen, ohne sie auszuziehen.

»Diesmal muß er zu mir kommen«, denkt Flora. Er ist an der Reihe zu flehen. Westliche Frauen erniedrigen sich nicht zweimal vor ein und demselben Mann.

Flora, das weiß jeder in dem großen Haus, hat den Notablen niemals geliebt. Sie liebt die Liebe, die sie in ihm weckt.

»Wer nicht liebt, kann auch keine Liebe wecken«, flüstern ihrerseits die Dienerinnen, die keine Lust mehr haben, die

Wäsche eines Körpers zu waschen und zu bügeln, der bloß in Schweiß ausbricht. Ihr Herr verdient ein frisches Fleisch, so frisch wie die Laken, die im Wind seiner Terrassen schlagen.

39

»Flora«, erzählt uns die Alte, »hat die Geduld verloren. Sie hat noch einmal den verfluchten Garten durchquert und um ein einziges Wort als Almosen von dem Mann, der sich in seinem Pavillon und seinem Schweigen vergräbt, gefleht.

Sie steht aufrecht vor ihm, der seine Arme nicht mehr für sie öffnen kann. Sie hängen wie die Glieder einer Vogelscheuche auf dem Feld zu beiden Seiten seines Körpers herab.

»Was werfen Sie mir vor?« bringt sie, den Tränen nahe, hervor.

»Du bist dem Fremden gefolgt und hast meinen Erben getötet.«

»Er hat mich gewaltsam verschleppt.«

»Du hättest schreien müssen. Meine Männer hätten dich gerettet.«

»Unmöglich«, sagt sie und martert ihre Finger. »Georges ist der Freund von Frederik, sein . . . «

»Liebhaber«, sagt er an ihrer Stelle, und er lacht mit weitgeöffnetem Mund.

Sie haßt sein Lachen, haßt seine Zähne, die durch seinen

Speichel hindurch erglänzen, Zähne von achtzehn Karat, haßt seine Hand, die sich jetzt zu einer Schublade hin ausstreckt, sie öffnet und einen Umschlag hervorholt.

Er wird sie doch wohl nicht bezahlen für die zwei in seinem Bett verbrachten Jahre, sie doch wohl nicht für den verwundeten Bauch entschädigen?

»Ein Brief von unserem Sohn Frederik«, sagt er einfach, als ob Frederik auch sein Sohn wäre. »Seinem Freund den Auftrag zu erteilen, dich zu töten, hindert ihn nicht daran, gleichzeitig an deinen Geliebten zu appellieren. Er muß vom Tod meines Sohnes gehört haben, da er vorschlägt, an dessen Stelle zu treten.«

Er zwingt sie zu lesen. Sie gehorcht trotz der großen Übelkeit, die in ihr hochsteigt beim Anblick der Schrift Frederiks, mal steil, mal flach, bei dem unterwürfigen und zugleich frechen Selbstbildnis Frederiks.

»Sie sind für mich eine Art Vater. Der meine ist mir fremd geworden. Er hat sich von seinen Kindern abgewendet, seitdem Sie ihm die Frau weggenommen haben. Darf ich Sie daran erinnern, daß wir uns schon einmal begegnet sind? Eine Straße trennte uns. Sie hielten die Bretterbude unserer Wohnung gegenüber besetzt. Die Entfernung und der Altersunterschied haben uns daran gehindert, nähere Bekanntschaft miteinander zu schließen. Da aber die Bindungen zwischen unseren beiden Familien seitdem enger geworden sind, appelliere ich an Sie, meine Probleme zu lösen. Zweitausend Francs sind höchst willkommen, wenn sie mir in kürzester Zeit zugeschickt werden. Flora wird Ihnen an meiner Stelle danken, so, wie nur sie allein es vermag.

Nota bene: Ich hätte mich an Herrn Nahum gewandt, wenn

der noch am Leben wäre, oder an Frau Evgenia, wenn sie weniger arm wäre. Ihr Umgang mit dem Piekkönig, dem Karo- und dem Kreuzkönig hat sie nicht vermögend gemacht. Ihr dankbarer Frederik.«

Meine Mutter flieht, um keine Kommentare hören zu müssen. Als sie wieder in ihrem Zimmer ist, wird ihr bewußt, daß sie nicht ein einziges der wohlvorbereiteten Wörter angebracht hat, die sie so oft vor ihrem Spiegel geübt hatte: »Sage die Hochzeit ab, schick das Mädchen zurück, hör auf, mich zu demütigen.«

Die Scham erwürgt sie. Die wahre Schuldige ist sie selbst, nicht Frederik. Ihr Sohn hätte vom Notablen kein Almosen verlangt, wenn seine Mutter zu Hause geblieben wäre. Schlechte Ehefrau, schlechte Mutter, schlechte Geliebte. Sogar die Ungeborenen fliehen aus ihren Eingeweiden. Nach der Scham der Wahnsinn, der seinen Weg durch ihre Kehle nimmt. Alles kommt aus ihrer Kehle, auch dieser Tierschrei, der in ihren Spiegel hineinbricht. Der läßt das Spiegelglas zerspringen, nicht ihre Faust, die an mehreren Stellen zerschnitten ist. Flora leckt ihr Blut mit Genuß. Sein salziger Geschmack beruhigt sie. Sie glaubt, wieder Leben in ihre Haut zu bringen. Dasselbe Blut fließt auch in Frederiks Haut. »Mit Drogen vermischt«, denkt sie in einer Art Verzweiflung.

Woher kommt ihr plötzliches Verlangen, ihn wiederzusehen, ihn zu berühren, wo sie ihn doch aus ihren Gedanken verbannt hat? Sie öffnet ihr Fenster und sucht das Stadtviertel jenseits der Demarkationslinie. Zum ersten Mal seit zwei Jahren schaut sie in unsere Richtung. Unser Haus ist das einzige, das noch bewohnt ist, man erkennt das an seinen geöffneten

Fensterläden und an der Wäsche, die im Wind flattert. Sie zählt die Etagen, hält bei der dritten inne.

»Welchen Namen haben sie dem Kleinen gegeben?« murmelt sie, ohne die Lippen zu bewegen. »Und wem sieht er ähnlich?«

Ein dunkler Punkt auf dem Dach zieht ihre Aufmerksamkeit an. Er macht eine Drehung um ihr Herz, dann um ihre Stirn. Sein eiserner Blick durchsucht prüfend ihre Brust, dann ihren Kopf. Ein Schauder durchläuft sie vom Kopf bis zu den Füßen. Sie schließt die Fensterläden und sinkt auf den Boden nieder. Sie hat den Todesatem in ihrem Nacken gefühlt.

40

Du hast das Ende des Winters nicht abgewartet, um deinen Platz auf unserem Dach wieder einzunehmen. Als du die Treppen hinaufgesprungen bist, hast du einen solchen Luftzug gemacht, daß die Türen aller Etagen zuklappten.

Du bist blasser, hast die Blässe der Häftlinge. Du bist für das Leben in frischer Luft gemacht, und der Beruf des Scharfschützen ist genau auf dich zugeschnitten. Du drehst mir den Rücken zu, als ob du mich nicht wiedererkennen würdest.

Ich verkündige dir, daß ich größer geworden bin. Ich bin jetzt eine Frau. Das Wort Frau läßt dich herumfahren. Du kommst mit schnellen Schritten auf mich zu, deine Arme heben mich hoch, und du setzt mich auf das Mäuerchen. Deine ungelenken Finger beginnen, mein Kleid zu öffnen, dann meine Haut, um festzustellen, ob ich von innen genauso appetitanregend bin wie von außen, jedenfalls sagst du das.

Ich tue nichts, um dir zu helfen. Es genügt mir, in die Wölbung deiner Brust hineinzuatmen. Was du für Regen hältst, ist bloß der Hauch meines Atems. Er kondensiert zu Tropfen, um nur uns beide zu benetzen. Es regnet nur auf unser Dach. Ich zittere vor Kälte, vor Lust auch.

Du bedeckst mich mit deinem großen Körper, kriechst ganz langsam unter meine Haut und flehst mich an, wie ein Fluß zu fließen, wie eine Quelle hervorzubrechen.

Du sagst immer alles mögliche während der Liebe und nach der Liebe. Du behauptest, daß du während der drei Wintermonate deiner Arbeit im Katasteramt nachgegangen bist.

»Ich habe dir doch gesagt, daß ich Vermesser war vor dem Krieg. Aber du merkst dir gar nichts.«

Dein Blick ist voll von Vorwürfen. Du kennst die Stadt wie deine eigene Hosentasche. Du mißt die Entfernungen mit deinen Blicken aus, und deshalb bist du Scharfschütze geworden, als du arbeitslos wurdest.

»Aber warum erzähle ich dir das alles«, sagst du wütend auf dich selbst.

Du springst mit einem Satz auf, legst dein Gewehr an und zielst auf die schwärzeste Wolke.

»Zieh dich schnell wieder an. Ich lasse es gleich regnen.«

Kaum ist der Schuß losgegangen, da beginnt es auch schon zu regnen. Ein richtiger Regen mit Grollen und Donnern. Du stößt mich ins Treppenhaus, deine Jacke auf meinem Kopf, eine so schwere Jacke. Ihre Taschen sind bis zum Platzen mit Patronen vollgestopft.

»Ich hätte fast deine Mutter getötet, gestern«, schreist du mir nach, bevor ich im Treppenhaus verschwinde. »Ich hatte sie genau in meinem Zielfernrohr. Sie ließ dies Haus nicht aus den Augen.«

»Sie muß mich gesucht haben«, sage ich, einfach so.

»Oder ihren Tod«, stößt du zwischen den Zähnen hervor. »Weißt du, daß ihr Geliebter sich verheiratet? Die gesamte moslemische Stadt ist zu seiner Hochzeit eingeladen.«

41

In Erwartung seiner Hochzeit läßt der Notable seinen Taubenschlag neu streichen. Ein Weiser hat bereits das Datum festgelegt: der erste Tag des nahen Winters, wenn die Knollen und die Frauen fruchtbar sind in der Erde oder in den Laken. Eine Jungfrau im Bett des Herrn werde ihn heilen von der Fremden, die zu seiner Krankheit geworden ist, nachdem sie seine Droge war, sagen seine Vertrauten. Er vermißt Flora schmerzlicher, wenn die geschminkten Mädchen an ihm vorbeigezogen sind und hinter den Maulbeerfeigenbäumen verschwinden. Sein Körper zieht sich plötzlich zusammen, sein Haus ebenfalls. Das tote Kind nimmt die Größe des Gartens an. Der winzige Körper dehnt sich von einer Mauer des Grundstücks bis zur anderen aus, die Arme und die Beine hat es weit ausgestreckt. Es ist überall gleichzeitig, kaut mit seinen durchsichtigen Kiefern an den Wurzeln und verzieht das Gesicht bei der Schärfe der Brennessel und der Bitterkeit der Zypresse. Die Gärtner haben den Befehl erhalten, die Alleen zu verändern. Nicht mehr diese fadendünnen Linien, die an die dünnen Ärmchen der Fehlgeburt erinnern, keine nackten Erdbuckel mehr, die an seinen weißen Schädel denken lassen, sondern Rasen, um seine gemarterte Seele zu befrieden.

Verlangen und Abscheu lassen den Vater in manchen Nächten aufbrüllen. Er verflucht das Kind, das sich in Nichts auflöste, und die Frau, die hinter ihren Fenstern steht. Sie ist sein Opfer und sein Henker zugleich, seine Sklavin und seine Herrin. Sie hat mit ihrer Haarnadel in sein Herz gestochen, sagen die kleinen Leute.

Er bestraft sie, indem er Frauenbäuche, die er bearbeitet und in denen er gräbt, zwischen sie und sich legt. Er durchfurcht diesen Mutterboden, um hier seinen Samen auszusäen, den Samen des Vergessens. Er fährt Frauen in die Scheune ein, was ihn nicht daran hindert, Flora unter seinem Dach zu behalten. Sie soll Zuschauerin seiner Schändlichkeiten sein, nachdem sie Zuschauerin seiner Trauer war. Freunde und Nachbarn haben versucht, ihn zur Vernunft zu bringen, doch ihre Argumente hatten kein Gewicht. Diese Frau klebe, sagt er, an seinen Mauern, und es sei unmöglich, sie davon loszureißen.

Die Hochzeitsvorbereitungen haben meinen Vater zum großen Haus und vor das hohe Portal gezogen. Er streift an der Mauer entlang, die Augen auf die Maulbeerfeigenbäume geheftet, als wenn Flora, reife Frucht, sich daraus lösen würde.

Nichts kann ihn davon abhalten, von seinem Rivalen eine Erklärung zu verlangen. Mit dem würde er schließlich eines Tages sprechen, müßte dann nicht mehr über die von innen verriegelte Pforte klettern. Als es dunkel ist, schellt er noch einmal, ruft Flora und dann seinen Freund, den Wärter. Seine Rufe, sein Klingeln hallen im Leeren wider, als wäre das Haus unbewohnt.

Eine Katze, die sich auf der Mauer zu einer Kugel zusammengerollt hat, prüft ihn mit großen Augen. Ihre Blicke haben sich mehrmals gekreuzt, aber immer war es der Mann, der den seinen senkte. Jetzt öffnet sich die Schnauze des Tieres in einem langen Gähnen. Eine Eidechse kämpft in der Kehle um ihr Leben. Man sieht deutlich die ruckartigen Bewegungen des Kopfes. Abscheu und Ekel brechen in meinem Vater auf. Er ruft von neuem mit erstickter Stimme, wirft dann einen Stein über die Hecke. Ein Zweig prallt zurück. Ein erschreckter Vogel flieht. Schritte schlurfen über den Kies, kommen zum Portal.

Ein Schlüssel knirscht wütend im Schlüsselloch.

»Mein Herr empfängt nicht mehr nach Einbruch der Nacht. Kommen Sie morgen wieder«, rät ihm der Wärter, der ihn nicht erkennt.

Mein Vater fleht ihn an, die Tür nicht wieder zu schließen. Er sei seit dem Mittag da. Er müßte Galle spucken, wenn er noch einmal den Kopf der Eidechse im Rachen der Katze sehen würde.

Er, der immer so sanft ist, wird jetzt ein grober Kerl. Er dringt auf den Alten ein, der schnell die Tür schließen will, und schlägt blind drauflos, ohne zu wissen, was er tut. Es ist ihm, als schlüge er auf das Tier ein, das ihn von der Mauer herab verhöhnt. Die Wut erstickt ihn, der Speichel, der von seinem Kinn fließt, ist so zähflüssig wie der Geifer, der aus den Kiefern des Tieres tropft. Der Greis und die Eidechse kämpfen mit derselben Verzweiflung. Der eine ist Opfer eines blindwütigen Hasses, die andere Opfer eines hungrigen Rachens.

Fenster öffnen sich. Wen tötet man beim Notablen? Dieses Haus hat seinen guten Teil an Skandalen und an Trauer gehabt. Es wird Zeit, daß seine Bewohner zur Ruhe kommen.

»Ich will Ihren Herrn sprechen«, heult mein Vater starrköpfig. »Daß er mir meine Frau zurückgibt und ich ihm die Erlaubnis geben kann zu heiraten.«

»Hält er sich für einen Mufti, daß er sich berufen fühlt, Eheerlaubnisse zu erteilen?« höhnt die erheiterte Menge.

»Der Mann ist verrückt«, schreit ein Mann im Schlafanzug. »Taucht seinen Kopf ins Wasserbecken der Moschee! Das Fußwaschwasser der Gläubigen wird ihn beruhigen.«

»Rührt ihn nicht an. Er gehört mir.«

Der Notable hat von meinem Vater wie von einer Beute gesprochen. Er fordert ihn auf, bis an die Mauer vorzutreten, und mein Vater gehorcht.

»Ich habe ein Geschenk für Sie. Einen Brief von Ihrem Sohn. Er hält mich offenbar für seinen richtigen Vater, da er mir so oft schreibt. Zwei Briefe in einer einzigen Woche. Wir teilen uns eine Frau und jetzt noch ein Kind.«

Der Brief meines Bruders schaukelt langsam durch die Luft herab und bleibt auf dem Rasen vor den Füßen meines Vaters liegen. Er bückt sich, um ihn aufzuheben. Er sieht sich die Schrift an. Es stimmt. Man hat ihn nicht angelogen. Es ist ein Brief von Frederik.

Bewegungslos steht Flora hinter einem Fenster und läßt ihn nicht aus den Augen. Er wendet sich ihr zu und sagt voller Verzweiflung zu ihr:

»Komm endlich nach Hause zurück. Wir müssen die Kinder hereinholen, bevor es Nacht wird.«

Ein Schweigen schluckt die wahnsinnigen Worte meines Vaters. Niemand denkt daran zu lachen. Floras Schultern werden von Zuckungen geschüttelt. Meine Mutter weint.

Nach dieser Szene bricht das Gerede los. Man legt meinen

Eltern den folgenden, in allen Stücken erfundenen Dialog in den Mund:

»Verlasse dieses Haus. Der Notable verhöhnt dich. Er läßt dich im Stich, nimmt eine andere Frau.«

»Aber er liebt mich«, entgegnet meine Mutter.

»Er lacht nie.«

»Weil er traurig ist.«

»Er ist dunkelhäutig.«

»Das ist ganz normal. Er hat seinen Schatten gegessen.«

»Er hinkt.«

»Wegen seines Herzens. Es ist gebrochen.«

In Wahrheit hat meine Mutter nicht ein einziges Wort gesagt. Diejenigen, die eine Wutszene erwartet hatten, wurden enttäuscht. Flora gehört zu denen, die mit Stolz die Fetzen ihrer Erniedrigung am Leibe tragen.

Nach dieser Szene hätte mein Vater nach Hause kommen müssen.

Frau Evgenia und ich haben lange auf ihn gewartet. Sie war wohl erschöpft, denn sie schlief sitzend an ihrem Küchentisch ein, ihr Gesicht war in die verstreuten Tarotkarten gesunken. Das Lampenlicht schien hell auf ihre mit Henna gefärbten Haare. Ich konnte nicht widerstehen, diese flammende Masse zu berühren. Sie hielt meine Geste für ein Streicheln und lächelte im Schlaf. Ein verdächtiges Geräusch in der zweiten Etage ließ sie hochfahren. Ich sah Panik in ihren Augen.

»Jemand geht bei Herrn Nahum herum. Vielleicht ist er nach Hause zurückgekehrt. Wer weiß, ob er nicht kommt, um die Miete zu holen.«

Sie war nicht bereit, ihrem ehemaligen Vermieter zu begegnen, sie schuldet ihm noch sehr viel Geld. Dennoch stand sie auf und bat mich, ihr zu folgen, sie wollte wissen, woran sie war.

Die Kerzenflamme ließ die Treppenstufen unter uns tanzen. Ein Höllenlärm empfing uns auf dem Flur. Man hätte meinen können, daß ein Zug in voller Geschwindigkeit dahergerast käme. Durch die halbgeöffnete Tür konnte man den Rollstuhl des Gelähmten sehen, der wie ein verrücktgewordener Waggon das große Zimmer durchquerte. Seine Reifen zeichneten Schienen in den Ruß des Parketts. Er umfuhr die Hindernisse, machte vor den Mauern halt, fuhr ein Stück rückwärts, um danach schneller voranzustürzen. Der Mond erleuchtete durch die verglaste Fensteröffnung hindurch bleifarbene, knochige Hände, die wir für die Hände des Verstorbenen gehalten hätten, wenn mein Vater nicht gesagt hätte:

»Meine Beine haben mich im Stich gelassen. In der ersten Etage wollten sie nicht weiter. Sie wären besser hiergeblieben, anstatt hinüberzulaufen zu dem Mann und der Frau. Herzlose Menschen. Sie haben mich vor ihrer Dienerschaft gedemütigt. Frederik hätte besser überlegen sollen, bevor er ihnen diesen Brief schrieb.«

42

Mein Vater liest langsam und deutlich, als ob er buchstabiert. Er will mir Frederiks Brief unbedingt selbst vorlesen.

»Lieber Herr,

Sie haben großzügig auf meine Bitten reagiert. Die Summe, die Sie mir überwiesen haben, hat es mir erlaubt, mich zu ernähren und zu kleiden, mein Hotel konnte ich aber nicht davon bezahlen. Die Angst, wieder auf der Straße zu stehen, hat mich getrieben, mir meinen Lebensunterhalt selbst zu verdienen. Von der Poesie kann man nicht leben, und deshalb habe ich beschlossen, einen Roman zu schreiben. Die Helden dieses Romans sind Flora und Sie. Ihre schöne Liebesgeschichte hat mich zu himmlischen Passagen inspiriert. Mit dem Vorschuß, den ich auf das Manuskript erhielt, hätte ich einige Monate überbrücken können, wenn es der Hotelier nicht in einem unverständlichen Wutanfall konfisziert hätte. Er will es mir zurückgeben, wenn ich meine Schulden bezahlt habe, ich bin im Verzug für dreißig Nächte und das jeweilige Frühstück. Niemals ein Mittagessen. Ich habe gelernt, diese Mahlzeit zu überspringen – eine Sparsamkeitsmaßnahme. Es geschieht oft, daß ich mich ganze Nächte in meinem Bett wälze, den Magen leer und den Kopf voll mit düsteren Gedanken. Gestern hatte ich einen Alptraum. Ich hörte jemanden im Nebenzimmer kauen. Man verschlang mein Manuskript. Der Hotelier und seine Frau ergötzten sich an Ihrer schönen Liebesgeschichte. Es war unmöglich, Sie ihren Zähnen zu entreißen. Die beiden haben Sie in einen elenden Brei verwandelt, den sie laut schmatzend verschlangen.

›Spuckt sie wieder aus, spuckt sie wieder aus‹, schrie ich im Schlaf. Meine Stimme weckte mich und leider auch die schreckliche Gestalt, die alsbald begann, meine Tür einzuschlagen. Es reichte ihm jetzt, um mich hinauszuwerfen. Ich fand mich auf der Straße wieder. Das Hotel stand einer Kirche gegenüber, und ich habe den Rest der Nacht auf dem Kirchplatz verbracht. Die Passanten hielten mich für einen Bettler und warfen mir Pfennige zu, die sie in ihren Taschen lästig fanden. Ich bin am Ende. Nur Sie allein vermögen es, mir meine Selbstachtung zurückzugeben. Flora wird Ihnen Dank wissen. Ihr Frederik.«

Warum der ganze Schwindel und ein solcher Lügenbrief? Die Stimme meines Vaters wurde immer schwächer, je länger er las. Wie eine Lampe, deren Licht man langsam herunterdreht. Zuletzt war sie nur noch ein Murmeln, bevor sie ganz erstarb.

»Er ist verrückt«, sage ich, um die Stille zu beenden.

»Ihm fehlt vor allem seine Mutter und sein Koks«, sagt mein Vater.

Frederiks eigentliche Droge ist Flora. Der Ersatzdroge wendete er sich nur aus Verzweiflung zu. Um sein Gesicht zu zerstören, eine Kopie des Gesichts seiner Mutter.

43

Ich habe in einer Schachtel zusammen mit unseren Taufkerzen Fotos von meiner Mutter gefunden, auf denen sie so alt ist wie ich jetzt. Ich hätte Flora für Frederik gehalten ohne den Zopf und ihre Haltung eines kleinen, braven Mädchens, das von der Kamera eingeschüchtert ist. Hinter ihr erhebt sich ein schmales Haus in seiner ganzen Höhe. »Das Haus in der Brovniastraße, an Floras dreizehntem Geburtstag«, hat eine Hand auf die Rückseite geschrieben. Das Gebäude, das man am anderen Ende der Welt erbaut hat, sieht aus, als stütze es sich auf den Rücken des kleinen Mädchens. Eine große Regenpfütze spiegelt das Haus und das Kind wider. Ein nackter Baum zeigt an, daß Winter ist. Zwanzig Jahre liegen zwischen diesem Foto und einem anderen, das auf dem Bazar vor der Fontäne des Springbrunnens aufgenommen wurde. Dieselbe Haltung und dasselbe Lächeln wie in der Brovniastraße . . . Der Unterschied liegt in ihrem Kleid, einem Sommerkleid. Die nackten Arme meiner Mutter sind durchsichtig, durchsichtig sind auch ihre Füße in den Riemensandalen. Ein enges Gäßchen geht von ihrer Schulter ab und verliert sich im Halbdunkel. Hinten bei einer

Holztreppe. Dort kam immer der düstere Mann hervor.

Sein Auftauchen verwirrte Flora und machte mir jedesmal Angst. Seine bloße Anwesenheit genügte, daß sie mich vergaß. Ich stand hinter dem Rücken des Fremden und wartete. Ich ging ihm gerade bis ans Knie. Seine Hände nahmen langsam, ganz langsam Besitz von Floras Armen, die fast schneeweiß waren. Sie keuchte, als ob es ihr schlecht ginge. Ich hätte um Hilfe geschrien, wenn sie mich nicht so unfreundlich, fast haßerfüllt angesehen hätte. Er machte mir ein Zeichen zu verschwinden.

Ich zeige dir die beiden Fotos. Du setzt dein Gewehr auf die Erde, um sie dir genau anzusehen.

»Deine Mutter«, sagst du, »hat sich in zwanzig Jahren nicht verändert, was man vom Bazar nicht behaupten kann. Der Springbrunnen ist niedergebombt, die Geschäfte sind verschwunden. Sie gehörten zum großen Teil dem Notablen. Die Händler waren seine Handelsgehilfen. Sie gehorchten ihm aufs Wort. Er wurde ihr Milizenchef, als der Krieg ausbrach. Die Munition war in seinen Kellern gelagert. Die Kämpfer aßen an seinem Tisch. Die Bewohner des moslemischen Sektors verehrten ihn.«

Deine Worte rufen in mir eine zehn Jahre alte Erinnerung wach. Der düstere Mann war uns schon seit ziemlich langer Zeit gefolgt, ohne uns angesprochen zu haben. Ich fühlte seinen Atem in meinem Rücken, er hatte seine Schritte den unseren angepaßt. Meine Mutter wollte ihn, ich weiß nicht aus welchem Grund, abhängen. Sie drängte mich, schneller zu gehen, und ich rannte, was meine kleinen Beine hergeben wollten. Sie rief mehrmals laut nach einem Taxi, stieß mich auf den Sitz. Sie wollte sich gerade zu mir setzen, als sie sah, daß er mit dem Taxichauffeur verhandelte. Er sprach mit ihm in einem Dialekt, den sie nicht verstand, und der Mann gab kopfnickend sein Einverständnis. Er würde ihm unsere Adresse nennen im Tausch gegen die Geldscheine, die aus der Brieftasche kamen. In den sieben Jahren seiner Verfolgungsjagd hatte er nicht in Erfahrung bringen können, wo Flora wohnte.

Wir verließen das Taxi, um in einem Bus zu verschwinden. Der Mann mitten auf der Straße starrte uns überrascht nach. Ich werde niemals seinen Blick vergessen. Der Überraschung folgte die blinde Wut. Wir sahen ihn hinter der Fensterscheibe gestikulieren. Er hätte uns folgen können, doch die Türen waren schon geschlossen. Sie ließ mich schwören, daß ich meinem Vater nichts verraten würde, und ich hielt Wort.

»Sie wäre besser in ihrem Polen geblieben«, sagst du und gibst mir die Fotos zurück.

»Dann hättest du mich nicht kennengelernt.«

Ich hänge an deinem Mund. Mein Glück hängt von deiner Erklärung ab. Du preßt deine Lippen aufeinander und bist entschlossen, mir nichts zu entgegnen. Du versteckst dich hinter deinem Gewehr, dessen Lauf du auf den Himmel richtest. Du schießt auf alles, was ihm in die Quere kommt. Jeder Vogel, der herabfällt, wird mit einem Freudengeheul begrüßt. Ich habe plötzlich Angst vor dir und diesem Gebrüll eines Wilden und dann vor deinem Schweigen, das du wie eine Schranke zwischen uns errichtest. Ich gehe von dir fort, mit schwerem Herzen. Lucia, die hinter ihrer Tür lauert, erkennt mich an meinem Schritt.

»Stimmt es, daß dein Vater verrückt geworden ist und daß dein Bruder schwul ist?« fragt sie mich mit süßlicher Stimme.

Sie wartet meine Antwort nicht ab, sondern wirft mir gleich darauf vor, sie vergessen zu haben.

»Ich dachte, ihr seid alle tot. Man hörte euch nicht mehr streiten. Ich war sicher, daß Georges euch alle getötet hatte. Übrigens, hat dein Vater Frl. Liliane geheiratet? Er kann es jetzt tun, wo deine Mutter in einem Harem lebt. Was sagen die Karten von Frau Vava?«

»Nichts«, sage ich, ehrlich wie ich bin. »Sie können nichts Besonderes mehr vorhersagen. Die arme Frau ist vollkommen fertig, seitdem Michel sie meinetwegen sitzengelassen hat.«

Lucias Schweigen ist beredt. Ich habe sie geschockt. Es gibt kein anderes Wort.

»Wer ist dieser Michel«, bringt sie nach einer Weile hervor.

»Der Scharfschütze eben.«

»Und den nennst du bei seinem Vornamen?«

»Natürlich. Wir sind ein Liebespaar.«

»Ich hatte fünf Liebhaber«, seufzt sie laut. »Das ist schon lange her. Fünf auf einmal. Anunciad hat Mist gemacht. Sie hat alles verdorben. Sie hatte Angst, ich würde in der Hölle landen. Und daß ich meine Gesundheit und meine Seele aufs Spiel setzen würde. Sie hätten mich fast umgebracht. Cinco hombres. Deiner hat dich noch nicht umgebracht?«

»Noch nicht. Ich bin ja noch da.«

»Das wird nicht mehr lange dauern«, sagt sie prophetisch. »Anunciad hat es im Traum gesehen. Du warst dermaßen schwanger, daß du nicht mehr ins Haus paßtest. Dein Scharfschütze hat dich mit einer Axt zerhackt, um dich durch die Tür zu bringen. Du kannst mir glauben, niemand hat auch nur den kleinen Finger gerührt, um dich zu retten. Frau Vava und Frl. Liliane haben so getan, als ob sie nichts sähen. Sie saßen auf dem Bürgersteigrand und strickten schwatzend an der Erstausstattung für dein Baby. ›Du wettest um eine Flasche Champagner, daß es ein Junge wird‹, sagte die eine. ›Und du wettest um eine Stange Marlboro, daß es ein Mädchen wird‹, entgegnete die andere.«

Warum Champagner und Zigaretten, wo keine von beiden trinkt oder raucht? Lucia hat »Das Traumdeutungsbuch« befragt und beklagt, daß man nichts von Champagner schreibt. Aber die Zigarette nimmt zwei Zeilen in Anspruch. Ihr Rauch bedeutet Bahnhöfe und Reisen, sehr weite Reisen. Das scheint da wörtlich zu stehen.

»Vielleicht ins Jenseits«, meint sie mir erklären zu müssen. »Du hast die besten Aussichten, dort deine Mutter wiederzusehen, auch so eine Sünderin, sie wird dir dorthin vorangehen. Schon lange vor dir hat sie gegen Gott gesündigt.«

Lucias pessimistische Deutungen lassen mein Herz zerspringen. Ich weine hysterisch los, mit so heftigem Schluchzen, daß Lucia glaubt, ich müsse mich übergeben. Sie frohlockt:

»Ich habe es dir ja gesagt, du bist schwanger. Anunciads Träume sind keine Hirngespinste. Scharfschützen ermorden ihre Geliebten, sobald die alt werden. Wie alt bist du überhaupt?«

»Vierzehn Jahre und drei Monate«, sage ich mit einem Schlucken.

»Für so alt hätte ich dich nicht gehalten.« Lucia ist vollkommen niedergeschmettert.

Anunciads Traum wird im ganzen Haus herumerzählt. Liliane und Vava sagen, daß er die Zukunft vorhersage.

Nach Liliane wäre die Schwangerschaft »tödlich, in so einer taufrischen Gebärmutter. So ein Biest sticht schnell zu.«

Frau Vava lehnt das Wort zustechen, das nur für Insekten gilt, ab. Spermien hat man außerdem nie fliegen sehen.

»Wer sagt denn, daß sie nicht fliegen können?« entgegnet die andere aus purem Widerspruchsgeist.

»Und wenn ich es dir sage? Sie können allerhöchstens klettern, indem sie sich auf ihren Schwanz, der ganz schön lang ist, stützen. Obgleich ... «

»Was obgleich?« bellt die alte Jungfer, die immer bereit ist, in Wut zu geraten.

Ich habe den Augenblick meines Eintretens schlecht gewählt. Vor allem meine unüberlegt hingeworfene Bemerkung »Mir ist schlecht« sät Panik in ihre Herzen.

»Was sagt sie da? Was sagt sie?«

»Daß sie schwanger ist«, sagt Liliane kurz und bündig.

Sie sind blaß. Frau Evgenia erholt sich als erste wieder. Sie nennt die Adresse einer Engelmacherin. Liliane ist nicht einverstanden. Die besagte Dame habe bereits die Hälfte aller Gebärmütter im christlichen Viertel durchlöchert. Da würde sie zu ihrer Stricknadel mehr Vertrauen haben.

Sie zeigt mir die Spitze. Nur die Spitze, um mich nicht zu erschrecken.

»Was ich nicht weiß, macht mich nicht heiß«, sagt sie leise. »Das ist besser für den Ruf der Kleinen. Dann kann man sie immer noch verheiraten. Am besten mit einem Beamten.«

Ich renne zu dir hinauf. Du gehst seit dem Morgen auf und ab, bist Gefangener deines Zorns und deiner Schritte. Ich erzähle dir bruchstückhaft von der Stricknadel, den durchlöcherten Gebärmüttern, der Übelkeit.

»Du mußt mich heiraten. Bitte Liliane und Vava um meine Hand. Sie sagen, mein Ruf und meine Zukunft seien hin. Und Anunciad, von der man weiß, daß ihre Träume die Zukunft voraussagen, hat mich im Traum im achtzehnten Monat schwanger gesehen. Du hast mich in Scheiben geschnitten, damit ich durch die Haustür paßte. Sie wollen mich wieder zunähen, damit ich einen Beamten heiraten kann.«

»Deinen Mund muß man zunähen«, sagst du und siehst mich böse an. »Man muß verrückt sein, um einen Scharfschützen zu heiraten.«

Wie jedesmal, wenn du wütend bist, legst du dein Gewehr an und suchst ein Ziel, irgendeins, um deine Wut abzulassen.

Dein Gewehrlauf zielt auf meinen Bauch, dann auf mein Herz. Ich warte auf das Klicken, meinen Blick fest in deinem wie beim Liebemachen. Der Schuß geht zu hoch. Er streift den Schornstein und schreckt eine Schwalbe auf, eine Hausbesetzerin wie du. Sie fliegt piepsend zum moslemischen Sektor hinüber. Ihr Körper zeichnet immer tiefere Kreise um den Taubenschlag des Notablen.

»Du machst allen Angst«, schreie ich hysterisch. »Den Moslems und den Christen, Vava und Liliane, sogar den Vögeln und dem Kleinen.«

Du wirfst deine Waffe fort und stürzt dich auf mich. Deine Hand greift an meinen Hals. Du wirst mich bestimmt erwürgen, ich hätte auf Lucia hören und nie wieder zu dir kommen sollen.

»Sag das noch einmal! Du weißt genau, daß du lügst. Der Kleine hat keine Angst vor mir. Der liebt mich.«

»Und ich, du gemeiner Hund? Wage bloß nicht zu behaupten, daß ich dich nicht liebe. Und jetzt laß mich los. Laß mich los, oder ich schreie. Ich werde die Nachbarn aufhetzen, ihnen sagen, daß du mich vergewaltigt hast. Dann bist du dran. Ich lasse dir bis morgen Zeit, um bei meinem Vater um meine Hand anzuhalten.«

Du beißt mir in die Lippen, um mich zum Schweigen zu bringen. Du hast ein schlechtes Gewissen. Meine Schreie verlieren sich in deinem Mund und verwandeln sich in Keuchen. Ich verfluche die Hand, die in meine Hautfalten gleitet, verfluche deine Finger, die mich öffnen, die mich ausdehnen und das Loch erweitern, das du noch nicht zuende erforscht hast. Ich verfluche auch mich selbst, ein Waschlappen, der es nicht fertigbringt, dir zu widerstehen.

Du sagst: »Los, reite.«

Und ich reite auf deiner Hand, bis ein Schrei meine Kehle und den scharfen Geruch von Rauch und Blei darin durchbohrt.

Du sagst:

»Mach die Beine breit.«

Und ich mache die Beine breit und flehe dich an, mich zu nehmen.

Du schüttelst den Kopf, zynisch. Dein Schwanz ist nicht für Mädchen, die geheiratet werden wollen, sondern für die anderen, die nichts verlangen.

»Hau jetzt ab, oder ich werde dich durchbohren, deine Schale knacken und dich wie ein Ei ausschlürfen.«

Du stößt mich ins Treppenhaus. Meine weichen Beine haben Mühe, mich zu tragen. Von der höchsten Treppenstufe schreie ich dir herausfordernd zu:

»Du wirst morgen bei Vava und Liliane um meine Hand bitten! Und versuche in der Zwischenzeit, niemanden zu töten.«

Du machst eine Kopfbewegung, die zugleich ja und nein bedeuten kann, ohne mich dabei anzusehen. Dein Blick ist auf den Sektor drüben gerichtet. Du hast dir geschworen, ihn von allen seinen Bewohnern zu säubern. Du stehst ihnen und dem Tag, der hinter dem Hügel vergeht, allein gegenüber. Deine Hände glänzen von meinem Saft. Du versteckst sie zwischen deinem Hemd und deiner Haut. Du liebst nicht das Mädchen, sondern seinen Geruch.

44

Du stehst im Türrahmen, Beamter des Katasteramts bis zur Gürtellinie mit deinem sauberen Hemd, deinem Jackett und deiner Krawatte. Und Scharfschütze von der Taille an abwärts mit deinen Turnschuhen und deinen abgeschabten Jeans. Du hältst deine rote Rose wie einen Besen, die Blüte zeigt senkrecht auf den Boden. Du suchst meinen Blick. Ist dein Äußeres der Situation angemessen? Du begrüßt mit einem erdbebenstarken Händedruck Frau Vava und Frl. Liliane, die die Familie repräsentieren. Letztere prüft unmittelbar nach, ob der Saphir, den sie zur Feier des Tages trägt, noch an seinem Platz ist, man hat sie vor den Mördern gewarnt. Die können sich, wenn sie frustriert sind, in Diebe verwandeln.

Sie hatten einen richtigen Heiratsantrag erwartet, Handkuß, rituelle Formeln, aber nicht einen solchen Barbaren, der mit den Schritten eines Scharfschützen im Zimmer auf und abgeht, als hätte er sich in der Etage geirrt, und der ihnen schließlich mitten ins Herz stößt:

»Ich liebe sie, also nehme ich sie mit. Den Kleinen übernehme ich auch.«

Frau Vava verdreht die Augen, einer Ohnmacht nahe. Sie hat den Kleinen nicht bis zum heutigen Tag großgezogen, um ihn mit einem Killer ziehen zu lassen. »Warum nicht meine Beos?« hört sie sich schreien. Liliane, die eine Geldgeschichte wittert, hält mit ihrer Meinung nicht hinterm Berg:

»Sagen Sie es ruhig, Sie sind wegen der Erbschaft auf dem laufenden. Ich sehe wohl, daß Sie gut informiert sind, junger Mann. Es stimmt, daß der Kleine einziger rechtmäßiger Erbe von Herrn Nahum ist, aber Sie werden leider auch mit uns rechnen müssen ... «

Du hebst die Hand, um Liliane niederzuschlagen, aber mein flehender Blick hält dich zurück. Du wirst plötzlich höflich. Geradezu kriecherisch unterwürfig.

»Wollen Sie von dem verschimmelten, durchlöcherten Käse reden? Nicht einmal eine Ratte würde den haben wollen.«

Du hast sie tief beleidigt.

»Was sagt er da? Was sagt er?«

»Daß der Kleine eine Ratte ist«, erklärt Liliane und verdreht absichtlich die Wahrheit.

Sie strickt, wie man gegen jemanden ficht, die Nadeln nach vorne gerichtet, um den Feind besser durchbohren zu können.

»Erstens gehört der Kleine uns«, behauptet sie klar, deutlich und spitz. »Zweitens: seine Schwester ist noch nicht in dem Alter, entführt zu werden. Sie ist minderjährig. Sieben Jahre für die Verführung Minderjähriger. Das ist tariflich festgelegt.«

»Einundzwanzig Jahre«, kreischt Vava. »Er hat sie dreimal verführt.«

Schon bist du wieder auf dem Treppenabsatz. Dein Mund schwört, sie kaltzumachen, deine Hand zieht mich nach draußen. Du zerrst mich auf die Treppe, sie ohrfeigen mich mit aller Kraft. Sie beschimpfen mich als kleine Nutte, und ich nenne sie alte Vetteln. Alle schreien gleichzeitig. Nur der Kleine bleibt still. Er ißt ganz beflissen die Rose, auf der die beiden Kriegsparteien mit den Füßen herumgetrampelt haben.

Die Ankunft meines Vaters läßt uns wie gelähmt innehalten. Warum ein so zerstörtes Gesicht, und warum wieder einen Sack Kartoffeln, wo wir doch Unmengen davon haben? Meine Finger lösen sich aus den deinen, langsam, fast sanft. Du siehst mich an wie eine Verräterin. Du kannst den Schmerz dieses Mannes, der auch mein Schmerz geworden ist, nicht verstehen und nicht den Eigensinn, mit dem er Tag für Tag einen solchen Sack Kartoffeln kauft. Du kehrst auf dein Dach zurück wie ein wildes Tier in seinen Dschungel, mit wüstem Brüllen. Oben schließt du zweimal hinter dir ab und fängst an, auf alles zu schießen, was du in deinem Zielfernrohr siehst. Tag und Nacht folgen die Detonationen aufeinander, du schießt noch im Schlaf auf die schwarzen Vögel, die deine Alpträume bevölkern. Es ist unmöglich, dich zur Vernunft zu bringen, du hast einen Riegel geschoben zwischen dich und die Welt, zwischen deinen Bauch und meinen.

Als ich den Sack mit den Kartoffeln unter dem Ausguß verstaute, habe ich zum ersten Mal das rosa Fläschchen dort in einer Ecke bemerkt. Ich habe es ans Tageslicht gehalten und die Anweisungen, über denen ein Totenschädel abgebildet war, gelesen. Offenbar genügen fünf Gramm, um eine ganze Rattenfamilie zu vernichten.

45

Sie sagt einfach »ich bin da« – nach zwei Jahren Abwesenheit –, als hätte sie uns erst gestern verlassen. Die Pflicht ruft sie zu ihrer Tochter, die Rattengift geschluckt hat. Sie hat von dem Scharfschützen gehört und daß der sie entjungfert, vielleicht auch geschwängert hat, von dem Skandal und auch von dem mißlungenen Heiratsantrag.

Sie komme für ein paar Stunden zurück, schränkt sie ein, für die Zeit, um »die Kleine« wieder gesundzumachen. Die beiden Zerberusse, die mich bewachen, versperren ihr den Weg zu meinem Zimmer. Der Kleine, der sie nicht kennt, versteckt sich hinter einem Kanapee. Mein Vater zittert an allen Gliedern. Sie müßte ihm etwas Freundliches sagen, um seinem heftigen Atmen Ruhe zu geben. Sie fürchtet, daß er ihre Absichten mißverstehen könnte, und sie wiederholt ungeschickt: »Ich bin für ein paar Stunden zurückgekommen.«

»Eine Fremde, Sie sind hier nur noch eine Fremde«, schleudert ihr Liliane entgegen.

»Lassen Sie Ihre Tochter in Ruhe«, rät ihr Vava.

Nichts kann mich zurückhalten, zu Flora zu gehen, ich bin

ja nicht tot. Ich stehe auf, gehe zur Tür, drücke die Klinke hinunter. Die beiden Türflügel öffnen sich weit zum Bazar hin, so wie er vor dem Krieg war. Eine dichte, lärmende Menge quillt aus den Geschäften. Meine Mutter befühlt die Stoffe. Ihre Armreifen klirren an ihren Handgelenken. Sie freut sich über ihren Kauf: eine goldbestickte Djellaba aus weißer Seide. Sie schlingt sie um ihre Schultern und fröstelt trotz der glühenden Hitze dieses Junitages.

Die Sonne, die von den großen, bunten Glasscheiben aufgelöst wird, läßt sie mit den Augen blinzeln. Ihr Gesichtsausdruck geht abrupt von Freude in Beunruhigung über. Er verdüstert sich in demselben Augenblick wie der Himmel. Dicke, schwarze Wolken verjagen das Licht. Der düstere Mann ist hinter uns. Er spricht mit meiner Mutter, die ihn nicht hört. Ein großes Getöse verschlingt seine Stimme. Ist das Donner? Oder Bombenlärm? Die Menge rennt in alle Richtungen. Die Geschäfte lassen ihre Rolläden herunter. Der Bazar ist leer. Flora steht ihm allein gegenüber, mitten auf der Hauptallee. Der Springbrunnen hinter ihrem Rücken schleudert seine Fontäne in Stößen heraus. Sie betrachten sich mit Begierde. Ich klammere mich an den Rock meiner Mutter und ziehe sie zum Ausgang. Sie fällt hin, ihre Knie schleifen auf dem Boden. Das Blut läuft über ihre Beine. Ich hebe sie auf und tadle sie, als wäre sie meine Tochter. Eine Menge düsterer und hinkender Männer kreist uns ein. Sie strömen aus allen Straßen herbei. Ihre Zähne glänzen im Dämmerlicht, Goldzähne. Es ist unmöglich, ihnen zu entkommen, ihre Hände liegen schwer auf unseren Schultern. Ihre Finger drücken sich in unser Fleisch und bohren Löcher in unsere Knochen. Die Bombardierung, der Donner wird immer stärker. Die Stadt wird zerstört werden oder vor Kälte erstarren. Flora läßt mich los. Ich rufe sie von der anderen Seite der Straße, von unserer Etage. Der Traum endet in der Wirklichkeit wie der Bazar in unserer Wohnung. Vava, Liliane und mein Vater besetzen drei Sessel im Wohnzimmer. Der vierte hat die Druckstelle eines Besuchers. Alle im Zimmer sprechen von meiner Mutter: die Luft ist durchtränkt von ihrem Parfum, eine Mischung aus Patschuli und Veilchen.

»Flo . . . ra?« frage ich in zwei Takten.

Frau Evgenia schüttelt heftig den Kopf, wie um die beiden hohnvollen Silben wegzuschleudern. Der Blick von Liliane fleht mich an, nicht weiter nachzufragen. Sie hat Mitleid mit meinem Vater, der gekrümmt über dem Boden hängt. Die drei Gesichter verschwimmen, werden wattig und von meinem Schwindelanfall mitgerissen. Man könnte sie für drei Wolken halten, die durchs Fenster zu uns gefunden haben und nicht mehr wissen, wie sie wieder hinauskommen. Ein Nichts würde genügen, um sie in Regen oder Tränen aufzulösen.

Es hat keinen Zweck, den Kleinen zu fragen. Auf meine Frage: »Hast du deine Mama gesehen?« zeigt er nur immer wieder auf den leeren Sitz und das Kissen, das vielleicht ihr Körper eingedrückt hat.

Taumelnd erreiche ich mein Bett. Drei Etagen über uns bellt das wütende Gewehr des Scharfschützen dem Abend ins Gesicht.

46

Du trittst mit deinen Schritten auf dem Dach und auf meinem Herzen herum. Du mußt dem Himmel böse sein, weil du dich so heftig an seinen Wolken vergreifst. Der Kleine hat einen Schluckauf. Er schreckt bei jeder Detonation hoch. Frau Evgenia ist die erste, die zusammenklappt. In ihrem Kopf irrt ein anderer Scharfschütze herum und Wunden, die sich nie geschlossen haben. Übrigens läßt sie sich nicht lange bitten, und zeigt, was sie ihre Löcher nennt. Einen Millimeter weiter, und ihre Wirbelsäule wäre ihr zum Arsch herausgekommen. Das sind ihre eigenen Worte. Sie beugt sich aus dem Fenster und nimmt die Passanten zu Zeugen, die sich unten an der Mauer entlangdrücken.

»Worauf warten Sie noch, um ihn endlich zu stoppen? Der Junge ist verrückt. Man bietet ihm auf einem Silbertablett eine Tochter aus gutem Hause, dazu einen Schwiegervater, der Dentist ist, einen allerliebsten kleinen Bruder und ordentliche Nachbarn, und der Herr bringt es fertig, alles zu schmeißen. Dieser Kerl ist vollkommen destruktiv.«

Sie hat weder die Mutter noch den älteren Bruder erwähnt.

Wir stehen noch unter dem Schock, den die letzten Nachrichten über Frederik in uns ausgelöst haben: jemand, der kürzlich aus Paris zurückkehrt ist, sagte, er habe ihn auf der Place de l'Etoile gesehen, zur Stoßzeit. Er habe seinen Fuß vor die Räder der heranahenden Autos geschoben und ihn immer im allerletzten Moment zurückgezogen, wenn die Reifen ihn schon fast berührten. Er maß sich mit der Technik. Vielleicht war er sogar Stierkämpfer. Sobald er seinen Fuß vor den Reifen in Sicherheit gebracht hatte, hörte er offenbar das Beifallklatschen einer tobenden Menge. Dieser Nahkampf mit der Maschine oder dem Stier ist eine Herausforderung an das Leben, also an Flora, die ihn vergißt, die ihn von allen Lebensmöglichkeiten abschneidet.

»Du mußt meinen großen Bruder kennenlernen«, habe ich einmal zum Scharfschützen gesagt.

»Sprichst du von Undine?« meinte er belustigt.

Ich hätte ihn umbringen können.

Doch ist er es, der mich umbringt, mich schmoren läßt, weil er mir das Betreten des Daches verbietet. Ich könnte seine Wut mildern, seinem Herzen und Atem Ruhe geben, ihm mein Leben und meine Arme öffnen, damit er Zuflucht findet, beschützt ist vor der Welt, die er haßt.

Sie haben ihn machen lassen, solange er ihre Feinde tötete, aber seitdem er sich an ihnen vergreift, nennen sie ihn gefährlich. In denselben Topf kommen die Christen und die Moslems, die Alten und die Jungen, die Armen und die Reichen und vor allem die Frauen. Jede falsche Blondine ist Liliane, jede hennarot Gefärbte ist Frau Evgenia. Dem Einschlag in das Ziel folgt ein dämonisches Lachen. Er ist außer Rand und Band. Auf seinen Kopf ist ein Preis ausgesetzt. Überall hat man Plakate mit der Aufschrift »gefährlicher Scharfschütze« angebracht. Sein Foto, das ein ehemaliger Klassenkamerad geliefert hat, ist auf der ersten Seite der Zeitungen abgebildet. Matrosenanzug, eine rote Troddel zieht die Mütze über das rechte Ohr. Keinerlei Ähnlichkeit mit dem bärtigen Mann, der um die zugenagelten Jalousien von Frau Vava herumstrich, auch keine mit dem Straßenjungen, der in abgeschabten Jeans um meine Hand anhielt. Der Junge auf dem Foto sieht ziemlich traurig aus. Zu magere Beine, zu große Augen, ein zu großer Mund, alles an ihm ist übersteigert, außer seinen Händen, die erstaunlich klein sind. Daß gerade sie eine ganze Stadt terrorisieren können! Er tötet und lacht mit großem Radau. Er wendet sich von Zeit zu Zeit an die hinter ihren Türen verbarrikadierten Zuschauer, die er beschuldigt, mich von ihm abgebracht zu haben.

»Ich werde euch alle töten, ihr Hunde, wenn ihr sie mir nicht wiedergebt!«

Warum schleudert er seine Drohungen ins Leere? Er braucht nur einige Stufen herunterzukommen, um mich zu holen. Liliane und Vava würden es bestimmt nicht wagen, ihm die Stirn zu bieten. Noch viel weniger mein Vater, der schon beim bloßen Anblick einer Waffe bereit ist abzudanken.

»Der tollwütige Hund jagt immer noch seinem Weibchen nach«, hat eine große Tageszeitung als Schlagzeile. Er brüllt meinen Namen, bis ihm die Stimme vergeht, während die Schraubzwinge sich um ihn zusammenzieht. Er ist zu sehr mit seinem Rufen, Drohen, Schießen und Lachen beschäftigt, daß er nicht die Eliteschützen bemerkt, die in allen Winkeln der Terrassen und Straßen Stellung bezogen haben.

Das Stadtviertel scheint ausgestorben. Niemand an den Fenstern, niemand draußen. Sie warten auf das Ende des Duells zwischen dem einsamen Killer und der Killerschar.

Irgendjemand muß das Zeichen gegeben haben, daß sie nun alle gleichzeitig auf unser Dach stürzen. Sie klettern die Regenrinnen hinauf, kriechen auf ihrem Bauch, lassen das Treppenhaus frei für die Sanitäter, da sie sicher sind, ihn tot oder verwundet zu erwischen. Der prächtige Auftritt findet über unseren Köpfen statt, danach die Aufforderung, sich zu stellen, Schüsse, dann das wilde Elephantengebrüll, das die Fensterscheiben und mein Herz erbeben läßt.

Liliane und Vava bekreuzigen sich zitternd. Der Kleine klammert sich an meine Beine und ruft »Michel«, ohne eine Silbe falsch auszusprechen. Das erste Wort, das mein Bruder richtig sagen kann, ist der Name eines Killers.

Sie sind zehn, die ihn erschießen, zwanzig, die ihn in den Plastiksack stopfen, den das Leichenschauhaus geliefert hat, und unzählig viele, die ihn zum Krankenwagen schleifen, der am Rand des Bürgersteigs wartet. Als sie an unserem Treppenabsatz vorbeikommen, bleiben sie stehen und betrachten mich mit Abscheu. Ein Sanitäter spuckt in meine Richtung. Sein Speichel fällt vor meine Füße, eine eitrige Blume. Ich lasse sie fortgehen, ohne die geringste Bewegung zu wagen. Aber in meinem Kopf habe ich mich auf seinem Körper ausgestreckt, mein Gesicht in seine Brust gegraben, und nur in meinem Kopf habe ich mit seinem stillen Geschlecht gesprochen.

Der Anblick seines eiskalten, zu Glas erstarrten Blutes brachte mein eigenes Blut zum Fließen. Es ist aus der Öffnung hervorgestürzt, die von ihm und für ihn im Schatten eines Mäuerchens an einem hellen Sonnentag gemacht wurde.

47

Die ganze Stadt ist vor dem Fernseher festgenagelt. Beide Sender servieren blutige Stücke aus dem Leben des Scharfschützen. Armselige Kindheit in einer Arbeitervorstadt, Vater lebt irgendwo in zweiter Ehe, Mutter ist Wäscherin bei den Reichen. Von allen Schulen geflogen. Er lernt nachts und durchstreift tagsüber unermüdlich die Straßen. Er sucht seinen spurlos verschwundenen Vater, um ihm in die Fresse zu hauen oder sich in seine Arme zu werfen. Verdingt sich am Katasteramt, arbeitet dort als Einzelgänger, ißt als Einzelgänger in einer Ecke des Arbeitsgeländes, während die übrige Belegschaft den Inhalt der Kochgeschirre unter sich aufteilt. Der ausbrechende Krieg entfernt ihn noch mehr von den anderen. Er tritt keiner Miliz bei und keiner Partei, tötet lieber als zu kämpfen, die Kämpfenden beider Seiten können ihn nicht ausstehen. Alle Welt verfolgt ihn, und er findet sich schließlich auf einem Dach ein, wo er das Vergnügen entdeckt, in der Höhe zu arbeiten. Der Kriegsschauplatz erscheint ihm von oben aus gesehen winzig klein, winzig auch die Milizionäre, ihre Waffen sind nicht größer als Streichhölzer. Wie Bleisoldaten oder wie Hampelmänner, wenn sie sterben. Sie sinken auf die Erde, ihre Glieder werden von Krämpfen geschüttelt. Er hat sich auf dem Mietshaus an der Demarkationslinie niedergelassen, vermeidet jeden Kontakt mit den Bewohnern, zieht aber ein kleines Mädchen in sein Versteck und vergewaltigt es, nachdem er es mit seiner Waffe bedroht hat.

Das Kind, fügt der Reporter hinzu, hätte sicher die Miß-handlungen noch länger erleiden müssen, wenn nicht die beiden Nachbarinnen die Autoritäten auf die Anwesenheit des Lüstlings aufmerksam gemacht hätten.

»Welche Autoritäten?« brülle ich wütend.

Mein Mund ist vom Schluchzen verzogen, aber meine Augen sind trocken. Sie folgen dem Scheinwerfer, der mit seinem Licht den von Schüssen durchsiebten Körper bestreicht. Das geronnene Blut sieht aus wie Krater, die auf der Oberfläche der Haut aufbrechen. Die erbarmungslose Kamera fährt alles ab, erforscht die Gesamtheit der Leiche, dringt in ihre kleinsten Falten, gräbt sich in die dichten Körperhaare, macht eine Großaufnahme vom Geschlechtsorgan, das unnatürlich aufgedunsen ist, als würde es gleich platzen, zieht sich dann zum Kopf zurück und in die Höhlung des Mundes hinein, der weit offen steht, als wolle er um Hilfe rufen. Seine Hände sind wächsern, blaue Adern laufen unter der Haut entlang.

»Wer seine Adern sieht, dessen Leben flieht«, bemerkt mein Vater seufzend.

Ich gehe in mein Zimmer und schluchze laut. Der Kleine will mich trösten und bedeckt meine Beine mit Küssen. Ich weine aus Mitleid mit ihm, einem Halbwaisen, und mit mir, einer

Halbwitwe. Durch das Schluchzen wird mein Blut stoßweise herausgeschleudert. Mein Kleid ist rot, rot der Fußboden und die Hände des Kleinen, die meine Beine umklammern.

»Holt einen Arzt«, schreit mein Vater im Treppenhaus.

Aber niemand hört ihn.

48

Ich brauche mein Bett nicht zu verlassen, um zu wissen, daß der Winter gekommen ist. Der zweite ohne Flora und der erste ohne den Scharfschützen. Ein reifüberzogener Nebel hat sich unter meiner Haut festgesetzt. Mein Körper ist weiß, innen und außen weiß wie mein verdünntes Blut.

Ich bin kalt. Polarkälte. So kalt wie die Stricknadeln von Liliane. Sie ribbelt den Herzschal wieder auf, den sie für mich gemacht hat und den ich nicht tragen will. Frau Vava hilft ihr, das Knäuel aufzurollen. Die gestrickten Reihen trennen sich voneinander mit einem wolligen Murmeln, von links nach rechts, und zwingen den Faden zu einer Drehbewegung, die mich in ihren Strudel hineinzieht. Meine Augenlider sind steinschwer wie die Bilder, die auf meiner Netzhaut vorbeiziehen. Sie folgen einander mit großer Schnelligkeit, als ob sie von einer verrücktgewordenen Maschine abgespult würden. Da kommt Flora im Trauerschleier, mein Vater im Priestergewand, der Scharfschütze im Hochzeitssmoking. Sie werden plötzlich lebendig, ihre Lippen stammeln unverständliche Wörter.

»Ich liebe sie, also nehme ich sie mit«, ruft mein Geliebter.

Die Anwesenden stoßen ein schockiertes »Oh« hervor. Nur meine Mutter, die in der ersten Reihe sitzt, bleibt ungerührt. Sie geht nach vorne zum Altar und reißt mit einer einzigen Handbewegung ihren Schleier ab. Sie ist nackt. Ihre Brüste sind mit Versen aus dem Koran beschrieben, Tätowierungen wie die der Beduinen, aus denen man die Zukunft lesen kann. Sie lacht aus vollem Halse, von der Menge mit Mißfallen betrachtet. Ihr Sohn ist tot, und sie weiß es noch nicht. Der Notable hat ihn an einem Laternenpfahl aufgehängt wie damals Mourad. Und seine Gedichte bedecken die Erde zu seinen Füßen.

Ich weiß, daß ich träume und daß ich alles beenden kann, wenn ich die Augen öffne. Aber ich gefalle mir in diesen Visionen, die Frau Evgenia für Prophezeiungen hält.

Was sie auch sind: der Notable, so hörten wir kürzlich, forderte Flora auf, den Schleier zu tragen, und sie hat nicht abgelehnt. Dafür weigert sie sich aber, an seiner Hochzeit teilzunehmen, so wie es der Brauch will. Von Seiten Frederiks nur Schweigen. Spielt er immer noch den Stierkämpfer zwischen den Autos und hört dabei das Beifallklatschen der Menge, die sich auf der Arena der Place de l'Étoile um ihn drängt?

Es gelingt mir nicht, in Erfahrung zu bringen, ob meine Mutter wirklich zu Besuch gekommen ist. Liliane und Evgenia streiten das nach wie vor ab, trotz des Kusses, der sich auf der Wange meines kleinen Bruders abzeichnete. Ich habe den Geruch von Floras Lippenstift wiedererkannt. Den Kleinen zu befragen, führt zu nichts. Er gibt nur ungenaue Antworten. Es gehen so viele Menschen in diesem Haus aus und ein, streicheln ihn, küssen ihn, bevor sie für immer verschwinden. Er erfindet

Verwandtschaftsverhältnisse für sie, wie sein Verstand sie ihm diktiert. Er ist überzeugt, daß Georges und der Scharfschütze Brüder sind wegen ihrer Gewehre, daß Vava die Mutter der Beos ist, weil sie ihnen zu fressen gibt. Aus demselben Grund ist Liliane die Mutter seines Vaters, und Lucia wiederum ist die Tante der Milizionäre, weil sie nächtelang nach ihr rufen.

»Und die Dame, die dich geküßt hat? Von wem ist sie die Mama?« Er überlegt, um nichts Dummes zu sagen, und erklärt mir dann in bestimmtem Ton:

»Von niemandem, weil sie zifagelt ist.«

Der Kleine erfindet etwas, um sein Unwissen zu verstecken. Er stampft wütend mit den Füßen auf, als ich ihm erkläre, daß es dieses Wort nicht gibt. Er kratzt, beißt und weint gleichzeitig. Es gibt nur ein Mittel, ihn zu beruhigen: ihm das Meer zeigen – und warum nicht auch das Haus des Notablen?

»Siehst du den Taubenschlag da hinten? Da wohnt die Dame, die dir einen Kuß gegeben hat.«

»Mit ihrem Baby.«

Sein Tonfall erlaubt keinen Widerspruch.

»Ohne ihr Baby.«

»Sie hat es gegessen. Wie Roxane.«

Roxane hat ganz bestimmt nicht ihre Jungen gefressen. Der Kleine sagt falsch aus, es sind normalerweise die Männchen, die ihre Jungen fressen.

»Weil Roxane entbunden hat?«

Er nickt, damit man denkt, er sei vollkommen auf dem laufenden, obwohl er gar nicht weiß, was »entbunden« heißt.

»Hat die Dame auch bunden?« fragt er dann und zeigt auf das Zimmer seiner Mutter.

Der Lärm einer fernen Trommel verschlingt unsere Stimmen. Er kommt vom Haus des Notablen. Gellende You-Yourufe dringen aus den Fenstern und von der großen Terrasse herüber. Der Geliebte meiner Mutter tritt heute abend in den Ehestand, sagt man.

49

Der Kleine schüttelt mich und weckt mich dann auf seine Art, indem er mir einen Finger in jedes Auge drückt. Ein »Mann geht in der Wohnung rum«. Er hat alle Türen aufgemacht, die des Kühlschranks zuerst. Er sieht ganz wütend aus.

Er hat seinen Bruder nicht erkannt, der sich aus dem Verkehr gezogen hat, als er kaum ein Jahr alt war, und der es nicht für nötig hielt, sich vorzustellen.

Da steht Frederik, im Türrahmen. Er ist entsetzlich abgemagert, vielleicht auch noch gewachsen. Die Haut seines Gesichts ist ausgetrocknet, wie aus Pergament. Sein Körper ist ganz schmal geworden. Warum hat er sich als Bettler verkleidet? Ein indisches Hemd flattert über seiner zu langen, sich ringelnden Hose, die schmutzigen Füße sind in Riemensandalen eingeschnürt. Der schöne Frederik ist hinter diesem grinsenden Zombi verschwunden, der sich lässig in den Hüften wiegt, um nicht das Gleichgewicht zu verlieren.

Aber wo ist sein Gepäck?

»Weggenommen«, sagt er, von den Zöllnern, ein Päckchen habe ihnen nicht gefallen.

Und seine Gedichte?

»Aufgegessen«, behauptet er, vom Hotelier in der Straße Saint-Sulpice. Der Notable hätte sein Werk durch Hilfsgelder retten können.

»Wir hätten ihm meine Mutter nicht bedingungslos überlassen sollen. Flora ist keine kostenlose Ware.«

Wie soll man ihm klarmachen, daß seine Mutter schlimmer ist als kostenlos, nämlich wertlos? Sie ist seit der Fehlgeburt unbrauchbar. Er ist der Schuldige. Er hat Georges angestiftet. Man entführt nicht eine Frau im siebten Schwangerschaftsmonat, um sie dann auf offener Straße wegzuwerfen. Sie hat ihren guten Ruf verloren, dann ihr Kind. Der Notable hat beschlossen, sie zu ersetzen.

»Er braucht sie uns nur wiederzugeben«, stößt du hervor, wobei du die Hände vor dich hältst, um den Gegenstand Flora in Empfang zu nehmen.

Obwohl du weißt, daß deine Mutter woanders ist, suchst du sie in allen Zimmern, in allen Schränken. Du öffnest die Türen, ohne sie wieder zu schließen und rufst in allen Tonlagen:

»Flora, wo bist du?« (Du fragst). »Du versteckst dich, um mir Angst zu machen!« (Du stellst fest). »Mama, komm, oder ich breche zusammen.« (Du flehst).

Seine Nerven scheinen mit ihm durchgegangen zu sein, da er so heftig nach ihr verlangt. Seine Schreie dringen bis zu den Ohren unserer Nachbarinnen, die umgehend zu uns kommen. Frau Vava fängt ihn auf der Treppe ab. Sonst wäre er geradewegs zum Notablen gegangen, um ihm Flora zu entreißen und gleichzeitig einen Bissen zu essen.

»Wo denn essen?«

Sein Mund ist wutverzerrt.

»In der Küche des Notablen. Nichts zu fressen in dieser Bruchbude. Ich habe einen Bärenhunger.«

Sie hält an sich, um ihm nicht ins Gesicht zu spucken. Er ekelt sie an und weckt gleichzeitig ihr Mitleid. Sie zieht ihn in ihre Wohnung und macht ihm ein Rührei. Er verschlingt alles, was ihm in die Finger kommt, ohne dabei mit dem Reden aufzuhören.

Er klagt über das Containerschiff, das er in Marseille genommen habe. Damit war seine Überfahrt gesichert, im Laderaum, aber nicht sein Essen. Er verliert den Faden, als er sich Butter aufs Brot streicht, darum gibt er nun eine neue Fassung seiner Reise zum besten, die er dieses Mal zu Fuß gemacht haben will. Nach seiner Auffassung genügt es, von Paris aus direkt geradeaus nach Nizza zu gehen, dann den Abzweig nach Italien zu nehmen, um über Griechenland, die Türkei und Syrien nach Hause zu kommen. Er sagt »nach Hause«, als ob sich das Land innerhalb unserer Mauern befände. Er phantasiert genauso maßlos, wie er das Essen hinunterschlingt. Er hält sich für verpflichtet, eine Show abzuziehen, um für die drei Eier, die Frau Evgenia schnell zusammengehauen hat, zu bezahlen. Er behauptet, erschöpft zu sein, und läßt sich auf den Fußboden fallen, mit ausgebreiteten Armen. Er ist nicht erschöpft, sondern ganz einfach verrückt. Sonst wäre er nicht über Georges Abwesenheit erstaunt, der ihn am Flugplatz abholen sollte. Der Entwurf eines Telegramms beweist das:

»Ankomme Sonntag mit Flug Air France. STOP. Alles Liebe für Euch. STOP. Dein Frederik. ENDE.«

Er mag unsere mißtrauischen Gesichter nicht, darum schwenkt er jetzt ein Flugticket vor unseren Nasen. Für die erste Klasse. Es wurde ihm, behauptet er, vom Präsidenten der französischen Republik persönlich geschenkt, in Anerkennung seiner, Frederiks, Bemühungen, die französische Sprache im Ausland zu Glanz und Ansehen zu bringen.

»Ich bin der letzte Dichter, der den Alexandriner beherrscht.«

Er beherrscht vor allem das Lügen. Frau Vava verdächtigt ihn, sein Flugticket eher im Schweiße seines Arsches verdient zu haben als durch seine Gedichte. Den vermietet er sicherlich dem Meistbietenden, und er wird ihn eines Tages ganz verkaufen und dann seine Notdurft durch seinen Mund verrichten. Dieselbe böse Brut wie seine Mutter. Nichts als Geile.

»Kleiner nicht«, protestiert der Kleine aufs Geratewohl.

Sie wirft sich auf ihn, nimmt ihn in ihre Arme, bedeckt ihn mit Küssen. Frau Vava hat eine kannibalische Leidenschaft für meinen kleinen Bruder.

»Woher habe ich nur so einen Kleinen bekommen?«

Sie gerät in Leidenschaft und vergißt, daß der Kleine nicht aus ihrem Bauch gekommen ist, sondern aus dem Bauch einer anderen. Ihre Rolle bestand lediglich darin, die Windeln zu wechseln, abzuwischen, zu trösten und Tränen zu trocknen, während die wirkliche Mutter wie ein Gespenst durch den Schlaf des verlassenen Kindes geisterte.

Mein Vater hat seinen Hut gezogen, als er Frederik im Flur begegnete. Er hat ihn nicht erkannt und ihn für einen Besucher gehalten. Sein Sohn interessierte ihn nur, solange der das Abbild Floras war, doch ist er ihre Karikatur geworden. Der Vater und der Sohn gehen aneinander vorbei, ohne sich auch nur zu berühren. Der Kleine, der sie beobachtet, hält das für ein Spiel und klatscht begeistert Beifall. Doch keiner der beiden bleibt stehen, um ihn zu streicheln. Der Kleine hat, ohne

Bruder und ohne Vater, zwei Feen, die ihn von einer Etage zur anderen trugen, manchmal in ihrem Nähkorb, bis er gehen konnte. Mein kleiner Bruder ist so sehr von Vava und Liliane durchdrungen, daß er ganz entrückt dreinschaut, wenn die eine ihre Tarotkarten befragt, und daß er schielt, wenn sich die Stricknadeln der anderen kreuzen.

Es ist nicht verwunderlich, daß er sprachgestört ist. Frau Vava hat die üble Angewohnheit, ihm Rotkäppchen vom Ende her zu erzählen, und Liliane hat eine Schwäche für die Linksstrickerei.

Liliane meint, daß der Kleine von rechts nach links spricht, wie die arabische Schrift, für die sie nur Verachtung hat. Sie hat von der Wiege an nur französisch gesprochen, greift aber auf die örtliche Sprache zurück, wenn sie Schlechtes über Frederik in dessen Anwesenheit sagen will. Sie behandelt ihn wie einen Lumpen, spioniert hinter ihm her im Namen seines Vaters, der nur auf den geringsten Schnitzer wartet, um ihn hinauszuwerfen. Mein Vater hat nie verwunden, daß Frederik dem Notablen schrieb.

Frederik weiß, daß man ihn haßt, und er ist auf der Hut. Er macht übermenschliche Anstrengungen, um normal zu erscheinen. Er schnüffelt selten, geht aber viel spazieren, wobei ihm Georges, überglücklich, ihn wiederzuhaben, folgt. Er geht immer drei Schritte hinter ihm, als wäre er sein Kammerdiener. Mein Bruder ist im Ansehen seines Freundes ungeheuer gestiegen, da er es geschafft hat, das Land zu verlassen. Es zählt nicht, daß er das durch den Verkauf der Kalaschnikow erreicht hat, er hat etwas von der Welt gesehen, Kontinente und Meere überflogen, die der andere nur von der Landkarte her kennt.

Georges hat das Gefühl, seinen Schritt nach dem eines Halbgotts zu richten. Vor allem, wenn der gewisse Halbgott ihm von seinen Erfolgen in Paris erzählt. Er hat dort seine ganze Zeit damit zubringen müssen, den Ansturm seiner Bewunderer abzuwehren, von denen keiner sich rühmen kann, ihn auch nur mit dem kleinen Finger berührt zu haben.

»Doch«, widerspricht er sich, um Ehrlichkeit bemüht, und bleibt mitten auf der Straße stehen. »Eine Frau. Eine alte Frau, schon über fünfunddreißig. Hunger und Kälte hatten mich in ihre Arme getrieben. Privathotel im siebten Stadtbezirk, Rolls Royce, ein diskreter Haushofmeister, der sich unsichtbar machte, sobald er das Bett aufgeschlagen und die Handtücher gewechselt hatte. Die Chance meines Lebens, wenn es nicht ein verdammter Mistvogel darauf angelegt hätte, mich von meinen Pflichten abzulenken. Das Schlafzimmer ging auf den Garten, und er hatte sich einen passenden Zweig ausgesucht, um mich vom Anfang bis zum Ende der Operation anzustarren. Ich habe gesehen, wie er seinen Kopf beim Anblick des wabbeligen Fleisches der Dame voll Ekel abwendete und wie er spöttisch wurde, als ich alle Kraft verlor. Ein teuflisches Biest, er rief seine Kameraden herbei. Es waren nachher mehr als zehn, die auf dem Zweig schaukelten und uns belauerten. Zwanzig Blicke, die es auf meine Impotenz abgesehen hatten. Ich habe mich angezogen und den Ort ohne weitere Erklärungen verlassen.«

Georges weiß nicht, ob er sich beklagen oder sich freuen soll. Alles in allem genommen, hat Frederik ihn nicht betrogen. Der Akt hat in Ermangelung einer Erektion nicht stattgefunden.

»Ich kann dir nicht böse sein. Du hast so leiden müssen.«

»Nein, es war vielmehr die Dame, die gelitten hat«, widerspricht der eitle Geck von meinem Bruder. »Das hat sie davon, wenn sie ihren Geliebten den Vögeln als Schauspiel vorsetzt.«

Je genauer er alles erklären will, umso mehr verhaspelt er sich. Georges glaubt, ihm aus der Schlinge zu helfen, indem er das Thema wechselt. »Hast du Flora wiedergesehen?« – ein unbedachter Ausspruch, der Frederik auf der Stelle festnagelt. Er hört auf zu reden, zu gehen, zu atmen. Er ist zu einer Statue erstarrt. Die Statue klagt über Kopfschmerzen und will nach Hause. Die Helligkeit des Tages ist unerträglich, unerträglich ist auch die Frage des Freundes ausgerechnet in der Straße, wo Flora hingeworfen und liegengelassen wurde. Er wollte seine Mutter tot oder lebend, aber nicht verletzt. Sie hatte sich schnell wieder in ihren Bau verkrochen, um dort ihre Wunden zu lecken. Man hätte sie einfangen müssen. Ein verletztes Tier, das frei herumläuft, ist gefährlich.

Das mit großer Anstrengung aufrechterhaltene Gleichgewicht gerät plötzlich außer Kontrolle. Die Fassade bricht zusammen, ohne den kleinsten warnenden Riß. Frederik nimmt wieder sein Halluzinationsgesicht an. Er hatte es während seiner Reise weggesteckt, während seines Stierkampfes mit den Autos, während er mit der Hure schlief und während ein papierfressender Hotelier seine Alexandriner verschlang. Mein Bruder findet ohne jede Schwierigkeit in seine frühere Haltung des fröstelnden Yogi zurück.

Er hat sich von Kopf bis Fuß in seine Decke eingerollt und sieht aus wie eine Statue am Vorabend ihrer Enthüllung. Zu festgesetzten Tageszeiten hebt er sie ein wenig an, um seine Briefchen von Georges zu fordern. Georges gibt sie ihm, ein Knie auf den Boden gestützt, so wie man einem Heiligen eine Kerze weiht. Mein Bruder nimmt die Gabe an, schnüffelt, ohne den zu seinen Füßen knienden Mann eines Blickes zu würdigen. Er sieht ihn nicht. Sein Blick ist ins Innere seines Kopfes gerichtet, wo Bilder in grellen Farben vorbeiziehen.

Sie nähern sich seinen Augen mit lautem Flügelschlag. Sie würden ihn verletzen, brächte er sich nicht hinter seinem erhobenen Ellbogen in Schutz. Gestern wollte er mich unbedingt an seinen Visisonen teilhaben lassen. Vergebliche Liebesmüh, die indigoblauen, fuchsiaroten und apfelgrünen Wolken lösten sich in Nichts auf, sobald sie mich berührten.

Eine so außergewöhnliche Extase mußte mit Fieber enden. Frederik ist schweißgebadet. Wir saugen ihm von fern sein Blut aus. Er wird uns bei Flora verklagen, die seinem Golgatha ein Ende machen und ihn zu sich holen wird, beim Notablen fehlt es nicht an Platz. Georges hätte einen günstigeren Augenblick abwarten sollen, um ihm zu sagen, daß Flora bei ihrem Liebhaber nicht mehr wirklich zu Hause ist. Der nimmt eine richtige Frau, eine, die seiner Rasse und seiner Religion entstammt. Die Hochzeitsfeierlichkeiten haben schon begonnen. Sie werden drei Tage dauern. Hat er denn nicht den Lärm der Trommel und die You-Youschreie, die bis zum Himmel dringen, gehört? Es handelt sich um eine wirkliche Heirat und nicht um einen in allergrößter Heimlichkeit besiegelten Vertrag mit einer Konkubine. Flora wird von ihrem Fenster aus zuschauen. Sie war Zuschauerin seines Elends und seiner Verzweiflung, nun soll sie Zuschauerin seines Glücks sein. Übrigens hat sie nicht den Wunsch geäußert, zu den Ihren zurückzukehren.

Frederik hört ihm nicht mehr zu. Er will ganz schnell wieder unter seine Decke kommen, um dort zu seinen Bildern und Farben zurückzufinden. Er erscheint besonders ruhig, so daß es unmöglich ist zu bemerken, wie eine brutale Verwandlung in ihm stattfindet.

Es ist gerade Mitternacht, als Frederik beschließt, die Wohnung von ihrem Inhalt zu befreien. Seine feinen und zerbrechlichen Hände ergreifen umfangreiche Kästen, schieben schwere Möbel, zerren sie zu den Fensteröffnungen und werfen sie über die Balkonbrüstung hinab. Eine blinde Wut entfesselt seine Kräfte. Er könnte jeden, der sich ihm nähert, niederschlagen. Als er sich Erleichterung verschafft hat, nimmt er einen schwarzen Filzstift und schreibt in großen Buchstaben über die ganze Wand: »Komm zurück, Flora.«

Sein Vater verfolgt das Schauspiel mit klappernden Zähnen. Sein Mund zittert noch, als er mit einem geheimnisvollen Gesprächspartner telephoniert. Den Rest der Nacht verbringt er damit, auf die Ankunft eines Autos zu lauern. Seine Augen suchen nach hellen Scheinwerfern, seine Ohren lauschen gespannt auf eine Sirene. Sie kommen zu dritt. Drei weißgekleidete Riesen zerren Frederik ins Treppenhaus. Er schlägt aus Leibeskräften um sich, klammert sich an mich, dann an den Kleinen, der sich in panischer Angst befreit.

Liliane und Vava kehren ihm ihre eisigen Mienen zu. Da ihm nichts Besseres mehr einfällt, wendet sich Frederik an seinen Vater.

»Sag ihnen, daß ich nicht verrückt bin, Papa. Nur verzweifelt.«

Er nennt ihn Papa, und der andere zuckt nicht einmal mit der Wimper. Papa zum ersten Mal seit Jahren. Wir hängen alle an den väterlichen Lippen. Frederiks Schicksal liegt jetzt ganz in seinen Händen. Ein einziges Wort von ihm, und mein Bruder ist gerettet.

Aber er zieht es vor, das Zimmer zu verlassen.

Zwei Wochen nach dem Scharfschützen wird mein Bruder dieselbe Treppe hinabgeschleift, zu einem Krankenwagen desselben Typs, der diesmal zu einer psychiatrischen Anstalt statt zu einem Leichenschauhaus fährt. Die Nachbarn schließen ihre Fenster, um nicht seine Schreie hören zu müssen. Es gehört sich nicht, sich in einen Streit zwischen Vater und Sohn einzumischen.

Die Mauern haben das in allen Tonlagen gebrüllte Wort »Papa« verschluckt. Übrig bleibt allein sein Echo, das sich in die Risse des Verputzes hängt oder noch zwischen Boden und Decke schwingt. Eine schmerzvolle Stille lastet auf dem Haus, sogar der Kleine versucht nicht, sie zu durchbrechen. Der Kleine wird sprechen, sobald er verstanden hat, wer Frederik ist. Welche verwandtschaftlichen Bindungen ihn mit Frederik verknüpfen, und warum wir es alle von einem Tag zum anderen vorzogen, ihn nicht mehr Frederik zu nennen, sondern nur noch das Pronomen »er« zu benutzen, das wir immer mit großem Mitleid aussprachen.

50

Der Krankenwagen, der meinen Bruder abgeholt hat, muß zwangsläufig unter Floras Fenstern vorbeifahren. Meine Mutter denkt an ihren Sohn, als sie den weißen Wagen unter den Maulbeerfeigenbäumen vorbeifahren sieht. Ihre Lippen stammeln Frederiks Namen, als die Reifen in der Straßenverengung quietschen. Der Lärm der Sirene übertönt für einen kurzen Augenblick den Trommellärm des Festes, das sich in den erleuchteten Gärten auf seinem Höhepunkt befindet.

Hinter ihrem Fenster sieht meine Mutter gleichzeitig, wie der Ambulanzwagen verschwindet und wie ihr Geliebter Hände schüttelt, begrüßt, umarmt, ohne den Himmel aus den Augen zu lassen. Die schwarze Wolke über seinem Haus verkündet nichts Gutes. Sie lastet schwer wie ein Bleideckel auf seinem Anwesen und hüllt es in Dunkelheit. Einige wundern sich darüber, andere murmeln Gebete. Die Wolke, die nur über dem Haus des Notablen hängt, beunruhigt seine alte Mutter. Ihrem Sohn wird ein Unglück geschehen.

Das Unglück, das sie befürchtet, fällt in vereinzelten Tropfen herab, dann in Güssen, die die Gäste auseinanderreißen und Stück für Stück das Buffet auf der Freitreppe verwüsten. »Eine Braut mit Regen bedeutet Tod«, ist eine Redensart. Und die Alte, die das weiß, schlägt sich auf die Brust, bis ihre mageren Knochen widerhallen.

»Schieb die Zeremonie auf einen anderen Tag und das Mädchen zu einem anderen Unglücklichen«, schreit ihr zahnloser Mund.

Warum verfolgt sie alle Frauen ihres Sohnes mit erbitterter Feindschaft? Selbst dann, wenn sie sie ausgesucht hat. Er hätte ihr einen Maulkorb verpaßt, sie sogar eingesperrt, wäre nicht eine Möwe über seinen Garten geflogen. Eine Möwe mitten in der Nacht, das hat man vorher hier nie gesehen. Ihr weißer Bauch ruht schamlos auf einer Luftströmung über ihm. Er muß an Floras Körper denken und gibt den Befehl, das Fest zu beenden. Weißen Bäuchen ist er hilflos ausgeliefert.

Der Garten leert sich im Nu. Seine Freunde sind die Launen des wankelmütigen, reichen Mannes gewohnt, und sie verschwinden in den Straßen und Gäßchen. Sie lassen ihn allein mit der Möwe, die immer tiefer fliegt und verzweifelte Schreie ausstößt, und mit der Braut, die auf ihrem Sitz festgenagelt ist. Als er sie wahrnimmt, springt er auf. Er durchwühlt seine Taschen, sucht ein Schmuckkästchen, öffnet es, holt einen Trauring hervor, den er in die offene Handfläche des Mädchens legt, anstatt ihn auf ihren Finger zu streifen. Dann läßt er sie schwören, seinen Tod abzuwarten, bevor sie diesen Ring tragen wird.

Das Gesicht hat er auf Floras erloschenes Fenster gerichtet, und er ruft zehnmal hintereinander ihren Namen. Er bewirft es mit diesem Namen wie mit einer Handvoll Kieselsteinen. Er wiederholt ihn auf jeder Treppenstufe, auf jeder Etage. Er trommelt ihn mit seinen Fäusten auf die Türflügel, die von innen verschlossen sind.

»Öffne, Flora«, fleht er. »Weine, Flora«, befiehlt er, als er sie schluchzen hört.

Nur Floras Tränen könnten die Wolke, die auf dem Haus lastet, auflösen. Davon ist er überzeugt, daher wieder sein Befehl, wieder seine Bitte:

»Weine weiter, Flora.«

Flora hat still geweint, bis der letzte Lampion des Festes ausgelöscht wurde, den Kopf auf ihre Schulter gesenkt.

Flora hat über Flora geweint, die nicht lieben kann, über Frederik, der nur Frederik liebt, und über Georges, der zwischen ihnen gefangen ist und dem es nicht gelang, sie von ihrem Leben zu befreien.

51

Georges ist der einzige, der Frederik am Krankenbett besucht. Er repräsentiert die Familie, die ihn verraten hat, und die Freunde, die mein Bruder nie besessen hat. Er hat sogar um eine Unterredung mit dem Oberarzt gebeten – jedenfalls behauptet er das – und hat ihm erklärt, daß Frederik kein bösartiger, sondern ein sanfter Irrer ist, der aus Verzweiflung schnüffelt. Seine Schwester ist bereits mit ihren vierzehn Jahren Witwe eines Scharfschützen, seine Mutter Konkubine eines Moslem. Besagter Moslem ist im Begriff, sie wegen eines blutjungen Mädchens fallenzulassen, das er auch geheiratet hätte, wäre nicht dieser verdammte Regen gewesen, der alles kaputtgemacht hat, und die verdammte Mutter, wegen der alle Gäste das Weite gesucht haben. Der arme Junge kokst, um zu vergessen.

Diese Worte scheint er benutzt zu haben.

»Was vergessen?« hat der Arzt gefragt.

»Vergessen, daß er Drogen nimmt und in die Hose macht, sobald Georges sich von ihm entfernt.«

»Wer ist Georges?«

Wollte der ihn hochnehmen trotz seines ernsthaften Gesichts?

Georges war entschlossen, nicht die Geduld zu verlieren, und er klopfte sich mit der Handkante, nur mit der Kante, auf die Brust.

»Georges bin ich. Frederik ist er. Flora ist seine Mutter, die eben nicht so sehr seine Mutter ist, und der Kleine ist der kleine Bruder, der nicht weiß, daß er es ist. Der Vater, reden wir nicht von dem, gemeiner Kerl und Heiliger zugleich. Er schickt seinen Sohn zu den Irren, anstatt ihm eine Reise nach Hawaii zu bezahlen und auf diese Weise seine Depression zu behandeln. Freddy ist k.o., seitdem der Hotelier in der Straße Saint-Sulpice seine Gedichte aufgegessen hat.«

Georges schwört beim Kopf des Kleinen, daß er das alles gesagt habe. Daß er sogar mit der Faust auf den Tisch geschlagen habe, der dadurch gezittert hätte wie sein Besitzer, und daß er verlangt habe, Frederik zurückzubekommen. Sonst . . .

»Sonst was?« fragen wir wie aus einem Munde.

»Sonst nichts«, bringt er heraus, plötzlich in sich zusammengesackt. »Ihr werdet das alles beim nächsten Mal erfahren. Ich muß erst mit dem Arzt reden. Unnahbar, dieser Mann. Alle sprechen von ihm, aber niemand bekommt ihn zu Gesicht. Gestern mußte er seine Mutter begraben. Gesprächstermin im letzten Moment abgesagt.«

»Schade«, sagt Frl. Liliane, um etwas zu sagen.

»Das ist wirklich schade«, übertrumpft sie Frau Vava.

Sie wagen nicht, an seinen Worten zu zweifeln, noch viel weniger trauen sie sich, ihn auf die Zusammenhanglosigkeit der einzelnen Tatsachen in seinem Bericht hinzuweisen, die geringste Unhöflichkeit, und er würde sie mit diesem Gewehr, das er den ganzen Tag lang reinigt, niederschießen. Er ist blutgierig geworden, seitdem man seinen Frederik angefaßt hat.

Jeden Samstag, wenn im Krankenhaus Besuchstag ist, lauern wir auf ihn. Seine Berichterstattung, wahrheitsgetreu oder nicht, wird mit Interesse erwartet. Mein Vater macht sich eilig aus dem Staub. Er widmet seinem Sohn eine ebenso große Aufmerksamkeit wie einem Paket, das irgendeinem unwichtigen Empfänger geschickt wurde. Im übrigen hatte Frederik in seiner Decke ganz das Aussehen eines Pakets gehabt. Er hatte sich eigenhändig eingewickelt, mit seiner Stummheit zugeschnürt, bevor er anfing, alles aus dem Fenster zu werfen.

Die von Georges gelieferten Nachrichten wecken Neugier, aber keinerlei Mitleid. Frederik wird von niemandem geliebt aus dem einfachen Grund, weil er niemanden liebt, seinen Vater am allerwenigsten. Er beschuldigt ihn, sich feige an ihm gerächt zu haben, da die wahre Schuldige nicht zur Hand ist. Er habe sich darum an ihrem Ebenbild vergriffen, eine klar erkennbare Beute. Sein Vater brauchte sich nur zu bedienen. Er halte Flora wohl für verrückt, um ihn, Frederik, ins Irrenhaus zu bringen. Er würde Frederik beerdigen, wenn Flora tot wäre. Sein Haß bezieht sich auf die ganze Welt. Niemand entgeht seiner bitteren Schärfe. Sein Vater hat ihm das Blut ausgesaugt, durch seine Decke hindurch, Frl. Liliane hat absichtlich schnell gestrickt, um ihm Schwindel zu verursachen, Frau Evgenia hat ihn vor ihren Beos schlechtgemacht, und diese Beos haben nichts Eiligeres zu tun gehabt, als alles den Sanitätern zu petzen, die mit dem Kleinen, der auch nur ein gemeiner Scheißer ist, unter einer Decke steckten. Der Beweis? Der Kleine hat mit beiden Händen laut Beifall geklatscht, als die beiden Kerle ihn zum Ambulanzwagen schleppten. Alles Verräter und Ratten. Sogar Georges, der Mittel und Wege gefunden hat, gerade an dem Tag nicht anwesend zu sein. Er hielt sich wahrscheinlich unter den schmutzigen Röcken der Nutten, die er bezahlt, ohne sie berührt zu haben, versteckt.

Eine Giftspritze, ein gemeiner Kerl, Frederik. Er grinst höhnisch mit haßverzerrtem Mund, ändert beim Anblick des vor Entsetzen verstummten Freundes seine Taktik. Er wird wieder pathetisch.

»Niemand liebt mich, mir bleibt nichts anderes übrig, als zu sterben.«

Er weint laut schluchzend über sich selbst.

Georges tappt wie immer in die Falle.

»Stirb nicht.«

Mehr bringt er nicht heraus.

Seine Antwort verwandelt das Schluchzen meines Bruders in Forderungen. »Dann bemühe dich darum, mich hier herauszuholen. Flora und du, ihr seid mir das schuldig. Ohne sie wäre ich noch in Paris, wo mich die Presse und meine Leser feiern würden. Flora hat mich zerstört. Man läßt sein Kind nicht wegen eines reichen Typen im Stich.«

»Sprichst du von dem Kleinen?«

Georges will ihn nur richtig verstehen.

»Wieso von dem Kleinen? Ich bin auch ihr Kind, ihr eigentliches, weil ich der erste bin. Sie hat alle ihre Farben auf mich übertragen. Rot innen, gold außen. Niemand kann uns widerstehen. Du brauchst nur zu sagen ›Frederik wartet auf dich‹, und sie ist im nächsten Augenblick hier. Alle Türen werden sich vor ihr öffnen. Ihr holt mich hier raus. Wenn nötig, haust du eben was kaputt. Ich habe nicht vor, den Rest meines Lebens bei den Irren zu verbringen.«

Zum zweiten Mal eine solche Aufforderung – Georges ist

niedergeschmettert. Sein Blick streift von den Wärtern zu den mehrfach verriegelten Türen. Ein Gefängnis. Wie soll man alle diese Sperren gewaltsam überwinden? Die Eingangstür vesetzt ihn in besonderen Schrecken. Eine richtige Schleuse. Mehrere Wärter und dazu Wachen, die bis zu den Zähnen bewaffnet sind. Er macht Versprechungen, ohne zu überlegen. Er wird alles Nötige tun, um ihn hier herauszuholen. Er wird Samstag mit einer Strategie zurückkommen.

Frederik greift das Wort Strategie auf und nimmt es mit in den Krankensaal, den er mit zehn anderen Kranken teilt. Er liebt den kriegerischen Unterton und vor allem die letzte Silbe, die dieselbe ist wie in Magie. Strategie, wiederholt er, und der Schweiß rinnt ihm in Bächen herab, wenn sein Blut die Pulver- und Traumration fordert. Strategie, klimpern seine Zähne vor Kälte.

Er nimmt es mit zur Elektroschocktherapie, die für alle Kranken verpflichtend ist. In einen Topf die Schizophrenen, die Manisch-Depressiven und die Drogenabhängigen. Als er die Maschinen sieht, die bereitstehen, um seinen Schädel auszurichten, flüchtet er sich in dieses Wort wie in eine Muschel, saugt es mit weitgeöffneten Nasenlöchern ein, bevor er sich seine Glieder anschnallen und seine Schläfen anschließen läßt.

Das Wort Strategie kann der Elektrizität nicht standhalten, die einen langen Spazierweg in seinem Gehirn unternimmt. Sie schüttelt seine Nerven wie Glöckchen, wirft seine Zellen durcheinander, so daß sie sich gegenseitig herumstoßen, damit seine alten Ängste, seine alten Todesqualen und vielleicht auch seine alte Sucht nach Flora herausfallen.

Die Maschine hält mit großem Getöse inne. Man befiehlt ihm, aufzustehen und auf einer geraden Linie zu gehen.

»Du bist nicht auf einem Schiff, brauchst nicht so zu schwanken. Und hör auf, im Zickzack zu gehen.«

Er preßt seinen Körper fest an die Wand, die er wie ein Blinder abtastet, um dadurch vorwärtszukommen. Zurück im Bett, sucht er erfolglos nach seinem Fetischwort. Er ist die Arbeit des Poeten gewöhnt, und er läßt alle Wörter, die auf »gie« enden, Revue passieren, aber keins bringt ihm den Seelenfrieden. Er nimmt sich vor, es später zu finden, vielleicht morgen mit Georges, es ist ja sein Wort. Jetzt wird er erst einmal aufhören zu denken, sonst platzen ihm noch die Schläfen.

52

Bald Weihnachten. Der christliche Stadtteil leuchtet und glänzt in seinen Girlanden, die an allen Bäumen der Stadt im Winde flattern. Angesichts dieser künstlichen und geschmacklosen Geschäftigkeit hüllt sich der moslemische Stadtteil würdevoll in seinen tausendjährigen Staub. Tannenzweige und Bänder verbergen unsere rußbedeckten Häuserfassaden, okerfarbener und sandiger Staub liegt auf den ihren. Unsere Glocken drängen den Gesang der Muezzins hinter die Demarkationslinie zurück. Da unser Haus auf halbem Weg zwischen beiden Religionen liegt, mischen wir Islam und Christentum in unseren Ohren. Weihnachten, morgen zum dritten Mal ohne meine Mutter. Frau Evgenia ist gegen die Bäume, die man aus ihrem Wald reißt, die man an den Haaren in die Häuser zerrt und dann mit elektrischen Girlanden fesselt. Sie haßt überhaupt Feste, seitdem der Kleine ohne ihre Hilfe geht, ohne ihr Füttern ißt und ohne ihre falsch gesungenen Wiegenlieder einschläft. Sie beruhigt ihre Nerven mit ihren Tarotkarten und ist zufrieden, diese beim Lügen zu erwischen, wenn sie bei jeder Befragung etwas anderes vorhersagen. Sie beschimpft mit aufeinandergebissenen Zähnen die Herzdame, die ihr glühende Liebschaften ankündigt, und sie nennt den Karokönig, von dem sie erwartet hatte, daß er ihr Glück bringe, einen Schuft. Sie wird noch verrückt werden und in dasselbe Krankenhaus kommen wie Frederik, meint kauend und strickend Frl. Liliane im Geklapper ihrer Nadeln und ihrer künstlichen Zähne.

Die Gewalttätigkeit unserer Prophetin Frau Vava erschreckt das ganze Haus. Sie hat ihren Beos vor drei Tagen den Käfig geöffnet und sie wie gewöhnliche Bettler hinausgejagt.

»Worauf wartet ihr noch, um abzuhauen?« schrie sie geifernd. »Ich will nicht mein Leben damit verbringen, die Scheisse von Taubstummen wegzumachen.«

Sie hat sie ganz bestimmt beleidigt. Sie sehen aus, als habe sie der Blitz getroffen, und sitzen wie angenagelt auf der Balkonbrüstung. Der Stadt und der Welt haben sie den Rücken zugekehrt. Sie starren ihrer Herrin fest in die Augen. Sie muß sich bei ihnen entschuldigen.

Sie beachtet sie nicht. Sie ist zu sehr damit beschäftigt, die Bilanz ihres Lebens zu ziehen. Sie hat sechzig Jahre gebraucht, um zu merken, daß sie es verpatzt hat. Die Vögel der Liebe haben im Zusammenleben mit ihr die Liebesvokabeln vergessen, und der Mann, der monatelang um ihr Zimmer herumgestrichen ist, hat ihr eine Sackgasse vorgezogen, ein blockiertes Geschlechtsorgan. Er hat bekommen, was er verdiente, den Tod, eine größere Strafe gibt es nicht. Für ihn waren die Spitzennachthemden aus Nylon, um ihm das Entkleiden und Zerreißen bei direktem Hautkontakt beizubringen und um ihm zu zeigen, wie man ihre Schleuse öffnet, das Wasser darin zum Fließen und zum Schäumen bringt.

Jeder bewaffnete Mann ist für Frau Evgenia ein Verräter.

Dieser Regel unterliegt auch Georges. Er war es, der Frederik verdorben hat, indem er ihm beigebrachte, in einem männlichen Bauch sein Vergnügen zu suchen. Er hat ihn vor allem in seinem Narzißmus bestärkt, weil er jeden seiner Späße bewunderte, und er hat seine Neigung zum Lügen unterstützt. Er hat in seinem Delirium zu ihm gehalten, anstatt ihn davon abzubringen. Ohne ihn hätte Frederik sich nicht für Victor Hugo gehalten, ohne ihn hätte er keine Drogen genommen. Er hätte Graumaus geheiratet, die sich an der Taubengrotte das Leben genommen hat, indem sie immer tiefer ins Meer ging, immer geradeaus wie es die Pferde tun, bis ihr Körper vollständig versunken war.

Frederik wäre ohne Georges jemand anderes, davon ist Frau Vava überzeugt. Er hätte sich nicht in einen solchen Zwischenzustand gebracht: weder Mann noch Frau. Seine Stimme ist männlich, trotz der weiblichen Modulationen. Sein Körper ist männlich, trotz seines wiegenden Ganges und der falschen Anmut.

»Frederik wird Weihnachten bei uns verbringen.«

Eine Bombe hätte keine vernichtendere Wirkung haben können. Georges verkündet uns das schonungslos. Er hat den Oberarzt um Erlaubnis gebeten. Schnell erteilt. Der sieht in meinem Bruder eine Spezies Kranker, die er hybrid nennt. Er gehört zu den Irren, deren Intelligenz man fürchten muß. Er ist ein Komödiant, der eine ganze Skala von Rollen spielen kann, sogar seine eigene, die schwierigste, weil vielfältigste.

Mein Vater wird blaß. Das Strickzeug von Frl. Liliane hängt an einem Faden in der Luft, ihre Maschen und ihr Gesicht haben sich im Nu aufgelöst. Die Tarotkarten von Frau Vava liegen verstreut am Boden, alle Karten mit der Vorderseite nach unten außer dem Pikbuben und der Karozehn.

»Der Tod kommt ins Haus«, bringt sie mühsam hervor.

»Warum? Wer hat das erlaubt? Das ist unnötig, seine Mutter ist woanders.«

»Sie wird herkommen, um ihren Sohn zu besuchen. Der Arzt hat sie darum gebeten. Sie wird den Weihnachtsabend bei ihrem Sohn, bei uns verbringen.«

Auf welches gefährliche Spiel hat sich Georges eingelassen? Alle wissen genau, daß er auf Flora eifersüchtig ist. Er war der letzte gewesen, der ihre Flucht mit dem Notablen verurteilte, und er hatte sie widerwillig zurückgeholt, nur um Frederik einen Gefallen zu tun. Ein Wahrheitsbeweis? Er hatte sich von ihr befreit, lange bevor er sein Ziel erreicht hatte.

53

Man sagt Frederik, daß er Besuch habe, Georges warte im Sprechzimmer auf ihn.

»Welcher Georges?« fragt er sich und verlangsamt seine Schritte. Er hat viele Georges gekannt. Der letzte muß ihm einen unschätzbaren Dienst erweisen, der an ein Wort geknüpft ist, nach dem er seit Tagen sucht. Er wird seine Anwesenheit nutzen, um es wiederzufinden.

Georges ist beunruhigt über Frederiks Kopf und über seine Art zu gehen, mit vorgestreckten Armen, wie ein Blinder.

»Wach doch auf! Es sieht ganz so aus, als ob du deine Zeit mit Schlafen verbringst. Zweimal um die Uhr. Und warum hast du den Verband am Kopf? Man hat dich doch wohl nicht geschlagen?«

So viel Fürsorge ärgert Frederik.

»Das ist nichts, das ist nichts«, wiederholt er unaufhörlich. »Erinnere mich lieber an das Paßwort, ich brauche es, um herauszukommen.«

Er braucht vor allen Dingen die Tüte mit Süßigkeiten, die Georges ihm mitgebracht hat, Geleefrüchte. Er hat sie am

Einwickelpapier erkannt. Seine Hand gräbt nach den Himbeerkaros, die mag er am liebsten. Er ißt und redet gleichzeitig. Die Erinnerung kehrt beim Kauen zurück. Warum sollte er eine Strategie entwickeln, um hier herauszukommen? Die Ruhe des Ortes tut ihm gut. Er plant, seinen Aufenthalt hier zu verlängern. Die Küche ist ausgezeichnet, und liebenswert sind die Kameraden, die allerdings hinter den Glasscheiben Grimassen schneiden.

»Alles wäre vollkommen«, seufzt er, »wenn ihr mir nicht so fehlen würdet.«

Er erkundigt sich nach Frau Vava, eine verehrungswürdige Frau, und nach Frl. Liliane, eine ausgezeichnete Partie für seinen Vater.

Er redet wie ein kleiner Greis, geht wie ein kleiner Greis, verschwindet im Flur, tiefgebeugt wie ein kleiner Greis, ohne sich von Georges verabschiedet zu haben, den er mitten im Sprechzimmer sich selbst überläßt mit der leeren Tüte, die er wütend und geräuschvoll zerknüllt und dann mit beiden Füssen zertritt.

Georges hat Angst. Er schlägt die Sturmglocke und setzt das ganze Haus in Alarmbereitschaft, als wäre Frederiks Schockzustand für die Bewohner eine Todesgefahr. Er meint, er habe sie aufgeschreckt, doch hat er sie nur gelangweilt.

»Es ist sehr ernst«, wiederholt er immerzu. »Es gefällt ihm bei den Irren.«

»Umso besser.« Frau Vava gähnt ausgiebig.

»Er hat zu nichts mehr Lust, nicht einmal mehr zum Schnüffeln.«

»Bravo.« Frl. Liliane klatscht Beifall.

»Es wird nicht mehr lange dauern, dann ist er verrückt geworden.«

»Ist er das nicht bereits?« fragt man ihn von allen Seiten.

Darauf folgt eine Stille, die niemand unterbricht. Man hört das durchdringende Brummen einer Hummel, an der eine Horde von Ameisen klebt. Der Kleine glaubt, daß er sie retten könne, indem er sie wieder auf die Beine stellt. Vergebliche Liebesmüh, die Angreifer stürzen sich erneut auf sie, sie fällt wieder auf den Rücken. Sie kämpft, ihre Flügel sind zerfetzt, und ihre Beine zucken. Ihr dunkler Kopf rollt mit krampfhaftem Zucken von rechts nach links. Frederik machte dieselbe Bewegung, als er in den Krankenwagen kam. Der Kleine hätte ihm helfend eine Hand geben können. Ich auch, aber niemand hat es sich getraut.

Er hat Georges nach unserem Befinden gefragt: nach dem Kleinen, der jetzt ein junger Mann geworden ist, nach meinem Vater, der Frl. Liliane heiraten sollte – sie erwartet das seit mehr als einem Vierteljahrhundert –, nach mir, die seine Nachfolgerin in der Dichtkunst werden soll –, nur nicht nach Flora. Die sieht er täglich. Sie genießt die besondere Gunst des Anstaltsdirektors, der sicher in sie verliebt ist.

Er lügt erhobenen Hauptes, und Georges, der ihm glaubt, zerreißt es das Herz vor Eifersucht. Lügt wieder, als Georges ihn fragt, wer ihn gebissen habe.

Angesichts des sich klar abzeichnenden Kreises auf seinem Unterarm gerät er in Extase:

»Das ist eine Uhr. Soll ich dir sagen, wie spät es ist?«

Frau Evgenia und Liliane erwarten nicht das Ende des Berichts, um fortzugehen. Georges Erzählungen beginnen, sie zu langweilen.

Frederik benimmt sich nicht wie ein richtiger Irrer, sondern wie ein Clown, der seine Zuschauer verblüffen will. Wer weiß, ob er sie nicht alle zum Narren hält? Seine Mutter hat ihn daran gewöhnt, sich von allen bewundert im Mittelpunkt zu sehen, er würde über seine eigene Leiche gehen, um Aufmerksamkeit zu erregen. Flora nannte ihn immer ihre Sonne. Jetzt ist sie verfinstert. Glanz hat sie nur noch in den Augen von Georges, der einmal wöchentlich sein eigenes Licht an diesem erloschenen Stern erneuert.

Georges ist darauf dressiert, sich nützlich zu machen. Er versucht, dem Kleinen zu helfen, die bereits erstarrte Hummel zu retten. Die Ameisen haben den Kadaver von allen Seiten eingenommen. Sie erforschen ihn in alle Richtungen, ihre Wege kreuzen sich, aber niemals kommen sie sich in die Quere, da sie sich immer im allerletzten Moment ausweichen. Nur ihre Antennen reiben sie aneinander, so wie man sich den Begrüßungskuß gibt. Neuankömmlinge stürzen sich auf das Insekt, das auf dem Rücken liegt und schamlos seinen aufgedunsenen Bauch zur Schau stellt. Alle Ameisen der Welt haben sich in unserem Wohnzimmer verabredet. Diejenigen, die von den anderen vertrieben wurden, suchen Zuflucht bei dem Kleinen, der sich wehrt. Sie werden ohne Zögern in seinen Mund eindringen und in unsere Möbel, werden in seine Nasenlöcher und in unsere Rohrleitungen kriechen, in sein Gehirn und in unsere elektrischen Leitungen klettern, sie werden den Ort, unser Kind und das Licht zerfressen.

Dieses Haus hat Pech. Es wäre besser gleichzeitig mit all den anderen zusammengestürzt. Die Bomben haben es verschont. Böse Geister, die Ruinen für Leckerbissen halten, haben sich in den noch stehenden Mauern eingenistet. Sie benehmen sich wie diskrete Nachbarn, werfen das Böse heimlich ab wie gewöhnliche Müllsäcke, im Schutz der Nacht. Georges hätte sie niederschießen sollen, so schattenhaft sie auch sein mögen, anstatt uns zum Narren zu halten.

»Weihnachten in einer Woche. Frederik wird zum Mitternachtsessen bei uns sein. Der Notable hat versprochen, uns Flora für eine Nacht auszuleihen.«

Er schlägt die Tür hinter sich zu, nachdem er uns zwei Gedichte hingeworfen hat. »Frederik hat sie für euch gemacht.«

Ich lese das erste – »Familienabend« – und lasse Frl. Liliane das zweite vorlesen.

»Der Vater ist hinter seiner Zeitung gestorben
Eine Katze miaut auf seinen Knien
Meine Schwester singt ein Requiem
Für die Seelenruhe des Vaters
Der Sohn verliebt sich in die Mutter
Und die Mutter strickt aus schwarzen Fäden
einen Sarg für ihr Kind.«

»Mistgabeln, Hacken und Äxte in den Händen,
Schreie, Flüche und Gekläff im Mund,
fallen sie wie verabredet übereinander her,
Frauen, Männer, Hunde und Kinder
auf einem Staubwirbel, wo sich etwas bewegt,
Etwas, das Angst macht wie das Wort Bruder.«

54

Mein Vater glaubt zu träumen. Man verspricht ihm Flora für den Heiligen Abend. Er will sich bei der alten Dienerin vergewissern, obgleich die ihm Ekel einflößt. Sie allein kann ihm erklären, ob der Notable ihm Flora nur ausleihen oder sie ihm für immer wiedergeben will.

»Was erklären?« bellt sie aggressiv. »Daß Ihre Frau unser Haus verabscheut, es aber nicht verlassen will und unseren Herrn haßt, aber unter seinem Dach bleibt? Sie hat sich in unseren Mauern festgesetzt wie ein Dorn unter dem Fingernagel. Sie ist das Gerstenkorn, das auf unserem Augenlid anschwillt, ein Furunkel im Herzen des Notablen. Jede Nacht steht er vor ihrer Tür und ruft nach ihr, doch will sie in ihrer Halsstarrigkeit nicht aufmachen, wenn er die Türflügel mit beiden Fäusten bearbeitet. Aber nichts kann ihn davon abhalten, den Widerstand der Tür und der Frau mit Gewalt zu brechen, das Fleisch und das Eisen zu zwingen, das Schloß und das Loch aufzustoßen. Unser harter und geschundener Herr zeigt dieser Frau gegenüber eine unverständliche Einfühlsamkeit. Die Diener verspotten ihn im Verborgenen. Keiner von ihnen hat Flora seit der verpatzten Hochzeit wiedergesehen. Die Tabletts, die man auf ihre Treppe stellt, kommen unberührt in die Küche zurück. Sie ernährt sich von ihrer Wut, von ihrer Verzweiflung und käut ohne Unterlaß ihre Enttäuschung wieder. Die Fremde zerstört sich selbst im Schutz unserer Vorhänge und Mauern, unter dem Kristalleuchter, den sie niemals anzündet. Sie will Finsternis, Tag und Nacht.

Der Wärter, der einzige, der sie einmal gesehen hat, spricht von einem Gesicht, in dem es nur noch die beiden tiefen Augenhöhlen gibt, und von vollkommen grauen Haaren. Ist es möglich, daß sie in einer einzigen Nacht ergraut ist? Man wird nicht von einem Tag zum anderen eine alte Frau, weil der Mann, der einen liebte, sich mit einem jungen Blut verheiratet. Die weisen Frauen wissen, wie man ihrem Herzen gut zuredet und ihr das geduldige Warten beibringt. Die Neue wird ihre Kraft verlieren, nachdem man sie genügend durchgeknetet hat, sie wird sich im Schweiß des Mannes auflösen und dann verstoßen werden. Ihre Frau hat beschlossen, wie ein Fluß zu sterben, indem sie sich versiegen läßt. Sie vertrocknet fern den Händen meines Herrn und seines Haselnußstockes.«

Warum lacht sie so obszön, wo doch das Gesicht meines Vaters vom Gram zerstört ist? Seine Mundwinkel hängen schlaff herab, während er versucht, die Tränen zurückzuhalten.

»Flora«, fährt sie fort, »ist genauso ausgeplündert wie der Bazar, genauso ausgeschlachtet wie die Geschäfte dort. Vielleicht ist sie tot, und niemand weiß es. Der Wärter hat eine wächserne Hand gesehen, die den Vorhang zurückschob. Eine tote Hand. Er hat an allen Gliedern gezittert. Als er schreien wollte, ist aus seiner Kehle ein Bellen gekommen.«

Denkt sie etwa, daß sie meinen Vater damit trösten kann, wenn sie ihm sagt, daß wir alle todgeweiht sind?

»Flora wie alle anderen. Es ist nötig, daß die Menschen sterben, sie müssen die Friedhöfe bevölkern. Das sind die einzigen bewohnbaren Orte in den Städten, die einzigen, an denen man atmen kann.«

55

Ein Lastwagen wird seit heute morgen mit den Möbeln der beiden Spanierinnen beladen. Ich habe gehört, wie sich Anunciad mit dem Chauffeur unterhielt. Das Land ist ihrer Meinung nach nichts mehr wert, es wird Zeit, mit Lucia nach Malaga zurückzukehren, vielleicht wieder in ihr Kloster zu gehen. Ich nutze die Gelegenheit und laufe zu der Gefangenen, um zu erfahren, wie es ihr geht.

Die Tür ist weit geöffnet, und meine Freundin sitzt auf einem verschlossenen Koffer. Das ist nicht mehr Lucia. Wer hat ihren Kopf rasiert? Wer hat ihr kleines Gesicht zerkratzt? Sie sagt, das seien Stigmata wie die der Heiligen Rita. Die Dornen haben sich aus der Krone des Gekreuzigten, der über ihrem Bett hing, gelöst und sich in ihre Stirn gebohrt.

Ich tue so, als ob ich ihr glaube. Wozu ihr erklären, daß ein Bildnis das Spiel nicht kennt, bei dem man mit Pfeilen wirft. Sie gefällt sich in der Beschreibung ihrer Leiden, die sie Prüfungen nennt. Starkes Bluten, alle möglichen Entzündungen, gegen die die moderne Medizin machtlos ist.

»Das unterliegt der Zuständigkeit des Vatikans. Ich bin

beauftragt, die Fehler der Menschheit wieder gutzumachen. Deine, die deiner Mutter und die deines Bruders. Und auch die von Mourad. Als Moslem geboren zu werden, ist eine Todsünde. Diese Leute haben Christus gekreuzigt.«

»Ich dachte, es waren die Juden.«

»Sie haben das zusammen gemacht«, bestimmt sie kategorisch.

»Sie existierten damals noch gar nicht.«

»Sie haben schon immer existiert, aber unter anderen Namen. Sie waren Heiden.«

Ich nicke. Es würde nichts bringen, sich mit ihr anzulegen. Das lange Eingesperrtsein hat sie verrückt gemacht, sie hält sich nicht nur für eine Märtyrerin, sie ist außerdem noch davon überzeugt, daß Anunciad eine Heilige ist. Die schwebt jeden Abend offenbar über dem Erdboden, zu ganz bestimmten Zeiten, und sie wäre schon zum Himmel aufgestiegen ohne dieses Miststück von Zimmerdecke, die sich ihrem Schädel widersetzt.

Ich bringe nichts heraus, als sie mich fragt, wie ich das finde. Es gelingt mir einfach nicht, in Extase zu geraten.

Sie nutzt mein Schweigen, um einige Gebete zu stammeln.

»Ich büße, ich büße, ich büße«, wiederholt sie ganz exaltiert.

»Ich büße für die fünf Unglückseligen, die meine Unschuld mißbraucht haben. Ich büße für Flora, die mit einem Moslem zusammenlebt, für den Scharfschützen, der unterschiedslos getötet hat. Kinder, Greise, Gute und Böse. Habe ich dir gesagt, daß er im Himmel ist?«

»Wer?« rufe ich und springe auf.

»Dein Scharfschütze. Ich habe ihn mit eigenen Augen gesehen. Er hat die Wolken wie Vorhänge auseinandergezogen, um sein Hochhaus sehen zu können. Er suchte dein Fenster. Ich kann dir versichern, daß er nicht bewaffnet war. Aber seine Hände waren nicht leer. Er drückte einen Strauß Lilien an sein Herz.«

Sie fordert mich auf, selbst hinzuschauen. Wer weiß, ob sich die Vision nicht noch einmal erneuert? Ich gehorche ihr und schaue zum Himmel hinauf. Keine Spur von dir. Die Wolken bilden Rinder, Hasen und Truthähne, die vom Wind, der von der Mole herüberweht, zerfasert werden.

Ich weine über meine Unfähigkeit, dich noch einmal zu sehen, und wäre es auch nur ein einziges Mal. Lucia benutzt diesen Augenblick der Schwäche, um mir zu sagen, daß wir alle sterben müssen, jung und alt.

»Herr Nahum nach Mourad, der Scharfschütze nach Herrn Nahum. Bald ist Frederik an der Reihe. Dein Bruder wird aufrecht sterben, aufgehängt an einer Tür, die sich vor ihm nicht öffnen will.«

Sie ist außer sich. Ihre Augen nehmen mich nicht wahr. Sie ist woanders, vielleicht in Spanien in dem Kloster, in das sie sich mit Anunciad zurückziehen will, um für die gemeinsame Sünde zu büßen. Sie ist taub für die Rufe des Möbelpackers, der sie mitsamt ihrem Koffer auf den Möbelwagen lädt.

Die apokalyptischen Visionen von Lucia lähmen mich vor Entsetzen. Muß nun auch Frederik sterben?

56

Heute morgen ist ein Weihnachtsbaum in unsere Wohnung gekommen. Er ist durch die Tür eingedrungen, gefolgt von Georges. Keine einzige Zimmerecke scheint ihm würdig genug zu sein für seinen Baum, so daß er ihn mitten im Zimmer aufpflanzt. Seine Killerhände rollen Seidenbänder auf, machen zierliche Knoten, hängen Kugeln an die Äste, zupfen Engelshaar auseinander. Er setzt sich den Kleinen auf die Schultern, damit der den Hirtenstern an die Spitze hängen kann. Die beiden treten einen Schritt zurück, um einen umfassenden Blick auf das Meisterwerk werfen zu können. Georges pfeift vor Bewunderung. Der Kleine will ihn nachmachen, doch kann er nur eine Blase hervorbringen, die auf seinem Kinn zerplatzt. Sie gehen lachend aus dem Zimmer.

Frau Vava traut dem Mann und dem Baum nicht. Sie stehen im Weg und machen den Fußboden schmutzig. Sie mag Georges nicht und glaubt nicht an Frederiks Rückkehr, und wäre es auch nur für den Weihnachtsabend. Wo käme man denn hin, wenn die Anstalten dazu übergehen würden, ihre Irren den kleinen Halunken anzuvertrauen? Sie hält sich die Ohren zu, um nicht Georges Lachen und das des Kleinen im Treppenhaus hören zu müssen.

»Wohin nimmst du ihn mit?« brüllt sie aggressiv.

»Wir holen Frederik ab«, ruft Georges von unten herauf.

Seine Stimme klingt, als käme sie aus einem Trichter.

Der Kleine unterstreicht diese Worte und schreit »Frederik!«

Er wird sich doch wohl nicht ans Steuer setzen mit der Bürde auf seinem Rücken? Natürlich nicht. Er hat kein Auto mehr, hat es verkauft wie alles, was ihm gehört, seitdem er keine Dinger mehr dreht, das heißt, seitdem er seine Zeit damit verbringt, Frederik zu besuchen. Killer, das sind seine eigenen Worte, melden sich nicht wie gewöhnliche Klempner beim Arbeitsamt, wenn sie arbeitslos geworden sind.

Sie rufen ein Taxi heran. Der Kleine oben, er unten, so tauchen sie da hinein und verschwinden aus unserem Blick. Frau Vava ist tot vor Angst. Aber ich habe Vertrauen. Georges ermöglicht dem Kleinen seinen ersten wirklichen Ausflug. Und da sind sie auch schon zurück, zu Fuß dieses Mal. Wir können sie vom Balkon aus sehen. Der Kleine hat Georges Schultern nicht verlassen. Frederik geht im Entzug auf komische Art. Er hebt die Beine hoch wie ein Pferd im Trott.

»Er gibt seine Zirkusnummer«, sagt Liliane.

»Er will uns mitleidig machen«, fügt Vava hinzu.

Aber ich denke an die Zirkuspferde, die man ins Schlachthaus bringt, sobald sie den kleinsten Fehler machen, und mein Herz krampft sich zusammen, krampft sich zusammen.

Er blinzelt mit den Augen, um uns ausfindig zu machen. Die Sonne steht tief und erhellt nur die Mole und die Kämme der Wellen.

Warum versteckt er sich hinter dem Rücken seines Freundes? Und warum wird er langsamer, je mehr er sich dem Haus nähert? Warum macht er vor allem so einen Mund, entschlossen, nicht ein einziges Wort von sich zu geben, jetzt, wo er vor uns steht? Wird er endlich sprechen? Von seinem ersten Satz hängt ab, wie wir in Zukunft miteinander umgehen.

»Wo ist Flora?« fragt er und starrt auf den Boden.

Tränen dringen unter seinen für einen Jungen zu langen Wimpern hervor.

»Hier«, erklärt ihm der Kleine und zeigt stolz auf den Weihnachtsbaum.

»Ich will meine Mutter«, sagt er aggressiv.

»Will sein Mama«, übersetzt der Kleine in seine Sprache.

Georges will ihn beruhigen, indem er ihn bittet, sich an den Tisch zu setzen.

»Flora wird nicht mehr lange auf sich warten lassen.«

Er sagt es voller Munterkeit.

Man schubst Frederik auf einen Stuhl. Man zieht meinen Vater am Ärmel heran und setzt ihn seinem Sohn gegenüber, nachdem man ihn gezwungen hat, ihn zu umarmen. Sie haben ihre Münder aufeinandergestoßen, ohne dabei die Tür aus den Augen zu verlieren, die sich öffnen muß, um Flora eintreten zu lassen. Die beiden lieben sie immer noch. Sie haben drei Jahre lang vergessen zu leben. Sie waren mit nichts anderem beschäftigt, als auf sie zu warten.

Man zündet die Kerzen an, obwohl es noch hell ist. Man tut so, als glaube man an den Weihnachtsmann und legt Geschenke unter den Baum. Man erwartet vor allem das Erklingen des kleinen Glöckchens, für das wir unsere Sonntagskleider angezogen, ein gutes Essen zubereitet, das schöne Geschirr und das schöne Tischtuch herausgenommen haben. Frl. Liliane hat uns ihre beiden silbernen Leuchter geliehen.

Frau Evgenia hat sich selbst übertroffen. Sie hat den Tisch

und den Schmuck angeordnet, die Beleuchtung und die Zeituhr am Backofen eingeschaltet und den Schauspielern und speisenden Zuschauern die Plätze zugewiesen. Nur die Hauptdarstellerin fehlt noch. Hat der Notable Flora zurückgehalten trotz seines Versprechens, sie uns für einen Abend auszuleihen?

Oder war es Flora, die entschieden hat, daß die Aufführung für sie wie für uns zu risikoreich ist? Es ist schon so lange her, daß sie die Familie und die Szene verlassen hat.

Mitternacht auf der Uhr in der Ecke, Mitternacht auf allen nicht zerstörten Uhren der Stadt. Das Haus des Notablen jenseits der Demaraktionslinie ist ein schwarzer Block. Aber heute morgen haben sich noch Silhouetten aus den Fenstern gebeugt und Tischtücher und Teppiche ausgeschüttelt. Frederik fängt an, unruhig zu werden.

Mitternacht auf unseren Lidern, und Flora ist immer noch nicht da. Aber sie hat geträumt, daß sie zu uns zurückkäme. Sie hat ihren Traum sogar der Dienerin des Notablen erzählt, die nichts Eiligeres zu tun gehabt hatte, als ihn bei ihrer letzten Begegnung meinem Vater zu berichten. Sie war auf der Straße. Die frische Luft ließ sie taumeln. Es war schon so lange her, daß sie ausgegangen war. Der Asphalt biß in ihre Sohlen. Sie konnte nicht mehr gehen und nicht mehr das leichteste Gewicht tragen. Ihr Gepäck wog eine Tonne, ihr Herz auch. Sie hatte sich noch ein letztes Mal umgedreht, bevor sie in die Straßen eintauchte. Das Haus ihres Geliebten erschien ihr in seiner rechteckigen Umfriedung wie eine Festung. Die Mauern hatten drei Jahre ihres Lebens verschlungen. In ihrer Umklammerung hatte sie ihre Ehre, die Liebe eines Mannes und das

Leben eines Kindes verloren. Sie kam lustlos zu uns zurück wie ein Pferd zu seinem Stall, weil es den Weg dorthin schon kennt. Die Taxis wurden bei ihrem Anblick langsamer, aber sie rief keins heran. Sie hatte kein Geld bei sich, und ihr Schmuck konnte ihr trotz seiner Kostbarkeit keine Hilfe sein. Außerdem konnte sie nicht mehr mit Geld umgehen. Sie bestellte bei ihrem Geliebten, und die Pakete wurden ihr unmittelbar darauf geliefert, große und kleine, die sie mit lautem Geraschel öffnete. Sie war vor unserem Haus stehengeblieben. Ihre Beine zitterten, ihre Hände waren feucht vom Schweiß. Die wenigen erleuchteten Fenster ließen in kalte Wohnungen mit bleichen Wänden sehen. Nackte Glühbirnen hingen von niedrigen Dekken. Die Kronleuchter des Notablen tanzten in ihrem Kopf. Seine Woll- und Seidenteppiche fehlten ihren Füßen, die auf dem harten Asphalt nach der weichen Wärme suchten. Sie hatte vergessen, wie häßlich das Viertel war, wie häßlich das Haus. In den vergangenen drei Jahren waren ihre Gedanken nicht ein einziges Mal zu uns zurückgekehrt. Ihr Blick auch nicht. Nicht ein einziges Mal hatte sie das Bedürfnis verspürt, zu uns herüberzusehen, um zu erfahren, ob die Mauern noch standen und das Haus noch bewohnt war.

Flora blieb lange auf dem Bürgersteig stehen. Sie wußte, was sie erwartete, wenn sie je die Straße überqueren würde. Sie würde wieder lernen müssen, das Gemüse zu putzen, ohne sich zu schneiden, Zwiebeln zu schälen, ohne zu weinen, Hühner auszunehmen, ohne sich zu ekeln, und vor allem, den Neugeborenen aufzuziehen, der in ihrer Vorstellung nicht gewachsen war. Vielleicht würde sie ihm die Brust geben müssen, obwohl die Milch versiegt war. Denn die Welt ist seit ihrem Fortgang stehengeblieben.

Niemand ist größer geworden, niemand älter, und niemand

ist gestorben, auch nicht Herrn Nahum, in dessen Wohnung sie sich begab. Der alte Mann schickte sich erhobenen Hauptes an, das Wiedersehen mit ihr zu begehen, ohne seine Würde zu verlieren. Als sie auf unseren Stufen angekommen war, sah sie sich auf dem Absatz kehrtmachen und zur Straße zurückkehren. Das Haus des Notablen rief sie von fern.

Sie kehrte dorthin zurück mit schwerem Herzen, schwer wie ihr Gepäck, das sie auf dem Asphalt hinter sich herzog. Sie war an das verfluchte Haus gefesselt, an den Mann, den sie haßte.

Flora wird nicht kommen. Die Botschaft ist klar. Ihr Traum bereitet uns auf die Wirklichkeit vor. Vava und Liliane haben verstanden und sich diskret zurückgezogen. Ihre ausgebreiteten, aber fleckenlosen Servietten zeigen, daß sie die Speisen nicht angerührt haben. Sie haben uns alleingelassen unserem Vater gegenüber, der Frederik nicht aus den Augen läßt, Frederik, der die Wohnungstür anstarrt. Die Zeit ist im Warten auf Flora geronnen.

Frederiks Augen sind zwei leere Ziffernblätter. Stunden oder Minuten sind darauf nicht eingezeichnet. Er gibt wohl die Hoffnung auf, daß seine Mutter zurückkehrt, da er jetzt so plötzlich aufsteht. Wohin geht er mit dem Kerzenhalter, den er in seiner zitternden Hand hält? Er wird doch nicht die Demarkationslinie überschreiten und bei Kerzenlicht durch die Stadt gehen, um unsere Mutter aus den Armen ihres Geliebten zu reißen? Jetzt bleibt er vor dem Weihnachtsbaum stehen. Zielbewußt steckt er die Äste in Brand, einen nach dem anderen. Er macht die Handbewegungen eines Kirchendieners, der die Kerzen für die Messe anzündet. Der Baum steht mit einem Schlag in hellen Flammen. Georges hat die Geistesgegenwart, ihn über die Balkonbrüstung nach draußen zu werfen. Man kann ihn mitten auf der Straße knistern hören. Eine Menschenmenge in Schlafanzügen und Hausmänteln überfällt den Ort. Frederik teilt sie und bahnt sich seinen Weg zum Haus des Notablen. Warum rennt er? Er hat sein ganzes Leben vor sich, um seine Mutter zurückzuholen, und er hat die ganze Nacht, um zunächst leise hinter den Türflügeln nach ihr zu rufen, wobei seine dünne Stimme die Äste des großen Maulbeerfeigenbaums erbeben läßt:

»Hast du unser Weihnachtsessen vergessen, Flora?

Du weißt genau, daß ich nur deinetwegen zurückgekommen bin.«

Dann, in wütenderem Ton, indem er mit seinen Fäusten auf die Türflügel hämmert und seine Schreie in die Äste des Maulbeerfeigenbaums hineinhacken:

»Mach doch auf, Flora. Dein Geliebter kann dir wenigstens erlauben, deinen kranken Sohn wiederzusehen.« Das sagt er, um sie mitleidig zu stimmen.

Frederik wird ungeduldig: keine Schritte kommen zur Tür, kein Schlüssel dreht sich im Schloß. Da klettert er auf das Portal. Er schwingt sich bis oben hinauf, hält sich hier mit seinen Fingern fest, das Gesicht zwischen zwei Balken geklemmt. Ein Licht leuchtet in einem Fenster der dritten Etage auf. Zwei Hände machen ihm ein Zeichen fortzugehen. Er erkennt die bleichen Hände seiner Mutter. Man sieht nur die Hände. Alles andere bleibt unsichtbar. Flora hat keinen Körper mehr, sie besteht nur noch aus dieser Geste. Flora, eine Tote am Fenster. Der Gedanke, daß sie ihn fortschickt, verwüstet ihm das Herz. Er flucht ins Dunkle hinein, besinnungslos vor Wut. Auf der anderen Seite der Tür antwortet ihm ein Hund als

Echo. Wie lange will er so im Leeren hängen? Bis wann will er noch bitten, flehen, betteln, drohen?

An der Fassade des Hauses brechen jetzt überall Lichtstreifen hervor. Alle Fensterläden öffnen sich gleichzeitig und machen das Geräusch einer einzigen riesigen Ohrfeige. Vom Schlaf aufgequollene Gesichter beugen sich über die Balkonbrüstungen. Arme, die sich mit Wassereimern bewaffnet haben, begießen den unerwünschten Gast.

Der Notable hat eine recht merkwürdige Art, den Sohn seiner Geliebten zu begrüßen.

Warum hat man Frederik gedemütigt? Warum diese Detonation mitten in der Nacht? Sie kam von der höchsten Terrasse des großen Hauses. Vom Taubenschlag, sagt die Menge.

Warum hält sich Frederik immer noch am Portal fest, obwohl das Wasser an seinem Körper herunterrinnt, an seinem Körper, der nach der Detonation steif geworden ist?

Warum die vielen Schreie, warum die Klagen, da doch jetzt im Haus des Notablen alle Lichter wieder erloschen sind?

Die Schreie haben den Kleinen geweckt, der auf meinen Knien schlief. Ich kann endlich aufstehen und fragen, wer meinen Bruder getötet hat.

»Es wurde Zeit, daß er sich beruhigt«, antwortet mir Frau Evgenia, die das Tischtuch zusammenlegt. Das Festessen hat nicht stattgefunden.

Mit denselben Gesten wird sie ein Tuch über das Haus und seine Bewohner legen müssen.